커튼

Curtain

애거서 크리스티 추리 문학 13

커튼

이가형 옮김

해문

■ 옮긴이 이가형

동경제국대학 불문과, 미국 윌리엄스 대학 수학. 전남대학교, 중앙대학교,
국민대학교 교수 역임. 한국영어영문학회, 한국추리작가협회 회장 역임.
국민대학교 대학원장 역임

커튼

초판 발행일	1985년 12월 05일
중판 발행일	2009년 01월 20일
지은이	애거서 크리스티
옮긴이	이 가 형
펴낸이	이 경 선
펴낸곳	해문출판사
주 소	서울시 마포구 합정동 392-2 써니힐 202호
TEL/FAX	325-4721~2 / 325-4725
홈페이지	http://www.agathachristie.co.kr
출판등록	1978년 1월 28일 (제3-82호)
가격	6,000원
ISBN	978-89-382-0201-7 04840
	978-89-382-0200-0(세트)

•등 장 인 물•

에르퀼 포와로— 노환과 관절염으로 항상 의자에만 앉아 있는 벨기에인 명탐정.

아더 헤이스팅스 대위— 포와로의 친구. 자식들이 모두 장성한 뒤, 부인과도 사별한 채 요양소 등에서 쓸쓸히 지내다 포와로의 부름을 받는다.

주디스 헤이스팅스— 헤이스팅스 대위의 딸. 21세의 미모와 지성을 갖춘 여인.

루트렐 대령— 시체처럼 파리한 얼굴을 지닌 ‘스타일즈 여관’의 주인.

루트렐 부인— 고수머리에 희미한 푸른 눈을 가진 고집스런 노파.

스티븐 노튼— 회색 머리의 야윈 남자. 새를 좋아한다.

윌리엄 보이드 캐링튼 경— 45세의 매력적인 남자로, 인도의 한 주 총독을 지냈다. 명사수에 맹수 사냥가로도 유명하다.

존 프랭클린 박사— 35세의 비쩍 마른 열대 의학 분야의 권위자.

바바라 프랭클린— 존의 아내. 30세의 매력적인 여성으로 우울증을 앓고 있다.

크레이븐— 프랭클린 부인의 개인 간호사로 기품 있는 여인.

엘리자베스 콜— 큰 키에 35세의 아름답지만 그늘을 가진 여인.

앨러튼 소령— 사십대 초반의 바람둥이 남자.

커티스— 에르퀼 포와로의 새 하인으로, 다소 둔해 보이며 순박한 얼굴에 덩치가 큰 남자.

차   례

차　례

옛 경험을 되살리거나 지난 감정을 다시 느낄 때 갑자기 흠칫하는 전율을 느끼지 않는 사람이 있을까?

"전에도 이런 일을 겪었었지……."

어째서 이런 말들이 늘 누군가의 마음을 송두리째 흔들어 놓곤 하는 것일까? 그것이 바로 내가 기차의 차창 밖으로 에섹스 지방의 단조로운 경치를 내다보며 나 자신에게 물었던 질문이었다.

이번 여행과 아주 똑같은 여행을 했던 적이 얼마나 되었을까? (우스꽝스럽게도)내게 있어서 인생의 가장 좋은 시절은 이미 지나가 버렸다는 생각을 하지 않을 수가 없었다! 그 당시에는 언제까지나 계속될지 모른다고 느껴졌던 전쟁터에서 나는 부상을 당했고 그 전쟁은 이제는 시간이 지나면서 더욱 절망적인 전쟁에 의해 밀려나 버렸다.

젊은 아더 헤이스팅스는 1916년에 이미 나이 먹고 늙어 버렸던 모양이다. 나는 그것을 거의 깨닫지 못했었는데, 내게 있어서 인생은 바로 그때부터 시작되고 있었던 것이다. 비록 알 수는 없었지만, 그 당시 나는 내 인생의 틀을 잡고 형성하는데 지대한 영향을 끼쳤던 어떤 남자를 만나러 이 길을 여행하고 있었다.

'스타일즈'라는 시골 저택에 사는 옛 친구인 존 캐븐디시와 함께 지내러 가는 길이었는데, 그의 어머니는 내가 가기 얼마 전에 재혼했다. 어린 시절의 신비하고도 재미있었던 일들에 대한 즐거운 회상—그것만이 그 당시 내가 생각했던 전부였고, 조만간 내가 의문스러운 살인사건의 암울한 혼란 속으로 온통 말려들게 되리란 것은 전혀 예상치도 못했었다.

내가 그 기묘하고 조그만 남자, 에르큘 포와로를 다시 만난 것이 바로 그

스타일즈 지방에서였다. 그를 맨 처음 만난 곳은 물론 벨기에였지만, 커다란 콧수염을 하고 시골 거리를 절름거리며 올라가던 그의 모습을 발견했을 때 나의 놀라움이란 지금도 기억에 생생하다.

에르큘 포와로! 그날 이후로 그는 나의 가장 절친한 친구가 되었다. 그의 영향으로 내 인생이 결정지어졌다. 그와 함께 지내며 또 다른 살인자를 추적하는 동안, 나는 어느 누구와도 친구가 될 수 있었던 가장 진실하고 사랑스러운 내 아내를 만났다.

오랫동안 병고에 시달리거나 나이 들어 쇠약해지기를 원치 않았던 그녀는 지금 아르헨티나의 흙 속에 누워 있다. 그러나 그녀는 자기 뒤에 몹시 외롭고 불행한 한 사나이를 남겨두고 떠나갔다.

아! 돌아갈 수만 있다면 인생을 다시 살련만. 오늘이 바로 내가 처음 스타일즈로 여행했던 1916년의 그날일 수 있다면……. 그때 이후로 얼마나 많은 변화가 일어났었던가! 그 낯익은 얼굴들과는 얼마나 사이가 멀어졌는지.

스타일즈 저택은 캐븐디시 가(家)에서 다른 사람에게 팔렸다. 이제 존 캐븐디시는 죽었고, 그의 아내 메리(매혹적이고 신비스러운 여자)는 현재 데븐셔에서 살고 있다. 존의 동생 로렌스는 아내와 아이들과 함께 남아프리카에 가서 살고 있다.

변했다, 모든 것이 변했다.

그러나 한 가지, 너무도 기묘하게 똑같은 것이 있었다. 내가 에르큘 포와로를 만나기 위해 스타일즈 저택으로 가고 있다는 사실이다.

'에섹스 군 스타일즈, 스타일즈 저택'이라고 쓰어 있는 그의 편지를 받았을 때 나는 한동안 머리가 텅 비어 버린 것 같았다.

1년 가까이나 나는 그 옛 친구를 보지 못했다. 지난번에 그를 마지막으로 보았을 때 나는 충격을 받고 상심했었다. 그는 이제 완연한 꼬부랑 노인네가 되어 버렸고, 관절염으로 다리를 몹시 절고 있었다. 그는 건강을 위해 이집트 여행을 떠났다가 곧 돌아왔다고 했는데, 그것은 그가 편지에서 내게 말했듯이 건강이 나아지기는커녕 오히려 악화되었기 때문이었다.

그런데도 그는 유쾌한 투로 적어 놓았다…….

여보게, 자네는 내가 편지를 보낸 곳의 주소를 보고 수상쩍다고 여기지 않나? 그것은 옛 기억들을 되살리지 않나? 그래, 나는 이곳에 있다네. 스타일즈 저택에 말일세. 한번 생각해 보게나, 이곳은 이제 여관(고급 하숙)으로 불리고 있지. 자네 같은 영국 토박이인 나이 든 퇴역 대령이 경영하고 있다네. 그 사람 부인은 장사 수단은 좋지만 워낙에 입심이 사나워서 그 가엾은 대령이 꽤 쩔쩔매고 있다네. 만일 내가 그 친구 처지였다면 나는 그녀에게 도끼를 들이댔을 걸세.

신문에서 이 집의 광고를 보고는 호기심이 생겨, 이 나라에서 내가 처음으로 맘 편히 지냈던 이곳으로 다시 한 번 찾아왔네. 왜, 내 나이쯤 되는 사람들은 과거를 되살리며 즐기잖는가. 그런데 한번 생각해 보게나, 나는 이곳에서 어떤 신사를 만났지. 누군가 하면 바로 자네 딸을 데리고 있는 사람의 친구라네(이 문장은 마치 프랑스어 연습을 하는 것처럼 들리지 않나, 응?).

바로 나는 한 가지 계획을 세웠다네. 그 사람이 이번 여름을 이곳에서 함께 보내자고 하며 프랭클린 부부를 불러왔다네. 이번에는 내가 자네를 초청할 차례야. 우리 모두 한 가족처럼 함께 지내기로 하세. 대단히 재미있을 걸세. 그러니 나의 친애하는 헤이스팅스 서둘러서 오게. 빠른 시일 내에 이곳에 도착하도록 하게나. 나는 자네를 위해서 욕실이 딸린 방을 하나 잡아두었다네(자네도 이해하겠지만 이곳은 이제 현대화되었다네. 우리가 아끼던 옛 '스타일즈'가 말일세). 그리고 아주 싸게 가격을 정하려고 루트렐 대령 부인과 좀 실랑이를 벌였지.

프랭클린 부부와 자네의 매력적인 딸 주디스가 이곳에서 며칠째 묵고 있다네. 모든 게 정돈되어 있고 아무런 사건도 일어나지 않았지.

곧 만나세. 자네의 변함없는 친구, 에르큘 포와로

그의 초청은 상당히 호기심을 자극하는 것이었고, 또한 나도 옛 친구의 권유에 대해서 아무런 거부감을 느끼지 않았다. 나는 연고자도 없었고, 일정한 가정도 없었다.

내 자식들 중에서 한 아이는 해군에 들어갔고, 또 하나는 결혼해서 아르헨티나에서 목장을 경영하고 있다. 내 딸 그레이스는 군인과 결혼해서 현재 인도에서 살고 있다. 지금 남아 있는 아이 주디스는 내가 마음속으로 몹시 사랑하는 딸이었지만, 어떻게 된 건지 나는 그 아이를 한 순간도 이해할 수가 없었다. 자기의 문제를 혼자서만 간직하려는 기묘하고, 우울하고, 비밀스러운 이 아이는 가끔 나와 맞서서 내 감정을 비참하게 만들곤 했었다. 그래도 내 아내는 나보다 이해를 많이 해주었다.

아내는 내가 주디스에게 신뢰감이나 믿음은 전혀 없이 오로지 지독하게 강요만 하고 있다고 믿어 버렸었다. 그러면서도 그녀는 나처럼 이따금씩 그 아이에 대해 걱정하곤 했었다. 아내는 주디스의 감정이 너무 섬세하고 안으로만 꼭 닫혀 있으며, 마치 안전판을 빼앗기기라도 한 듯이 본능적인 방어감에 싸여 있다고 했었다.

그 아이는 골똘히 침묵 속에 갇혀 있다가, 갑자기 마치 격렬한 감정의 분출처럼 기묘한 발작을 일으키곤 했었다. 그 아이의 머리는 가족 중에서 가장 뛰어나서, 본인이 원하는 대로 기꺼이 대학 교육을 시켰다. 그 아이는 약 1년 전에 이학사 학위를 취득하고는, 그때 열대병 연구에 몰두해 있던 의사의 비서 자리를 얻었다. 그 의사의 아내는 몸이 꽤나 허약했다.

나는 주디스가 자기 일에도 그렇게 열심이면서 그녀의 고용주에게 헌신적으로 봉사하는 것을 보고 혹시 마음의 상처를 받게 되는 건 아닌지 염려스러웠지만, 그들이 단지 업무적인 관계에 지나지 않는다는 것을 알고 나서야 겨우 안심이 되었다.

내가 믿기론 주디스는 나를 좋아했다. 그러나 그 아이는 천성적으로 그런 것을 잘 드러내지 않는 성격이었고, 또한 그 아이가 말하는 소위 나의 감상주의와 진부한 사고방식들을 경멸하고 참지 못했다. 솔직히 말해서, 나는 딸에게 있어서 조그만 근심거리였다!

나의 이런 깊은 상념들은 기차가 스타일즈 세인트 메리 역에 들어서면서 방해받게 되었다. 적어도 이 역만은 변하지 않았다. 시간은 이 역을 그냥 지나쳐 버린 모양이다. 이 역은 뚜렷한 아무런 존재 이유도 없이 벌판 한가운데 말없이 서 있었다.

나를 태운 택시가 마을을 통과해 지나갈 때에야 비로소 나는 세월이 흘렀음을 깨달았다. 스타일즈 세인트 메리는 알아볼 수 없을 정도로 변했다. 자동차 정류장들, 극장 하나, 두 개가 더 많아진 여인숙, 그리고 시 의회 건물들이 늘어서 있었다.

이윽고 택시는 스타일즈 저택의 대문에서 꺾어 들어갔다. 이곳은 마치 현대의 시간들과는 동떨어져 있는 것 같았다. 내가 기억하기로는 정원이 컸었는데, 집으로 이르는 드라이브 길은 거의 없어지고 잡초만이 무성하게 자라 있었으며 자갈길만 나 있었다.

택시는 모퉁이를 돌아서 저택이 보이는 안으로 들어갔다. 겉모습은 거의 바뀌지 않았으며, 사실은 페인트를 새로 칠할 필요도 없었다. 지난날에는 내가 도착할 때마다, 정원의 화단에 몸을 웅크리고 있는 여인의 모습이 있었다.

내 심장은 잠시 고동을 멈추었다. 이번에도 역시 그런 모습을 하고 있던 사람이 상체를 세우고는 나를 향해 다가오자, 나는 그만 조소를 짓고 말았다. 우람한 에블린 하워드(《스타일즈 저택의 죽음》에 등장하는 인물)와는 비교할 수 없는 모습이었다.

이 사람은 사근사근한 태도와는 거리가 멀고, 곱실거리는 흰 머리가 풍성하며, 핑크빛 뺨에 냉랭하고 희미한 푸른 눈을 가진 여리고 나이가 많은 부인이었는데, 솔직히 말해서 내 성격과는 너무도 벗어나는 모습이었다.

"헤이스팅스 대위 아니신지요?" 하고 그녀가 물었다.

"그런데 이거 손이 너무 지저분해서 악수를 청할 수가 없군요. 이곳에서 당신을 뵙게 되다니 정말 기쁘군요. 당신에 대해 너무나 많은 이야기들을 들었답니다! 참, 내 소개를 해야겠군요. 루트렐 부인이라고 합니다. 남편과 내가 잠시 얼이 빠져 이곳을 사들였다가 본전을 뽑아내려 애쓰고 있답니다. 내가 호텔 지배인이 되리라고는 생각지도 못했었지요! 하지만 당신에게 일러두겠는데요, 헤이스팅스 대위님, 나는 매우 사업적인 여자랍니다. 내가 알고 있는 것은 무엇이든지 모두 여별로 쌓아두거든요.”

우리는 그 기발한 농담에 함께 웃었지만, 나는 루트렐 부인이 방금 한 말 속에는 진실이 숨겨져 있으리라고 생각했다. 그녀의 기품 있는 노부인다운 태도 뒤에 번뜩이는 잔혹한 시선을 나는 놓치지 않았다. 비록 루트렐 부인이 가끔 희미한 에이레 지방 사투리를 풍겼지만, 그녀에게 에이레 피는 전혀 흐르지 않았다. 그것은 순전히 가식이었다.

나는 내 친구의 안부를 물어 보았다.

“아, 가엾은 포와로 씨, 그분은 당신이 오시기를 눈이 빠지게 기다리고 있답니다. 강철 같은 심장도 녹아내릴 거예요. 그분이 너무 안됐어요. 당신을 기다리느라 조바심을 내는 걸 보니.”

저택을 향해 함께 걸어가면서 그녀는 정원용 장갑을 벗으며 말했다.

“당신의 귀여운 딸 말이죠, 정말 사랑스러운 아가씨예요. 우리는 모두 그녀를 무척이나 좋아한답니다. 하지만 당신도 알다시피, 나는 구식이라서 그런 것들이 창피하고 부끄럽게 여겨지지만, 요즘 처녀들은 젊은 사람들과 어울려 파티도 열고 춤도 추고 하는 것을 좋아하고, 또 당연히 그래야 하잖아요? 그런데도 그녀는 토끼나 해부하고 온종일 현미경을 들여다보며 시간을 보낸답니다. 즉, 내 말은 쓸데없는 사람들과 어울려 지내는 따위의 일들과는 거리가 멀다는 것이지요.”

내가 물었다.

“주디스는 어디 있습니까? 어디 이 근방에 있습니까?”

루트렐 부인은 아이들 말로 ‘찔찔한 표정’을 지었다.

“오, 가엾은 아가씨! 그녀는 정원 아래쪽에 있는 실험실에 갇혀 있답니다. 프랭클린 박사가 빌려 달래서는 이리저리 뜯어 고쳐 놓았지요. 그분은 거기에다 실험용 쥐 상자들을 두었는데 가엾은 동물들과 쥐, 그리고 토끼가 그 속에 있어요. 나는 도무지 어떻게 그런 과학 같은 것을 좋아하게 되는지 의문이에요, 헤이스팅스 대위님. 오, 내 남편이에요!”

루트렐 대령이 막 저택의 모퉁이를 돌아 나오고 있었다. 그는 매우 키가 크고, 시체처럼 파리한 얼굴색과 부드러운 푸른 눈, 그리고 작고 흰 콧수염을 소심하게 잡아당기는 버릇이 있는 앙상하게 마른 노인이었다.

그는 어딘지 멍청하고 다소 신경질적인 표정을 짓고 있었다.

"오, 조지, 이분은 방금 도착한 헤이스팅스 대위예요."

루트렐 대령은 악수를 청했다.

"4시 50분 차를 타고 왔소?"

"그럼 달리 어떻게 올 수 있었겠어요?" 루트렐 부인이 날카롭게 말했다.

"그리고 그게 무슨 문제예요? 어서 이분을 모시고 가서 방을 보여 드리세요, 조지. 그러고 나서 포와로 씨를 만나러 가시겠어요, 아니면 먼저 차를 마시겠어요?"

나는 차를 마시는 것보다는 먼저 친구부터 만나 봐야겠다고 말했다.

루트렐 대령이 말했다.

"좋소. 자, 함께 갑시다. 내 생각에는……, 응, 당신의 짐은 이미 옮겨 놓은 것 같소만. 어, 그렇지, 데이지?"

루트렐 부인이 무지막지하게 쏘아붙였다.

"그것은 당신 일이잖아요, 조지! 나는 정원을 손질하고 있었는걸요. 내가 모든 것을 살필 수는 없다고요."

"그럼, 그렇고말고. 물론 그럴 수는 없지. 내, 내가 알아보겠소, 여보."

나는 그를 따라 걸음을 옮겨 놓았다. 현관에서 우리는 회색 머리를 한 야윈 남자를 만났는데, 그는 쌍안경을 들고 서둘러 나가고 있었다.

그는 약간 절름거렸으며, 얼굴에 진지한 표정을 짓고 있었다. 그가 조금 더 듬거리며 말했다.

"큰 단풍나무 아래에 지, 집을 짓고 있는 새가 한 쌍 있어서요."

우리가 홀 안으로 들어가자 루트렐이 말했다.

"저 사람은 스티븐 노튼이지요. 좋은 친구랍니다. 새에 미쳐 있지요."

홀 안에는 매우 장대한 사나이가 테이블 옆에 서 있었다. 그는 방금 전화를 끝낸 모양이었다. 그는 우리를 쳐다보며 말했다.

"청부업자들이나 건축업자들은 죄다 목을 졸라매어 끌고 가서는 사지를 찢어 죽여 버려야 될 것 같소. 무슨 일이든 옳게 처리하는 법이 하나도 없으니,

빌어먹을!"

그의 신경질은 우스꽝스럽기도 하고 처량해 보이기도 해서 우리는 모두 웃었다. 순간 나는 그 사나이에게 이끌리는 감정을 느꼈다.

그는 족히 쉰은 넘어 보였으며, 매우 잘생긴 얼굴에다 햇빛에 짙게 그을려 있었다. 비록 집도 없이 떠돌이 생활을 하며 갈수록 궁해져 가는 듯한 타입의 사람처럼 느껴지긴 했지만 전형적인 영국인으로서 솔직하고 외유 생활을 즐기며, 또한 스스로를 자제할 줄 아는 그런 종류의 사람처럼 생각되었다.

나는 루트렐 대령이 그를 윌리엄 보이드 캐링튼 경이라고 소개했을 때 별로 놀라지 않았다. 내가 알기로는, 그는 한창때는 인도에서 한 주(州)의 총독까지 지내기도 했었다. 그는 또한 명사수이며 맹수 사냥가로서도 유명했다. 그런 부류의 사람치고는 좀 측은하게 비쳤지만, 더 이상은 이처럼 처량한 나날 속에 적응할 것 같아 보이지는 않았다.

"아하!" 그가 말했다.

"그 유명한 '나의 친구 헤이스팅스'를 살아서 뵙게 되다니 정말 반갑소이다."

그가 웃으며 덧붙였다.

"존경해 마지않는 노(老) 벨기에 양반이, 당신도 알겠지만 당신에 대해서 끔찍이도 많이 이야기했답니다. 게다가 우리는 이곳에서 당신 딸과 함께 지내고 있기도 하지요. 그녀는 멋진 아가씨더군요."

"주디스가 나에 대해서 많이 늘어놓지는 않은 것 같은데요."

나는 미소를 지으며 말했다.

"아아, 물론이오. 너무 지나칠 정도로 현대적인 여성이죠. 오늘날 그런 아가씨들은 자기 부모님을 받아들여야 할 때 상당히 당황하는 것 같더군요."

"부모란……, 아주 거추장스러운 존재지요." 하고 내가 말했다.

그가 웃으며 말했다.

"오, 글쎄요, 나는 그런 일로 속 썩이지는 않습니다. 불행인지 다행인지 내게는 자식이 없거든요. 당신 딸 주디스는 매우 아름다운 아가씨이기는 하지만, 지나칠 정도로 똑똑해요. 나는 그런 것이 오히려 마음에 걸린답니다."

그는 전화기를 다시 집어들었다.

"괘념치 마십시오, 루트렐 씨. 이 빌어먹을 당신 전화기를 지옥에 처박진 않을 테니. 나는 참을성이 많은 사람은 아니오만."

"잘 좀 다루시오." 루트렐이 말했다.

나는 그가 위층으로 안내하는 대로 따라갔다. 그가 이 저택의 왼쪽 익부(翼部)로 통하는 문을 열고 나를 안으로 데리고 갔을 때, 비로소 나는 포와로가 옛날에 내가 이곳에서 묵었었던 그 방을 예약해 놓았다는 것을 알았다.

여기에도 바뀐 것들이 있었다. 복도를 따라 걸어가면서 문들이 몇 개 열려 있는 것을 보고, 나는 옛날의 커다란 침실을 칸막이로 막아서 방을 여러 개 만들어 놓았다는 사실을 알게 되었다.

내 방은 그리 크지는 않았지만, 한쪽을 막아서 냉온수 시설과 조그만 욕실을 만든 것을 제외하고는 바뀐 것이 없었다. 값싼 현대식으로 꾸며 놓은 것이 오히려 나를 실망시켰다. 나는 그 저택 고유의 건축 양식과 보다 근사하게 어울리는 스타일을 더 좋아했다.

내 짐은 이미 방에 옮겨져 있었고, 대령은 포와로의 방이 바로 맞은편에 있다고 일러 주었다. 그가 나를 방으로 안내하자마자 '조지' 하고 외치는 날카로운 소리가 아래층 홀에서 울려왔다.

루트렐 대령은 신경질을 부리는 말처럼 흠칫하고 몸을 떨었다. 그는 손을 입술로 가져갔다.

"내, 내 생각에는 이제 다된 것 같소만? 뭐, 필요한 것이 있으면 벨을 누르시오."

"조지!"

"가요! 여보, 지금 간다니까."

그는 서둘러 복도를 내려갔다.

나는 잠시 그를 지켜보며 서 있었다. 그리고 나서, 조금 두근거리는 마음으로 복도를 가로질러 포와로의 방문을 똑똑 두드렸다.

　내 생각이긴 하지만, 나이 때문에 일거리를 빼앗기는 것보다 더 서글픈 일은 없는 것 같다.

　나의 가엾은 친구. 나는 그에게서 많은 세월들을 읽을 수가 있었다.

　이제 여러분에게 그가 변한 모습을 알려 주고자 한다. 관절염으로 다리를 저는 그는 휠체어에 몸을 간신히 의지하고 있었다. 한때 뚱뚱했던 몸집은 홀쭉해져서, 이제는 마르고 조그만 남자가 되어 버렸다. 얼굴은 온통 주름살이 잡혀 있었다. 콧수염과 머리는 정말이지 아직도 칠흑색이지만, 그러나 솔직히 말해서 그런 말을 해서 그의 기분을 상하게 하고 싶지 않았는데, 그것이 바로 실수라면 실수였다.

　머리를 염색한 것 자체가 애처롭게 보이는 나이가 된 것이다. 포와로의 머리가 그토록 새카만 것이 염색약 덕분이라는 사실을 듣고서 놀랐던 때가 있었다(《ABC 살인사건》 중에서). 하지만 이제는 그렇게 꾸미고 있다는 사실조차 완연히 드러났고, 그것도 기껏해야 가발을 쓰고 어린애들처럼 윗입술을 꾸미고 있는 정도였다.

　오직 그의 눈만이 예전처럼 예리하게 반짝이고 있었고 지금도 역시—그래, 의심할 것도 없이 감정에 젖어 포근해져 있었다.

　"오, 내 친구 헤이스팅스, 내 친구 헤이스팅스……."

　내가 머리를 숙이자 그는 예전의 버릇대로 나를 따뜻하게 포옹했다.

　"내 친구 헤이스팅스!"

　그는 몸을 뒤로 기대고는 머리를 한쪽으로 기울여서 나를 자세히 관찰했다.

　"그래, 예전과 똑같아. 꼿꼿한 등, 널찍한 어깨, 잿빛 머리. 대단히 멋지군그래. 자네도 알겠지만, 여보게, 아주 잘 차려입었군. 여자들이 아직도 자네에게 관심을 기울이고 있겠어. 내 말이 맞는가?"

"사실, 포와로 당신은……."

"하지만 나는 자네에게 장담할 수 있네, 여보게, 그것은 하나의 시련이야. 시련이라고……. 아주 젊은 아가씨가 다가와서 자네에게 친절하게, 오, 아주 친절하게 말을 걸 때, 그것은 바로 끝이라네! '가엾은 노인' 그들은 이렇게 말하지. '그런 사람들을 잘 대해 주어야 해. 저렇게 늙는다는 건 정말 끔찍한 일이지.' 그러나 여보게, 헤이스팅스 자네는 아직 젊어. 자네에게는 아직도 가능성이 있다네. 아무리 자네의 콧수염이 비뚤어지고, 어깨가 축 늘어졌다 해도 (내가 무슨 말을 하는지 알고 있어) 자네도 마음속으로 생각하고 있듯이 그래도 그렇게 보이지는 않는다네."

나는 그만 웃음을 터뜨리고 말았다.

"당신은 정말로 어떻게 할 도리가 없군요, 포와로. 당신은 어떻습니까?"

"나?" 하고 말하며 포와로는 얼굴을 찌푸렸다.

"나는 일종의 난파선이지. 하나의 폐허에 불과하네. 나는 걸을 수도 없어. 절름거리고 비틀거리지. 다행스럽게도 아직은 나 자신을 통제할 수 있지만, 그러나 한편으론 마치 아기처럼 보호를 받아야 한다네. 침대에 눕고, 씻고, 옷을 갈아입는 등. 빌어먹을, 유쾌한 일이 아니야, 그런 건. 하지만 고맙게도 비록 겉은 쇠잔해졌지만 중심만은 아직도 건재하다네."

"어련하시려고요. 세상에서 가장 훌륭한 심장인데."

"심장? 글쎄, 나는 심장에 대해 말한 게 아닐세. 두뇌, 이 친구야, 내가 중심이라고 한 것은 바로 두뇌일세. 내 두뇌는 아직도 훌륭하게 제 기능을 발휘한단 말이야."

나는 그가 최소한 겸손 쪽으로는 두뇌가 전혀 쇠퇴하지 않았다는 것을 분명히 알 수 있었다.

"그런데, 이곳이 마음에 드십니까?"

포와로는 어깨를 으쓱해 보였다.

"그런대로 자네가 알고 있는 그런 리츠 호텔은 아니지만. 천만에, 결코 그런 곳은 아니지. 처음 이곳에 왔을 때 묵었던 방은 조그맣고 가구나 설비도 형편없었다네. 나는 한 푼도 더 지불하지 않고 이 방으로 옮겨왔지. 그런데 요리, 그게 가장 형편없는 곳이 바로 영국이야. 브뤼셀 스프라우(양배추의 일종)가 너무 크고 딱딱하기는 영국도 마찬가지더군. 감자는 너무 삶아서 딱딱하고 조각조각 부스러진다네. 야채는 그저 맹물 맛, 아무런 맛도 없어. 어떤 음식이건 소금과 후추가 덜 들어간 채로 조리가 되고"

그는 의미심장하게 한숨을 쉬었다.

"정말 끔찍한 일이겠군요" 하고 내가 말했다.

"나는 불평을 하는 것이 아닐세."

이렇게 말하면서도 포와로는 계속 불평을 늘어놓았다.

"그리고 소위 그 현대화라는 것 말일세. 욕실, 아무렇게나 달려 있는 수도꼭지. 글쎄 거기에서 뭐가 나오는지 아나? 미적지근한 물이야, 여보게. 온종일 말이지. 게다가 수건은 지독하게 얇은데, 그것마저도 너무 부족하다고!"

"옛날 생각이 나는군요."

나는 조심스레 말했다.

나는 스타일즈 저택에 원래부터 있었던 욕실의 온수 꼭지에서 쏟아져 나온 뜨거운 물로 서렸던 김과 마호가니로 양옆이 만들어진 훌륭한 욕조가 욕실의 중앙에 뽐내며 자리 잡고 있던 그러한 모습을 기억에 떠올려 보았다. 또한, 마음에 드는 목욕 수건과 세면대 위에 놓여 있던 더운 물을 끓일 때 사용하는 번쩍번쩍 빛나는 놋쇠로 만든 통들도 생각해 보았다.

"하지만 누구든 불평해서는 안 되지."

포와로가 다시 말했다.

"나는 적당히 참아 내고 있다네. 다 그럴 만한 이유가 있기 때문이지만."

갑자기 어떤 생각이 내 머리를 때렸다.

"그런데, 포와로, 음, 그러니까 형편이 어려운 모양이군요! 전쟁으로 투자 상황이 아주 나빠진 것은 알고 있습니다만."

포와로는 얼른 나를 다시 안심시켰다.

"아닐세, 그런 게 아니야. 나는 대단히 편안한 생활을 하고 있다네. 사실 나는 부자야. 내가 이곳에 오게 된 것은 경제적인 이유 때문이 아닐세."

“그야 물론 그렇겠죠.”

나는 말을 계속 했다.

“나는 당신의 마음을 이해할 수 있을 것 같아요. 누구든 나이가 들게 되면 옛 시절로 돌아가려고 하게 마련이지요. 모든 사람이 옛 감정들을 되찾으려고 애를 쓴답니다. 이곳에서 지내는 것이 다소 불편하다는 걸 알고는 있지만, 이곳은 나에게 이제는 완전히 기억에서 사라졌다고 생각했던 수많은 옛 생각과 감정들을 되불러 일으켜 주지요. 당신도 나와 같은 감정을 느끼고 있을 테지요.”

“전혀 그렇지 않네. 나는 전혀 그런 걸 느끼지 않는다네.”

“좋은 시절이었죠.”

나는 시름에 젖어 말했다.

“그건 바로 자네에게나 해당되는 얘길세, 헤이스팅스. 내게는 스타일즈 세인트 메리에 도착한 것이 슬픔과 고통의 순간이었다네. 나는 가정과 조국으로부터 도망쳐서, 외국에서 관대히 받아 주어야만 생존할 수 있었던 상처받은 망명객이었지. 그렇다네, 그것은 결코 유쾌한 세월이 아니었다네. 그 당시에는 영국이 내 조국이 되고, 또 이곳에서 행복을 찾아 나서게 되리라고는 전혀 생각지도 못했었지.”

“내가 그만 그걸 잊고 있었군요.”

나는 동감을 표시했다.

“분명한 사실일세. 자네는 늘 자신이 겪은 감상들을 남들에게도 적용시킨다네, 헤이스팅스는 행복했지. 모두들 정말 행복했었다네!”

“아니오, 그렇지는 않아요.”

내가 반대를 했다.

“하지만 그것은 진실이 아니지.”

포와로는 말을 계속했다.

“생각해 보게나, 눈물이 자네 눈가에 서리는군. ‘오, 그 행복했던 나날들. 그때 나는 젊었었지.’ 그러나 사실, 여보게, 자네는 지금 생각하는 것만큼 그렇게 행복하지는 않았잖나? 자네는 최근에 쓰라린 상처를 입었고, 이제는 더 이상

일을 하기에는 벅차다는 것에 대해 초조해하고, 또한 우울한 요양소에서 지내서 자네는 더욱 침울해졌다네. 게다가 자네는 내가 알기로는 동시에 두 여인과 사랑에 빠짐으로써 복잡한 문제들에 시달렸었잖나."

나는 얼굴을 붉히며 웃었다.

"당신은 정말 놀라운 기억력을 가지고 있군요, 포와로."

"하하하! 나는 지금도 자네가 두 사랑스런 여인들에 대한 어리석음을 중얼거리면서 내뱉던 그 우울한 한숨까지 기억하고 있다네."

"당신이 무슨 말을 했었는지 기억합니까? 이렇게 말했었죠. '그 여자들은 모두 자네에게는 안 맞아! 너무 상심하지 말게나. 자신을 가져, 이 친구야. 우리 다시 사냥이나 하세. 그러고 나서……."

나는 다시 말을 멈추었다. 그 당시 포와로와 나는 프랑스로 가서 다시 사냥을 시작했고, 그곳에서 나는 한 여인을 만나게 되었다.

내 친구가 내 팔을 부드럽게 톡톡 쳤다.

"나도 알아, 헤이스팅스. 나도 알고 있다네. 그 상처는 아직도 생생하지. 그러나 그런 것에 너무 집착하지 말게나, 뒤돌아보지 말게. 그 대신 앞을 내다보게."

나는 넌더리가 난다는 듯한 몸짓을 했다.

"앞을 내다보라고? 앞을 내다보면 뭐가 있나요?"

"아니, 이 친구야, 해야 할 일이 있잖나?"

"일? 어디에?"

"바로 이곳이지."

나는 그를 똑바로 바라보았다.

"조금 전에 자네는 나에게 왜 이곳에 왔느냐고 물었지? 내가 그 물음에 아무런 대답도 하지 않은 것을 눈치 채지 못한 것 같군. 이제 내가 자네에게 그 대답을 해 주겠네. 나는 이곳에 살인자를 추적하기 위해 온 것일세."

나는 무지무지하게 놀라서 그를 바라보았다. 잠시 내가 생각에 잠긴 동안 그는 물끄러미 나를 바라보았다.

"그게 정말입니까?"

"확실하다네. 내가 자네더러 와 달라고 하는데 그것 말고 다른 이유가 있을 수 있겠나? 팔다리는 이제 제대로 쓸 수가 없지만, 내 두뇌는 자네에게 말했 듯이 전혀 손상되지 않았다네. 내 방식은 자네도 알겠지만 항상 똑같았잖나. 의자에 깊숙이 앉아서 생각하는 것 말이야. 그런 일은 아직도 할 수 있다네. 사실, 그것만이 내가 할 수 있는 유일한 것이지만. 그리고 보다 외부적인 활동 에는 나의 무엇과도 바꿀 수 없는 소중한 친구 헤이스팅스가 해 줄 걸세."

"정말 농담이 아니로군요?"

나는 숨이 차서 말했다.

"물론이지, 진심으로 하는 소리야. 자네와 나, 다시 한 번 사냥을 시작하는 걸세!"

포와로가 정말로 진지하다는 사실을 알고서 나는 잠시 숨이 막히는 것 같 았다. 비록 그의 말이 환상적으로 들리기는 했지만, 나는 그의 판단을 의심할 만한 이유가 전혀 없었다.

희미한 미소를 띠며 그가 말했다.

"이제야 비로소 자네도 납득이 가는가 보군. 처음에 자네는 내 두뇌가 물렁 물렁해진 것이 아닌가 하고 의심하지 않았었나."

"아니오, 그렇진 않았습니다."

나는 얼른 말했다.

"단지 이곳은 그런 사건이 일어날 만한 곳이 아닌 것 같다는 생각이 들었 을 뿐이지요."

"오, 자네는 그렇게 생각하나?"

"물론 나는 아직 모든 사람을 만난 것은 아니지만."

"자네가 본 사람들은 누구누구였나?"

"루트렐 부부하고 노튼이라는 사람인데, 그는 남에게 해를 끼칠 친구같지는 않더군요. 그리고 또 보이드 캐링튼, 나는 그에게 가장 호기심이 끌렸다는 걸 미리 말씀드려야겠습니다."

포와로는 고개를 끄덕였다.

"오, 헤이스팅스, 자네에게 이 점을 분명히 밝혀 두어야겠군. 자네가 그밖에 나머지 사람들을 만난다고 해도, 내 설명은 지금과 마찬가지로 자네에게 불가능한 일처럼 여겨질 걸세."

"그밖에 또 누가 있습니까?"

"프랭클린 박사 부부와 프랭클린 부인을 돌보는 간호사, 자네 딸 주디스, 그 다음에는 앨러튼이라는 어딘지 좀 바람둥이 같은 친구, 그리고 콜 양이라는 서른다섯쯤 된 여자가 있지. 그들에 대해서 모두 자네에게 이야기하겠네만, 아주 좋은 사람들이라네."

"그런데 그들 중 하나가 살인자라?"

"그런데 그들 중 하나가 살인자지."

"하지만 무엇 때문에, 어떻게, 어째서 당신은 그런 생각을……?"

나는 내 질문이 조리가 없다는 것을 알았다. 두서가 없이 마구 뒤섞여 나왔던 것이다.

"진정하게, 헤이스팅스. 우리 처음부터 차근차근 시작하기로 하세. 내게 책상에 있는 저 조그만 상자를 가져다주지 않겠나? 고맙네. 그리고 열쇠도. 그렇지……."

그 송달 상자를 열고 그는 속에서 타이프로 친 종이와 신문 기사를 오려낸 뭉치를 꺼냈다.

"자네, 한가할 때 이것들을 조사하게나, 헤이스팅스. 당분간 나는 신문 스크랩과는 씨름을 하고 싶지 않다네. 이것들은 불충분하기도 하고 암시적이기도 한 여러 비극적인 사건들을 모아 놓은 종이에 불과하지. 내가 자네에게 이 사건들에 대해서 설명해 줄 수 있는 것은 다만 그것들을 읽어 보라는 것뿐이네."

나는 깊은 관심을 가지고 읽기 시작했다.

사건 A. 이더링튼

레너드 이더링튼. 나쁜 습관(약의 과용과 폭음)과 괴팍하고 자학적인 성격의 소유자였다. 아내는 젊고 매력적이나 남편과의 관계는 절망적일 정도로 불행했다. 이더링튼은 표면적으로는 독이 주입된 음식을 먹고 죽었다. 의사는 그 사실에 만족하지 않았다. 검시 결과, 비소가 함유된 독약 주입으로 사망한 것임이 판명되었다. 그 집에는 독약으로 쓰일 수 있는 제초제가 있었는데, 사건이 일어나기 훨씬 전에 구입해 두었던 것이다. 이더링튼 부인이 살인죄로 체포되었다. 그녀는 최근에 인도에서 돌아와 공무원으로 재직하는 남자와 사귀고 있었다. 실제로 부정한 행동을 했는지는 전혀 알 수 없지만, 그들 사이에 깊은 관계가 있었다는 증거가 있었다.

젊은이는 여행에서 만난 아가씨와 결혼하기로 약속이 되어 있었고, 또 그 뒤 그렇게 되었다. 이러한 사실을 이더링튼 부인에게 알리는 편지가 그녀의 남편이 죽기 전에 그녀에게 배달되었는지, 아니면 죽은 뒤에 배달되었는지에 대해서는 의심이 가는 점이 있다. 그녀는 그전에 받았다고 했다. 그녀에 대한 증거는 주로 상황 증거였는데, 혐의가 있음직한 증거는 부족했고 공교롭게도 혐의가 없다는 증거가 많았다. 재판에서는 그녀가 남편의 성격과 못된 습관으로 고통받은 점에 대해 많은 동정을 받았다. 판사의 논고는 그녀를 옹호했고, 배심원들에게 다른 근거에 입각한 의문점들을 무시한 채 판결이 내려지도록 압력을 가했다.

이더링튼 부인은 무죄로 방면되었다. 그러나 일반적인 의견은 그녀는 유죄라는 것이었다. 그 뒤, 그녀의 생활은 친구들이나 그 밖의 여러 사람들이 경원하는 바람에 매우 어려웠다. 그녀는 재판이 있은 지 2년 뒤에 수면제 과다 복용으로 죽었다. 검시에서는 사고에 의한 죽음으로 평결이 내려졌다.

사건 B. 샤플스

노처녀. 병자. 생활도 어렵고 많은 고통을 겪고 있었다. 조카인 프레다 클레이가 그녀를 보살펴 주고 있었다. 샤플스 양은 모르핀 과용으로 사망했다. 프레다 클레이는 자신의 잘못을 인정했다. 즉, 자기 아주머니의 고통이 몹시 심해서 견딜 수 없어 하는 바람에 고통을 잊게 해주려고 과잉의 모르핀을 주었다고 말한 것이다. 경찰의 의견으로는 그러한 행동이 고의적이지 실수가 아니라는 것이었지만, 그들은 기소를 하기에는 증거가 불충분하다는 것을 참작했다.

사건 C. 리그스

에드워드 리그스. 농부. 그의 아내가 하숙인 밴 크레이그와 부정을 저질렀을지도 모른다. 크레이그와 리그스 부인은 총에 맞은 채로 발견되었다. 총알은 리그스의 총에서 발사된 것으로 판명되었다. 리그스는 경찰에 자수해서, 자신이 범행을 저지른 것은 틀림없지만 기억할 수는 없노라고 말했다. 그는 의식이 없었다고 진술했다. 리그스는 사형선고를 받았고, 나중에 징역형으로 감형되었다.

사건 D. 브래들리

데릭 브래들리. 어떤 소녀와 밀통을 계속하다가 자기 아내에게 발각되었다. 그녀는 남편을 죽이겠다고 위협했다. 브래들리는 맥주잔 속에 넣은 청산가리로 죽었다. 브래들리 부인은 체포되어 살인죄로 재판받았다. 그녀는 반대 심문에서 자백했다. 유죄 판결을 받고 교수형을 당했다.

사건 E. 리치필드

매튜 리치필드. 늙은 폭군. 집에는 네 명의 딸이 있었지만, 오락을 즐기거나 돈을 쓰는 것을 전혀 허락하지 않았다. 어느 날 저녁 집으로 돌아오는 길에 그는 쪽문 바깥에서 습격을 받아 머리를 얻어맞고 숨졌다. 나중에 경찰의 조사가 끝난 뒤, 그의 맏딸인 마거리트가 경찰서에 가서 자기가 아버지를 살해했다고 자수했다. 그녀는 동생들이 너무 늦기 전에 그들 자신의 생활을 해 나갈 수 있도록 하기 위해 범행을 저질렀다고 말했다. 리치필드는 많은 재산을 남겼다. 마거리트 리치필드는 정신병자로 판명되어 브로드무어 정신병원으로 이송되었지만, 그 뒤 얼마 안 되어 죽었다.

나는 주의를 기울여 읽었지만 얼떨떨함만 더해질 뿐이었다. 결국 나는 서류 뭉치를 내려놓고는 포와로에게 묻는 듯한 시선을 보냈다.

"그래, 어떤가?"

나는 천천히 말했다.

"브래들리 사건은 기억하고 있습니다만, 그 당시에 그 사건에 대한 기사를 읽었었지요. 그녀는 매우 아름다운 여성이었죠."

포와로는 고개를 끄덕였다.

"하지만 당신이 좀 내게 가르쳐 주어야겠습니다. 대체 이게 뭡니까?"

"먼저 자네 눈에 비친 바를 말해 주겠나?"

나는 더욱 혼란스러워졌다.

"당신이 내게 준 것은 다섯 개의 다른 살인에 대한 내용입니다. 그것들은 모두 다른 장소에서 일어났고, 또한 등장인물도 거의 다른 부류의 사람들이더 군요. 더욱이, 그 사건들 간에는 눈에 보이는 닮은 점이라고는 전혀 없는 것 같습니다. 말하자면, 한 사람은 질투에 의한 경우였고, 한 사람은 남편의 압박 으로부터 벗어나려 한 불행한 아내였고, 또 한 사람은 동기가 돈이었고, 또 한 사람은(당신도 그렇게 말하겠지만) 살인자가 처벌을 피하려 하지 않은 점으로 봐서 이기적인 목적에 의한 범행이 아니었고, 그리고 다섯 번째는 명백하게 야만스러운 범행으로서, 아마 술기운에 의해 범행이 저질러졌을 겁니다."

나는 잠시 멈추었다가 의심스럽다는 듯이 말했다.

"이 사건들 사이에 내가 미처 알아차리지 못한 어떤 공통점이라도 있나요?"

"천만에, 자네의 요약은 아주 정확했네. 자네는 단지 한 가지 점만 언급하지 않았는데, 그것은, 의심할 여지가 없는 사건은 그중에서 하나도 없다는 사실일 세."

"무슨 말인지 이해할 수가 없는데요?"

"예를 들자면, 이더링튼 부인은 무죄 판결을 받았지. 하지만 그런데도 모든 사람들은 그녀가 살인을 했다고 아주 확신했다네. 프레다 클레이는 공식적으 로는 기소당하지 않았지만, 반면에 누구도 그 범죄를 해결할 만한 다른 대안 을 제시하지 못했네. 리그스는 자기 아내와 정부를 자신이 살해했다는 사실을 기억하지 못하는 상태였는데도, 그렇다면 어떤 일이 벌어졌었는지에 대해 의 문을 가졌던 사람은 전혀 없었다네. 마거리트 리치필드는 자기가 범행을 저질 렀다고 고백했지. 이 모든 사건에서는, 자네도 알고 있다시피 어느 한 사람에 게 분명한 혐의가 있고, 다른 사람들은 전혀 혐의가 없었다네."

나는 눈썹을 찌푸렸다.

"그래요, 그건 분명합니다. 하지만 나는 당신이 그런 사실에서 어떤 결론을 끌어냈는지 알 수가 없군요.”

“아, 자네도 알게 될 걸세. 나는 아직 자네가 모르고 있는 한 가지 사실에 다가가고 있다네. 이렇게 한번 상상해 보게, 헤이스팅스. 즉, 내가 대략 설명한 이 사건들 각각에는 공통으로 주목할 만한 제3의 인물이 있었다고 말일세.”

“도대체 무슨 말입니까?”

포와로는 천천히 말했다.

“헤이스팅스, 나는 지금 매우 조심해서 말하는 중일세. 이런 식으로 한번 설명해 보지. 거기에는 어떤 사람, X가 있다. X는 그 사건들 어디에서도 볼 수 없지만, X는 분명히 그 희생자들을 제거하고자 하는 어떤 동기를 가지고 있었다. 한 가지 사건에서 내가 알아 낼 수 있는 한 알아본 바로는, X는 실제로 범행이 벌어졌던 때는 200마일이나 떨어져 있었다네. 그런데도, 나는 자네에게 이렇게 말하겠네. X는 이더링튼과 친밀한 관계를 맺고 있었으며, X는 리그스와 같은 마을에서 한동안 살았었고, X는 브래들리 부인과 친하게 지냈다네. 내게는 X와 프레다 클레이가 거기에서 함께 걸어오는 모습을 담은 사진이 한 장 있고, 또한 X는 매튜 리치필드가 죽었을 때도 그 집 가까이에 있었다네. 그것에 대해서 자네는 어떤 말을 할 텐가?”

나는 그를 바라보았다. 그리고 천천히 말했다.

“그래요, 정말 지나칠 정도로 많은 증거로군요. 두 개의 사건이 우연히도 동시에 일어날 수는 있지, 아니 세 개라도. 하지만 다섯 개의 사건은 우연의 일치라고 보기에는 너무 많아요. 이들 각각 다른 살인들 사이에 어떤 연결점이 있으리라고는 생각해 볼 수 없을 것 같은 느낌입니다만.”

“그럼, 자네는 내가 어떤 가정을 하고 있다고 생각하나?”

“그 X가 살인자라 이거 아닙니까, 맞죠?”

“그런 경우에는, 헤이스팅스, 자네는 나와 함께 사건에 다가갈 수 있게 될 걸세. 자네에게 이것을 말해야겠군. X는 현재 바로 이 집에 있다네.”

“여기? 스타일즈 저택에?”

“스타일즈 저택에. 그 사실로부터 끌어낼 수 있는 논리적인 추론은 어떤 것 인가?”

나는 무언가가 가까워지고 있다는 것을 느끼면서 말했다.
"계속하십시오, 그게 무언지 말해 보세요."
에르큘 포와로는 엄숙하게 말했다.
"하나의 살인이 조그만 이곳에서 벌어질 걸세. 바로 이곳에서."

잠시 나는 포와로를 당황한 눈초리로 쳐다본 뒤에 반박을 했다.

"아니, 그렇게는 안 될 겁니다. 당신이라면 그것을 막을 수 있을 겁니다."

포와로는 나에게 애정 어린 시선을 던졌다.

"여보게, 자네가 나를 그렇게도 신뢰한다니 정말 고맙구먼. 하지만 나도 이번 경우에는 그것이 온당한 것인지를 확신할 수가 없다네."

"말도 안 돼요! 틀림없이 당신은 그것을 막을 수 있어요."

포와로는 엄숙한 목소리로 말했다.

"잠시 신중히 생각해 보게나, 헤이스팅스. 누구든 살인자를 잡을 수가 있겠지, 물론. 하지만 어떻게 살인을 막을 수가 있겠는가?"

"글쎄, 당신, 당신이, 저, 내 말은 만일에 당신이 미리 알고 있다면……."

나는 그만 말꼬리를 흐렸다. 문득 내 말에 난점이 있다는 것을 알아차렸기 때문이다.

포와로가 말했다.

"이젠 자네도 알겠지? 그것은 그렇게 단순하지가 않다네. 거기에는 세 가지 방법이 있다네. 첫 번째 방법은 그 희생자에게 경고를 해 주는 것이지. 희생자가 그, 또는 그녀에 대해 경계를 하도록 하는 거야. 그것은 늘 성공하지는 않는데, 왜냐하면 다른 사람들에게 그들이 중대한 위험에 처해 있다는 것을 납득시키기가 믿을 수 없을 정도로 어렵다네. 따라서 가능한 한 그들 가까이에서 그들을 보살필 수밖에. 그들은 그러한 사실을 받아들이기를 완강히 거부한다네. 두 번째 방법은 살인자에게 경고하는 것이라네. 말하자면, 말로 단지 약간의 암시를 주는 것인데. '나는 자네의 의도를 알고 있어. 만일 어떤 사람이 죽는다면, 이 친구야, 자네는 거의 틀림없이 교수형을 당하게 될 거야.' 하고 말하는 것이지. 그것은 첫 번째 방법보다 성공률이 높지만, 그렇다고 해도 실패할 여지도 충분히 있다네. 살인자는, 이보게, 이 지구상의 어떤 피조물보다도 자만심이 강한 존재라네.

살인자는 항상 다른 사람들보다 더 영리한 법이지. 아무도 그, 또는 그녀를 결코 의심하지는 않을 걸세. 경찰은 공연히 헛수고만 하게 될 테고 그러므로 그, 또는 그녀는 계속 그와 같은 범행을 저지르고, 자네가 할 수 있는 것이라고는 사건이 일어난 뒤에 그가 교수형을 당하는 것으로 만족하는 것뿐이지."

그는 잠시 멈추었다가 신중하게 이어 나갔다.

"내 일생에 있어서 나는 두 번 살인자에게 경고했었다네. 한 번은 이집트(《나일강의 죽음》 중에서)에서였고, 한 번은 다른 곳에서였지. 그 각각의 사건에서 범인은 살인을 하기로 결심했었다네……. 그것은 아마 이곳에서도 그렇게 될 걸세."

"당신은 세 번째 방법도 있다고 했잖습니까?"

내가 그를 일깨웠다.

"아, 그렇지. 그 방법은 극도의 독창성을 요구한다네. 살인이 행해질 시간과 방법을 정확히 추측해야 하며, 심리학적으로 정확하다고 판단되는 순간에 사건에 개입할 준비를 갖추고 있어야 한다네. 살인자를 잡아야 하는데, 만일 현행범이 아니라고 하더라도 그때는 의심할 여지없이 살인 미수죄가 되는 것이지. 그리고 여보게, 내가 자네에게 말해 줄 수 있는 것은 그것이 매우 어렵고 미묘한 문제라는 것이고, 또한 나도 그 방법이 성공하리라고 조금도 장담할 수가 없다는 것이네! 나도 자부심이 강한 사람이지만, 그 점에 대해서만은 그렇게 자신이 없다네."

"이곳에서 당신은 어떤 방법을 시도할 계획입니까?"

"가능하다면 세 가지 모두. 첫 번째 방법이 가장 어렵다네."

"어째서 그렇습니까? 나는 그것이 가장 쉬울 거라고 생각하는데."

"그렇지, 만일에 자네가 희생될 사람이 누구인지 알고 있다면 말일세. 하지만 자네는 미처 깨닫지 못한 모양이구먼, 헤이스팅스? 나도 이곳에서 희생될 사람이 누구인지 알지 못한다는 것을 말일세."

"뭐라고요?"

나는 나도 모르게 탄성을 발했다. 그러고 나서야 형세의 어려움이 나에게도 차츰 이해되기 시작했다. 그 일련의 사건들을 연결시켜 주는 어떤 고리가 있었고, 또 현재도 있을 테지만 우리는 그 고리가 무엇인지를 알지 못한다. 그 동기, 극히 중요한 동기도 우리는 아직 잡지 못하고 있었던 것이다. 그런 것들을 모르는 한, 우리는 누가 위험에 처해 있다고 말할 수가 없었다.

포와로는 내가 상황의 어려움을 깨닫고 있다는 것을 내 표정을 통해 알아차리고는 고개를 끄덕였다.

"알다시피, 이 친구야, 그렇게 쉬운 일이 아니라네."

"그렇군요." 하고 내가 말했다.

"이제 나도 알겠습니다. 당신이 할 수 있는 한 해 봤는데도 그 다양한 사건들 간의 연결점을 전혀 발견하지 못했단 말이군요?"

포와로는 머리를 흔들었다.

"전혀."

나는 다시 생각에 잠겼다. 'ABC 살인사건' 때 우리는 알파벳 순서가 어떤 의미를 지니고 있는가에 대해서 연구했었지만, 실제로 그것은 사건과는 전혀 무관한 것으로 밝혀졌었다.

내가 물었다.

"거기에는, 예를 들자면, 당신이 에블린 카리슬 사건에서 찾아냈던 것과 같은 뭐 금전적인 동기라든지 하는 것이 전혀 없단 말입니까?"

"물론이지, 확신해도 좋아, 헤이스팅스. 금전적인 이득은 내가 제일 먼저 조사해 보는 것이라는 사실을 말일세."

그것은 거의 틀림없는 사실이었다. 포와로는 언제나 돈 문제에 대해서만은 철두철미하게 조사했다.

나는 다시 생각에 잠겼다. 일종의 복수 같은 것일까? 그것이 사실과 보다 부합되는 것 같았다. 하지만 비록 그렇다고 하더라도 거기에는 서로를 연결시켜 주는 어떤 고리 같은 것이 부족해 보였다.

나는 언젠가 일련의 맹목적인 살인사건에 대해서 읽었던 것을 회상해 보았다. 실마리는 희생자들이 우연히도 한 사건에 관계했던 배심원의 명단과 일치했고, 범행은 바로 그들이 유죄 판결을 내렸던 사람에 의해 저질러졌었다. 그와 같은 어떤 것이 이번 사건에도 있지 않을까 하는 생각이 내 머리를 스쳤다. 그런 생각을 나 혼자만이 하고 있었다고 말하기는 사실 부끄러운 일이다. 만일, 내가 포와로와 함께 해결책을 생각해 낸다고 하더라도 나에게는 그보다 큰 영광은 다시 없을 것이다.

내가 물었다.

"자, 이제 내게 말해 주시죠, X가 누구인지."

내가 지나치게 안달하자 포와로는 고개를 크게 저었다.

"그건, 이 친구야, 나도 말할 수 없어."

"말도 안 되는 소리. 왜 말할 수 없다는 겁니까?"

포와로의 눈이 반짝였다.

"왜냐하면, 이 친구야, 자네는 아직도 옛날의 헤이스팅스와 조금도 달라진 데가 전혀 없기 때문이야. 자네는 아직도 표정으로 자네의 심증을 드러내기 때문일세. 나는 그것을 원치 않아, 알다시피. 자네는 입을 봉하고 있겠지만 자네의 표정은 분명히 '이 자……, 내가 쳐다보는 이 자가 살인자야.' 하고 말하며 X를 응시한 채 마주 앉게 될 거란 말일세."

"필요하다면 나도 약간의 연기는 할 수 있습니다."

"자네가 억지로 감추려고 한다면, 그건 더욱 좋지 않아. 안 돼, 안 돼, 이 친구야. 우리는 아주 은밀하게 행동해야만 하네. 자네, 그리고 나 말일세. 그러고 나서 급습을 하는 거야."

"당신은 정말 집요한 늙은 악마로군요. 나는 선량한 마음씨를 가지고……."

그때 문을 가볍게 두드리는 소리가 나서 나는 하던 말을 중단했다.

포와로가 "들어오시오" 하고 말하자 내 딸 주디스가 들어왔다.

나는 주디스를 묘사하고 싶긴 하지만, 언제나 표현 솜씨가 부족함을 절실히 느끼고 있다. 주디스는 키가 크고 상당히 교만했다. 그녀는 곧게 뻗은 짙은 눈썹과, 뺨과 턱의 곡선이 매우 사랑스러웠다. 그것을 딱딱하게 긴장시키고 있긴 했지만. 그녀는 엄숙하고 다소 쌀쌀맞았는데, 내 마음은 비극을 연상케 하는 그 태도에 늘 불안을 느끼고 있었다.

주디스는 내게 다가와서 키스를 하지 않았다. 그녀는 그럴 정도로 다정한 아이가 아니다. 그 아이는 나에게 살짝 미소를 짓고는 말했다.

"안녕하세요, 아버지."

그녀의 미소는 수줍어하면서도 다소 당황하는 듯했지만, 그 미소는 감정을 외부로 나타내려 하지 않는 그 아이의 천성적인 성격에도 불구하고 그녀가 나를 만난 것을 기뻐하고 있다고 느끼게 해주었다.

나는 젊은 세대를 대할 때마다 종종 그러하듯이, 나 자신이 좀 바보스럽다고 느끼며 말했다.

"흠, 방금 도착했단다."

"아주 잘 생각하셨어요, 아버지." 하고 주디스가 말했다.

"나는 이 사람에게 요리에 대해 설명해 주고 있었단다."

포와로가 말했다.

"그게 그렇게도 형편없나요?" 하고 주디스가 물었다.

"네가 그런 것을 물어 보면 안 되지, 애야. 너는 시험관과 현미경밖에는 아무것에도 신경 쓰지 않잖니? 네 가운뎃손가락을 보렴, 메틸렌 블루로 얼룩져 있구나. 만일 네가 남편의 위장에 대해 관심이 하나도 없다면, 네 남편을 위해서는 좋은 일이 못 될 거다."

"분명히 말하지만, 저는 남편 같은 건 갖지 않을 거예요."

"아니다, 남편을 갖게 될 게다. 도대체 너는 무엇을 하고 싶은 거냐?"

"많은 것을요." 하고 주디스가 말했다.

"그 중에서 제일 먼저 할 일이 결혼이야."

주디스가 말했다.

"좋아요. 아저씨는 제게 훌륭한 남편감을 찾아 주실 테고, 저는 그의 위장을 아주 조심스럽게 보살피도록 하지요."

"저 애가 나를 웃기는구먼. 어느 날인가 저 애도 늙은이들이 얼마나 현명한지를 알게 될 걸세."

포와로가 말했다.

다시 문을 두드리는 소리가 나고 프랭클린 박사가 들어왔다. 그는 키가 크고, 딱딱한 턱과 붉은 머리, 그리고 밝고 푸른 눈을 가진 서른다섯 살의 비쩍 마른 젊은이였다.

그는 내가 알고 있는 사람 중에서 가장 볼품없는 사내였고, 늘 넋을 놓고 다녀 무엇엔가 부딪치곤 했다. 그는 포와로의 의자 둘레에 친 휘장에 부딪치더니 머리를 반쯤 돌려 기계적으로 '죄송합니다.' 하고 중얼거렸다.

나는 웃고 싶었지만, 주디스가 여전히 딱딱한 채로 서 있다는 것을 의식했다. 그녀가 그러한 일에 아주 익숙해져 있다고 나는 생각했다.

"박사님도 우리 아버지를 기억하실 거예요." 주디스가 말했다.

프랭클린 박사는 흠칫하고는, 다소 소심하게 눈을 가늘게 뜨고 나를 찬찬히 바라본 다음에 어색하게 말을 하며 손을 불쑥 내밀었다.

"물론 기억하고말고, 안녕하십니까? 당신이 이곳에 내려왔다는 말을 들었습니다."

그는 주디스에게 고개를 돌렸다.

"그런데 당신 교대하고 싶소? 그렇지 않다면, 저녁식사 뒤에 좀더 계속할 수도 있지. 만일, 우리가 그 슬라이드들을 조금만 더 준비해 두었다면……."

"아니에요. 아버지와 이야기를 나누고 싶어요."

주디스가 말했다.

"아, 그렇군. 물론이지."

갑자기 그는 용서를 구하는 소년 같은 미소를 지었다.

"미안합니다. 내가 너무 지나치게 한 가지 일에만 정신이 팔렸군요. 이건 도저히 용납할 수가 없어. 내 생각에만 너무 집착하다니. 용서해 주시기 바랍니다."

시계가 울리자 프랭클린은 급히 시계를 쳐다보았다.

"맙소사, 시간이 벌써 이렇게 되었나? 이거 골치 아프게 되었군요. 저녁식사 전에 책을 읽어 주기로 바바라와 약속했거든요."

그는 우리 모두에게 싱긋 웃어 보이며 서둘러 나가다가 그만 문기둥에 부딪치고 말았다.

"프랭클린 부인은 좀 어떠냐?" 하고 내가 물었다.

"그저 그렇죠, 뭐."

"그녀가 그렇게 허약하다니 참 안됐구나."

"의사란 정말 끔찍한 존재예요." 주디스가 말했다.

"의사들은 건강한 사람만 좋아하거든요."

"젊은 아이가 너무 심하구나!" 내가 소리쳤다.

"저는 사실을 말했을 뿐이에요."

포와로가 말했다.

"그런데도, 그 훌륭하신 의사 선생님은 그녀에게 책을 읽어 주려고 서두르는구나."

"어리석은 짓이에요." 주디스가 말했다.

"그녀가 원한다면 간호사라도 충분히 읽어 줄 수 있거든요. 나라면 누군가가 큰소리로 내게 책을 읽어 주는 것이 지긋지긋하도록 싫을 거예요."

"글쎄……, 글쎄다, 사람마다 취향이 다르니까." 하고 내가 말했다.

"그녀는 무척 어리석은 여자예요."

"아니, 주디스, 나는 네 말에 찬성할 수가 없구나." 포와로가 말했다.

"그녀는 아주 싸구려 소설책밖에는 아무것도 읽어 본 적이 없어요. 남편의 일에 대해서는 전혀 관심도 없답니다. 그녀는 세상이 어떻게 돌아가는지 아무런 관심도 없다고요. 들어 주기만 한다면 누구에게라도 자기의 건강에 대해서만 떠드는걸요."

포와로가 말했다.

"그녀는, 애야, 네가 전혀 알지 못하는 방식으로 자신의 회색 뇌세포를 사용한다는 걸 나는 알고 있단다."

주디스가 말했다.

"그녀는 매우 여자다운 여자예요. 사근사근하고 나긋나긋하지요. 저는 당신도 그런 여자들을 좋아할 거라고 생각해요, 에르퀼 아저씨."

내가 말했다.

"전혀 그렇지 않단다. 이분은 덩치가 크고 활달한 러시아 여인 같은 형을 좋아하지."

"내 취향을 드러내서 어쩌겠단 말인가, 헤이스팅스? 네 아버지는, 주디스, 늘 붉은 갈색 머리를 좋아했었단다. 그게 여러 번 이 사람을 곤경에 빠뜨리곤 했었지."

주디스는 우리 모두에게 부드러운 미소를 지어 보이며 말했다.

"두 분은 정말 재미있는 친구 사이네요."

그녀가 돌아가자 나도 일어섰다.

"짐을 풀어야겠습니다. 그리고 저녁식사 뒤에 목욕이나 해야겠는데요."

포와로가 손이 미치는 곳에 있는 벨을 누르자 잠시 뒤에 하인이 들어왔다.

나는 그가 낯선 사람이라는 것을 알고는 놀랐다.

"아니, 조지는 어디 갔습니까?"

포와로의 하인인 조지는 오랜 세월을 그와 함께 지내왔었다.

"조지는 자기 가족에게 돌아갔다네. 아버지가 아픈 모양이야. 조만간 돌아오리라고 생각하네. 그 동안은……."

이렇게 말하며 새 하인에게 미소를 지어 보였다.

"커티스가 나를 돌봐 주고 있지."

커티스는 공손하게 미소를 지었다. 그는 다소 둔해 보이는 순박한 얼굴을 가진 덩치가 큰 남자였다.

나는 문을 열어 밖으로 나가면서 포와로가 아까 그 서류가 들어 있던 송달 상자를 조심스럽게 잠그는 것을 보았다.

나는 혼란스러운 마음으로 복도를 가로질러 내 방으로 갔다.

　나는 모든 생활이 갑자기 비현실적인 것이 되어 버렸다고 느끼며 저녁식사를 하러 내려갔다. 옷을 갈아입으며 나는 포와로가 그 모든 것을 상상해 낸 것은 아닐까 하고 한두 번 나 자신에게 물어 보았다. 결국 그렇게 가깝던 옛 친구도 이젠 노인이 되어 버렸고, 게다가 슬프게도 건강마저 나빠져 버렸다.

　그는 자기의 두뇌가 이전과 마찬가지로 건재하다고 호언하지만 사실 과연 그럴까? 그는 전 생애를 범죄를 추적하는데 보냈다. 만일 그가 범죄가 전혀 없었는데도 범죄를 상상해 낸 것이라면, 그것은 정말로 심각한 일이 될 수밖에 없다! 그의 어쩔 수 없는 무기력함이 그를 몹시 당혹하게 만든 게 틀림없다. 그가 자신을 위해 새로운 인간 사냥을 고안해 낸 것보다 더 그럴싸한 이유가 있을까? 소망적 사고……, 확실히 근거가 있는 신경 증세이리라. 그는 세상에 다 보도된 사건들을 골라서, 거기에는 있지도 않은 어떤 것, 그 사건들 뒤에 숨어 있는 희미한 모습의 미친 살인자를 가미시켜 해석을 한 것이다.

　이더링튼 부인은 실제로 자기 남편을 살해한 것이고, 그 농부는 아내를 쏘았고, 한 젊은 여인은 자기 아주머니에게 모르핀을 과다 복용시켰고, 질투심 많은 부인은 자기가 위협했던 대로 남편을 해치웠던 것이며, 정신 이상인 노처녀는 이성을 잃어버리고 살인을 저질렀던 것이다. 사실 그 범죄들은 보이는 그대로가 아닌가! 그러한 견해에(상식적인 사람들이라면 누구나 틀림없이 그렇게 생각하겠지만) 비해서 나는 단지 포와로의 안목에 대한 나 자신의 본능적인 신뢰에 따를 뿐이었다. 포와로는 살인자는 이미 정해져 있다고 말했다.

　스타일즈는 두 번째로 범죄에 휘말린 저택이 되었다. 그 주장에 대해서는 시간이 사실 여부를 증명해 주겠지만, 만일 그것이 사실이라면 우리는 사건이 일어나기 전에 미리 손을 써야만 한다. 그리고 포와로는 살인자의 정체를 알고 있는데 나는 모르고 있다.

그 일에 대해 생각하면 할수록 나는 약이 올랐다! 사실, 솔직히 말해서 포와로는 정말 지나치게 거만을 떨었던 것이다! 그는 나의 협조를 구하면서도 아직 나를 믿지 못하겠다고 했단 말이다! 왜? 그는 그 까닭을 말했지만, 분명히 너무나도 불충분한 것이었지!

나는 내 '표정으로 말을 한다는' 것에 대해 쓴웃음을 지어 버렸다. 나도 그 누구 못지않게 비밀을 지킬 수 있다. 포와로는 항상 내가 속이 들여다보이는 성격이고, 누구라도 내 마음속에 무슨 생각이 스치고 있는지 알아낼 수 있다는 굴욕적인 생각을 품고 있었다. 그는 가끔 그것을 나의 선하고 정직한 성격 탓이라고 함으로써 내 울화통을 삭히려 드는데, 도대체 그 영감의 술책이라면 정말 끔찍할 정도이다!

물론 깊이 생각해 보건대, 만일 모든 것이 포와로가 상상해 낸 망상에 지나지 않는다면 그가 말하지 않으려는 것도 쉽게 설명될 수 있었다.

시간을 알리는 소리가 들려 나는 아무런 결론에도 이르지 못한 채 포와로가 꾸며낸 가공의 인물 X에게 마음을 열고, 그러나 경계의 눈을 번뜩이며 저녁식사를 하러 내려갔다.

잠시 동안 나는 유령의 실재에 대해 포와로가 말했던 모든 것을 받아들이기로 마음먹었다. 이미 다섯 번이나 살인을 저질렀고, 또 살인을 계획하고 있는 자가 이 지붕 밑에 있다. 그게 누구일까?

저녁식사를 하러 가기 전에 거실에서 콜 양과 앨러튼 소령을 소개받았다. 콜 양은 큰 키에 서른 서넛쯤 된 여인으로, 아직도 아름다웠다. 앨러튼 소령에 대해서는 나는 본능적으로 혐오감을 느꼈다. 그는 사십대 초반의 잘생긴 남자로, 넓은 어깨와 구릿빛 얼굴을 하고 이야기를 술술 잘하는데, 그가 하는 말은 대부분 이중적인 냄새를 풍기고 있었다. 그는 방탕한 생활을 즐긴 결과로 보이는 축 처진 눈두덩을 가지고 있었다. 나는 그가 도락과 노름을 즐기며, 폭음을 하고, 줄곧 여자들 틈에 끼어 지내 왔다는 것을 짐작할 수 있었다.

루트렐 대령도 역시 그를 좋아하지 않았고, 보이드 캐링튼도 그에 대해 다소 딱딱한 태도를 취하고 있다는 것을 나는 알았다. 앨러튼은 여자들과 어울릴 때는 성공적이었다. 루트렐 부인은 그가 자기에게 빈정거리며 거의 눈에 띄지 않을 정도로 무례하게 굴며 아첨을 떨 동안, 그에게 즐겁게 조잘거리고 있었다. 나는 주디스 역시 그 작자와 기꺼이 어울리는 것 같았고, 그 사람과 대화를 나누려고 상당히 애쓰는 것을 보고는 울화통이 터졌다.

어째서 가장 질이 나쁜 종류의 사내가 언제나 가장 훌륭한 여인들을 즐겁게 하고, 그들의 관심을 받을 수 있는가 하는 것이 오랫동안 나를 괴롭혀 왔던 문제였다. 나는 본능적으로 앨러튼이 건달이라는 것을 알았는데 열 명 중 아홉 남자는 내 생각에 동감했을 것이다. 그에 반하여, 여성들은 아홉 아니면 열 모두 한눈에 그에게 홀딱 반해 버렸던 것이다.

저녁식사 테이블에 앉자 우리 앞에는 희고 끈적끈적한 액체가 든 접시들이 놓였고, 나는 과연 누가 범인일까 하고 파악하느라 테이블 주위로 눈을 부지런히 돌렸다. 만일 포와로가 옳았고, 그의 두뇌의 탁월함이 아직 손상되지 않은 채로 남아 있다면 이 사람들 중 하나가 위험한 살인자……, 아마 거의 미치광이일 것이다.

포와로는 그렇게 말하지 않았지만, 나는 X가 아마 남자일 거라고 추측했다. 과연 이 사람들 중에 누가 살인자일지? 루트렐 대령은 그의 우유부단함이나 유약한 기질로 봐서 범인이 아닌 게 거의 틀림없었다.

노튼……. 나는 그를 쌍안경을 들고 뛰쳐나가던 때 만났었던가? 이 사람도 살인자 같아 보이지는 않았다. 그는 다소 무기력하고 활달함이 부족하지만 유쾌한 친구로 보였다. 물론, 많은 살인자들이 조그맣고 보잘것없는 남자들로서 바로 그런 이유 때문에 범죄로 그들 자신을 과시하고자 범행을 저지르기도 했었다. 그들은 대수롭지 않게 취급당하고 무시당하는 것에 항거했다. 노튼은 바로 그런 유형의 살인자일 수도 있다. 하지만 그는 새를 몹시 사랑했다. 나는 항상 자연을 사랑한다는 것은 인간적으로 건강하다는 것을 나타내 주는 필수적인 요건이라고 믿어 왔었다.

보이드 캐링튼? 의문에서 제외시켰다. 그는 전 세계에 이름이 알려진 사람인 것이다. 훌륭한 스포츠맨이자, 정치가이고, 만인이 좋아하고 우러러보는 사람이었다. 프랭클린 역시 나는 제외시켰다. 나는 주디스가 그를 얼마나 존경하고 흠모하는지 알고 있었다.

이제 앨러튼 소령 차례다. 나는 그에 대한 평가를 장황하게 늘어놓았었다. 나는 단 한 번 봤는데도 그가 얼마나 추악한 작자인지 알 수가 있었다! 자기 할머니의 가죽이라도 벗길 그런 종류의 인간이었다. 그리고 그는 모든 것을 가식적인 얄팍한 매력으로 감추고 있었다.

그는 지금 이야기를 하고 있었는데 자기 자신의 실패담을 늘어놓으며, 또한 자존심까지 희생시켜 가며 값싼 농담으로 사람들을 웃기고 있었다. 만일 앨러튼이 X라면, 나는 단언하건대 그의 범죄는 아마도 금전적인 이익을 위해 저질러졌으리라.

포와로가 X가 남자라고 분명하게 말하지 않은 건 사실이다. 나는 콜 양도 용의자일 가능성이 있다고 생각했다. 그녀의 움직임은 불안하고 변덕스러웠는데 분명히 신경이 상당히 예민한 여자였다. 기품 있는 모습도 어쩐지 악몽에 시달리거나 하는 그런 종류의 고통을 겪고 있는 것처럼 보였다. 지금으로선 그녀는 완전히 정상적으로 보였지만.

그녀와 루트렐 부인, 그리고 주디스가 저녁식사 테이블에 앉은 여성 모두였다. 프랭클린 부인은 위층 자기 방에서 식사를 하고 있었고, 그녀의 간호사는 우리가 식사를 마친 뒤에 식사를 했다.

저녁식사가 끝난 뒤 나는 정원이 내려다보이는 거실 창가에 서서 그전에 신시어 머도크 양……, 붉은 갈색 머리를 휘날리며 그 잔디밭을 가로질러 달려오던 젊은 아가씨를 보았던 때를 회상하고 있었다(《스타일즈 저택의 죽음》 중에서). 흰 작업복을 입고 있던 그녀가 얼마나 매력적으로 보였던지…….

지난날의 생각에 잠겨 있다가, 나는 주디스가 내 팔을 끼고는 창밖의 테라스로 끌고 나가려는 통에 깜짝 놀라고 말았다.

“무슨 고민이라도 있으세요?” 그녀가 말했다.

나는 흠칫했다.

“고민이라니? 무슨 말을 하는 거냐?”

“아빠는 저녁 내내 좀 이상했어요. 왜 저녁식사 때 모든 사람들을 하나하나 쏘아보았죠?”

나는 화가 났다. 내가 자신의 생각을 그토록 주체하지 못하고 드러내리라고 는 전혀 생각지 못했었기 때문이다.

"내가 그랬던가? 아마 지난 일을 생각하고 있었나 보구나. 아마도 유령들을 보고 있었던 게지."

"오, 그렇군요. 아빠는 이곳에서 지냈었죠, 맞죠? 그땐 아빠도 젊으셨겠네요? 어떤 노부인이 이곳에서 죽었다면서요?"

"스트리크닌으로 독살 당했지."

"그녀는 어떤 분이었죠? 멋있었나요, 그렇지 않으면 추악했나요?"

나는 그 질문에 대해 잠시 생각해 보았다. 그러고는 천천히 말했다.

"매우 친절한 분이었지. 너그러웠단다. 자선을 많이 베풀곤 했었지."

"오, 그 너그러움!"

주디스의 목소리는 어딘지 냉소적으로 들렸다. 그러고 나서 호기심 어린 눈으로 질문을 했다.

"그 사람들은 이곳에서 행복했나요?"

아니, 그들은 행복하지 않았었지. 적어도 나는 그것을 알고 있었다.

"아니." 나는 천천히 말했다.

"어째서 행복하지 않았나요?"

"왜냐하면, 그들은 마치 죄수가 된 듯한 감정을 느끼고 있었기 때문이야. 잉글소프 노부인이 전 재산을 움켜쥐고는……, 그리고 그것을 아까운 듯이 조금씩 나누어 주었지. 그녀의 의붓자식들은 그들 자신의 생활이라고는 전혀 할 수 없었단다."

나는 주디스가 날카롭게 숨을 들이쉬는 것을 들었다. 내 팔에 얹혀 있는 그녀의 손이 단단히 죄어졌다.

"그것은 지독한 짓이에요……. 끔찍한 짓이라고요. 일종의 권력 남용이에요. 있을 수 없는 일이에요. 노인, 병자들……, 그런 사람들은 젊고 건강한 사람들을 쥐고 흔들 권력을 가져서는 안 돼요. 그런 사람들은 남들을 꼭 잡아 두고 안달 나게 하며, 꼭 필요한 것에만 힘과 에너지를 소모해요. 그것은 이기심이라고요."

"노인만이 그러한 특성을 독점하고 있는 것은 아니야."

나는 냉담하게 말했다.

"오, 저도 알아요, 아버지. 아버지는 젊은 사람들이 이기적이라고 생각하시죠. 아마, 우리도 그럴 테지만, 그러나 그것은 순수한 이기심이에요. 우리는 단지 우리 자신이 원하는 것을 하고자 할 뿐이고, 우리가 원하는 것을 다른 사람들이 해 주는 것도 원치 않으며 다른 사람들을 구속하는 것도 원치 않아요."

"그렇지 않아, 너희들도 만일에 노인들이 너희들의 생활에 우연히 끼어들려고 하면 그들을 분명히 짓밟으려 들 거야."

주디스는 나의 팔을 꽉 죄었다. 그녀가 말했다.

"너무 심하게 말하지 마세요! 저는 그렇게 짓밟지는 않아요……. 그리고 아빠는 결코 우리 남매들의 생활을 일일이 간섭하시지 않았잖아요. 우리는 그 점에 대해서 고맙게 생각하고 있어요."

"비록 내가 너희들에게 존경을 받았다고 하더라도 나는 두렵구나."

나는 솔직하게 말했다.

"너희들이 자신의 실수를 인정할 수 있도록 만들어 준 것은 너희 어머니였지."

주디스는 나의 팔을 다시 꽉 죄고 말했다.

"저도 알아요. 아빠는 마치 암탉처럼 우리들을 감싸고 법석 떠는 걸 좋아하셨잖아요! 저는 그런 걸 싫어해요. 저는 그런 게 견딜 수 없어요. 아빠도 제 의견에 동의를 하실 거예요, 그렇죠, 유익한 삶은 무익한 삶을 희생시킴으로써 얻어질 수 있는 것 아니겠어요?"

"그것은 때로는 가능한 일이지." 하고 나는 인정했다.

"그러나 거기에는 엄격한 기준이란 건 없어……. 그것은 다른 사람을 밖으로 내몰게 되는 것이라는 사실을 너도 알 테지?"

"그래요, 하지만 정말 그런가요? 정말이에요?"

그녀의 목소리가 너무 격해서 나는 조금 놀라며 그녀를 쳐다보았다.

그녀의 얼굴에서는 분명히 심각한 어둠을 볼 수 있었다. 그녀는 나지막하고 떨리는 목소리로 계속했다.

"거기에는 많은 문제점이 있어요(그것은 그만큼 어려워요). 경제적인 면, 책임감, 자기가 좋아했던 누군가를 상처 입히기를 싫어하는 마음, 그런 것들 말이에요. 그리고 어떤 사람들은 무척 잔인하더군요. 그런 사람들은 그러한 감정들을 어떻게 즐겨야 할지를 잘 알고 있어요. 그런 사람들, 그런 족속들은 마치 흡혈귀 같아요!"

"주디, 애야!"

나는 그녀의 어조에서 분명한 분노를 느끼고는 소리쳤다.

그녀는 자신이 지나치게 격렬했었다는 것을 깨달았는지, 슬며시 웃으며 내 팔에서 손을 떼었다.

"제가 너무 흥분했나 봐요. 저는 감정이 너무 격해지는 게 문제예요. 아시겠지만, 저도 이런 사건을 알고 있어요. 어떤 늙은 야만인에 대한 일이죠. 그리고 매우 용감한 사람의 행동에 관해서요. 그녀는 그 혹과 같은 존재를 제거해서 다른 사람들을 해방시켰는데, 사람들은 그녀를 미쳤다고 했어요. 미쳤다고요? 그것은 누구든지 할 수 있었던 가장 온전한 행동이었고 가장 용감한 행동이었는데요!"

어떤 끔찍한 불안감이 나를 덮쳤다. 그리 오래 되지 않은 과거에 이와 똑같은 말을 들었잖은가?

나는 날카롭게 말했다.

"주디스, 지금 어떤 사건을 말하고 있는 거냐?"

"오, 아빠는 전혀 모르는 사람들이에요. 프랭클린 가족의 친구들에 관한 사건이에요. 그 노인은 리치필드라고 해요. 그 노인은 아주 부자였는데, 자기의 가엾은 딸들을 거의 굶주리게 했어요. 딸들을 아무도 만나지 못하게 하고, 밖에 나가지도 못하게 했어요. 그는 아주 돌아 버린 거였어요. 하지만 병원 신세를 질 정도는 아니었지요."

"그래서 그 맏딸이 그를 살해했지." 내가 말했다.

"오, 아빠도 그 사건에 대해서 읽으셨군요? 아빠가 그것을 살인이라고 말하다니 놀랐는데요. 하지만 그것은 개인적인 동기에서 저지른 것은 아니었잖아요. 마거리트 리치필드는 곧바로 경찰에 가서 자수를 했거든요. 저는 그녀가 매우 용감했다고 생각해요. 제게는 그럴 용기가 없는 것 같아요."

"너 자신을 포기할 용기냐, 아니면 살인할 용기냐?"

"둘 다요."

"그런 말을 들으니 정말 기쁘구나." 나는 엄숙하게 말했다.

"그리고 나는 네가 어떤 사건에서도 살인을 정당화시키는 쪽으로 말하는 것을 듣고 싶지 않다." 나는 잠시 멈추었다가 덧붙였다.

"프랭클린 박사는 어떻게 생각했지?"

"그분도 옳은 일이었다고 생각했어요. 아버지도 아시겠지만, 어떤 사람들은 제발 자기를 죽여 달라고 애원하잖아요?"

주디스가 말했다.

"네가 그런 말을 다 하다니, 주디스! 대체 누가 네 머리에 그런 사고방식을 집어넣어 준 거냐?"

"아무도 그러지 않았어요."

"글쎄다, 나는 너에게 그런 생각이 백해무익하고 돼먹지 못한 사고방식이란 것을 일러 주어야겠구나."

"알겠어요. 우리 그 이야기는 이쯤에서 그만두기로 해요."

그녀는 잠시 멈추었다.

"저는 사실 프랭클린 부인이 아빠에게 전해 달라는 쪽지를 가지고 왔어요. 아빠가 그녀의 침실에 올라오는 것을 신경 쓰지 않는다면 아빠를 만나보고 싶대요."

"기꺼이 받아들이지. 그녀가 저녁식사에 내려오지 못할 정도로 아프다니 참 안됐구나."

주디스가 냉정하게 말했다.

"그녀는 괜찮아요. 그녀는 소동거리를 만드는 걸 몹시 좋아하거든요."

젊은 사람들은 매우 무정한 법이다.

제5장

나는 프랭클린 부인을 전에 꼭 한 번 만났던 적이 있었다. 그녀는 한 서른 쯤 된 여인인데, 내게는 어딘지 마돈나 같은 타입이라고 느껴졌다. 커다란 갈색 눈에 머리 한군데서 가르마를 타고 길고 온화한 얼굴. 그녀는 매우 가냘픈 체구였고, 피부는 만지면 깨질 듯이 투명했다.

그녀는 하루 종일 베개를 높이 하고 누워 있었는데, 흰 바탕에 옅은 청색을 띤 매우 우아한 네글리제를 입고 있었다. 프랭클린과 보이드 캐링튼이 그곳에서 커피를 마시고 있었다.

프랭클린 부인은 미소를 지으며 손을 뻗쳐서 나를 반겼다.

"당신이 오셔서 얼마나 기쁜지 모르겠어요, 헤이스팅스 대위님. 주디스를 위해서도 정말 좋을 거예요. 그 애는 너무 열심히 일하고 있답니다."

"그녀는 그 일에 아주 만족해하는 것 같더군요." 나는 그 깨어질 듯한 조그만 손을 잡으며 말했다.

바바라 프랭클린은 한숨을 내쉬었다.

"그래요, 그녀는 행복하답니다. 정말 나는 그녀가 부러워요. 그녀는 건강이 나쁘다는 것이 어떤 건지 모를 거라는 생각이 들어요. 무슨 생각을 하세요, 간호사? 오! 당신에게 소개를 해야겠군요. 이쪽은 크레이븐 간호사인데, 정말 끔찍이도 나를 잘 돌봐 주고 있답니다. 나는 그녀 없이는 어떻게 해야 할지도 모르는걸요. 나를 마치 아기처럼 보살펴 준답니다."

크레이븐 간호사는 키가 크고 기품 있게 생긴 여인으로, 밝은 피부와 붉은 갈색 머리에 균형 잡힌 얼굴을 가지고 있었다.

나는 그녀의 손을 주목했는데, 길고 흰 손이어서 병원의 그 수많은 간호사들의 손과는 아주 딴판이었다. 게다가 상당히 과묵한 아가씨여서 아무 대꾸도

하지 않을 때도 있었다. 지금도 그녀는 아무 말 없이 고개만 끄덕여 보였다.

프랭클린 부인이 계속해서 말했다.

"하지만 존은 그 가엾은 아가씨를 너무나 지나치게 혹사시키고 있답니다. 그이는 마치 노예 감독과 같답니다. 당신, 그렇지 않아요, 응, 존?"

그녀의 남편은 창밖을 내다보며 서 있었다. 그는 휘파람을 불며 주머니 속의 동전들을 딸랑거리고 있었다. 그는 아내의 말에 약간 흠칫했다.

"그게 무슨 말이지, 바바라?"

"당신이 부끄럽게도 주디스 헤이스팅스를 너무 혹사시킨다고 했어요. 이제 헤이스팅스 대위님도 여기 계시니까, 이분하고 나는 머리를 맞대고 궁리를 해서 그렇게 하지 못하도록 할 거예요."

프랭클린 박사에게는 농담이 먹혀들지 않았다. 그는 다소 걱정스러운 표정으로 주디스에게 물어 보듯이 돌아보았다. 그는 우물거리며 말했다.

"내가 일을 너무 지나치게 시킨다 싶으면 내게 알려 주도록 해요."

주디스가 대꾸했다.

"농담하는 거예요. 일에 대해서 말씀드릴 게 있는데요, 그 두 번째 슬라이드에 나타난 얼룩에 관해서 묻고 싶은데. 박사님도 아시겠지만, 그것은……."

그는 그녀의 진지한 표정을 돌아다보며 그녀의 말을 가로챘다.

"맞아, 맞아. 자, 당신만 괜찮다면 실험실로 내려가도록 합시다. 나는 확실하게 해 두는 것을 좋아하거든."

그들은 이야기를 나누며 함께 방을 나갔다. 바바라 프랭클린은 다시 베개 위로 누웠다.

그녀가 한숨을 쉬자 크레이븐 간호사가 다소 불쾌한 듯이 말했다.

"노예 감독은 바로 헤이스팅스 양이라고 생각해요!"

프랭클린 부인이 다시 한숨을 쉬고는 중얼거리듯이 말했다.

"나는 너무도 부족하다는 것을 느껴요. 나도 존의 일에 대해서 보다 많은 관심을 가져야 한다는 것을 알아요. 하지만 도저히 그렇게 할 수가 없는걸요. 그런 사실이 내게는 좋지 않다는 것을 잘 안답니다. 하지만……."

그녀는 벽난로 옆에 서 있던 보이드 캐링튼이 '흥!' 하고 콧소리를 내는 바람에 하던 말을 멈추었다.

"쓸데없는 소리요, 밥스." 그가 말했다.

"당신은 괜찮소. 고민할 필요 없어요."

"오, 빌, 걱정할 수밖에 없어요. 나는 자신이 없답니다. 그게 전부에요. 내가 그렇게 느끼는 것은 어쩔 수가 없어요. 정말로 끔찍해요. 실험용 쥐와 토끼들, 또 그밖에 모든 것이 다. 윽!"

그녀는 몸을 떨었다.

"나도 그게 어리석은 생각이란 것을 알고 있어요. 나는 그런 바보예요. 그런 게 나를 더욱 병자 같은 느낌이 들게 한단 말이에요. 나는 오직 사랑스럽고 행복한 것들만 생각하고 싶어요. 새들과 꽃들, 그리고 뛰어노는 아이들 말이에요. 당신도 알 거예요, 빌."

그는 그녀에게 다가가서 그녀가 애원하듯 내민 손을 잡았다. 그녀를 내려다보는 그의 표정은 마치 여인의 표정처럼 온화하게 바뀌었다. 그것은 정말로 보기 좋은 장면이었다. 보이드 캐링튼이라면 말할 것도 없이 가장 사나이다운 남자가 아니었던가.

"당신은 열일곱 살 때 모습과 조금도 달라지지 않았어요, 밥스. 당신은 옛날 집의 정원과 수반, 코코넛 같은 것들을 기억하고 있는지 모르겠는데?"

그는 나에게로 고개를 돌려 말했다.

"바바라와 나는 옛 친구였답니다."

"외 옛 친구!" 그녀가 항변하듯이 외쳤다.

"아, 나도 당신이 나보다 열다섯 살이나 어리다는 것을 알아요. 하지만 내가 젊었을 때 어린 꼬마인 당신과 같이 놀았었지. 당신을 어깨에 태우기도 했고 말이오. 그리고 얼마 뒤에 나는 당신이 아름다운 젊은 숙녀라는 사실을 문득 깨닫게 되었지. 이제 막 세상에 첫 발을 내디디려 하는 숙녀. 당신을 데리고 골프 링크를 돌아다니며 골프를 가르쳐 주곤 했는데, 기억하고 있소?"

"오, 빌, 내가 잊어버렸다고 생각하세요? 우리 식구들은 이 지방에서 살았었거든요." 그녀가 나에게 설명해 주었다.

"빌은 그의 나이 많은 아저씨 에버라드 경과 함께 이곳에 있는 내톤 저택에서 지내려고 오곤 했었지요.”

“과거에는 무덤이었지. 현재도 역시 마찬가지지만. 가끔 나는 이제는 살만한 집을 결코 다시는 얻지 못할 거라는 절망감을 느낀다오.”

“오, 빌, 그것은 꿈속에서나 있을 수 있을 거예요. 정말 꿈속에서나!”

“그래요, 밥스, 하지만 그런 생각은 한 번도 해본 적이 없소. 욕실과 정말로 안락한 의자들. 그것이 내가 생각할 수 있는 전부요. 여자도 필요하지.”

“내가 가서 도와드리겠다고 말했었잖아요. 내 말은 그런 뜻이었어요. 정말이에요.”

윌리엄 경은 크레이븐 간호사 쪽을 의심스러운 눈초리로 쳐다보았다.

“당신이 어느 정도만 건강하더라도 함께 드라이브를 할 수 있을 텐데. 당신은 어떻게 생각하시오, 간호사?”

“오, 물론이지요, 윌리엄 경. 저도 그런 게 프랭클린 부인에게 좋을 거라고 생각합니다……. 물론 너무 과로하지 않도록 조심해야 하겠지만요.”

“그렇다면, 약속된 거요.” 하고 보이드 캐링튼이 말했다.

“이제 그만 주무시오. 내일 건강한 모습으로 만납시다.”

우리는 모두 프랭클린 부인에게 잘 자라는 인사를 하고 함께 밖으로 나왔다. 아래층으로 내려왔을 때 보이드 캐링튼이 무뚝뚝하게 말했다.

“당신은 그녀가 열일곱 살 때에는 얼마나 사랑스러운 모습이었는지 상상도 못할 겁니다. 그 당시 나는 미얀마에서 집으로 돌아왔지요. 내 아내가 그곳에서 죽었다는 것을 당신도 알 겁니다. 내가 바바라에게 반해 버렸다고는 생각하지 마시오. 그녀는 그 뒤 3년인가 4년 뒤에 프랭클린하고 결혼했답니다.

그것이 행복한 결혼이었다고 생각하지도 마시오. 그녀의 건강이 최악의 상태에 놓이게 된 것도 바로 그 때문이란 것이 내 생각이오. 그 친구는 그녀를 이해하지도 못하고 제대로 파악하지도 못했소. 그녀는 감수성이 무척 예민하답니다. 그녀가 저렇게 심약한 것도 아마 일종의 신경증적인 것이 아닐까 하는 생각이 듭니다. 그녀를 꼭꼭 갇힌 틀 속에서 끄집어내어, 관심을 기울여 주고 기분을 풀어 준다면 그녀는 완전히 다른 모습으로 변할 겁니다! 그러나 그 빌어먹을 외과의사는 오직 시험관과 서아프리카의 풍토와 문명에 관해서만 관심을 가지고 있으니!"

그는 화가 나서 씩씩거렸다.

나는 그가 그렇게 말하는 데는 아마도 그럴 만한 근거가 있으리라고 생각했다. 보이드 캐링튼의 마음이, 비록 예쁘기는 하지만 말하고 행동하는 모든 것이 마치 누글누글한 초콜릿 상자처럼 병약한 존재인 프랭클린 부인에게 이끌리고 있다는 것이 나를 놀라게 했다.

그러나 보이드 캐링튼은 대단히 정력적이고 활기에 가득 차 있기 때문에, 나는 그가 순전히 그 신경증적인 병약한 모습을 보고 애처로워하는 게 아닌가 하고 느껴지기도 했다. 바바라 프랭클린은 한 소녀로서 많은 남성, 특히 내가 보이드 캐링튼에게 받았던 그런 강렬한 이상주의적인 타입의 남성들에게 있어서는 아주 사랑스러운 존재였음이 틀림없으리라.

아래층에서 루트렐 부인이 갑자기 나타나서는 브리지 게임을 하자고 말했다. 나는 포와로를 만나 봐야겠다는 구실을 들어 사양했다.

포와로는 침대에 누워 있었다. 커티스가 방 안을 돌아다니며 청소를 하다가 잠시 뒤 밖으로 나가서 문을 닫았다.

"포와로, 빌어먹을. 당신의 악착같이 소맷자락을 움켜쥔 그 망할 놈의 습관은 여전하군요. 나는 X를 점지하려고 온 저녁을 허비했단 말이오."

"그 일이 자네를 무엇엔가 홀린 것처럼 보이게 했었겠군. 그래, 자네의 얼빠진 표정을 보고 걱정거리가 있느냐고 묻는 사람이 아무도 없던가?"

나는 주디스를 기억하고는 약간 얼굴을 붉혔다.

포와로가 나의 실패를 지켜보고 있었던 모양이라고 나는 생각했다. 나는 그의 입가에 어딘지 짓궂은 미소가 어린 것을 알아차렸다. 그러나 그는 그냥 이렇게 말할 뿐이었다.

"그런데 자네는 그 점에 대해서 어떤 결론에 도달했는가?"

"내 생각이 옳을 수도 있다고 말하는 겁니까?"

"꼭 그런 것은 아니지."

나는 그의 표정을 세심하게 지켜보았다.

"나는 노튼에 대해 고려해 보았는데……"

포와로의 표정은 바뀌지 않았다.

"어떤 결론에도 도달하지 못했습니다."

"그는 다른 사람들보다도 그럴 가능성이 훨씬 적을 거라는 생각이 들더군요. 그리고 그는(글쎄 뭐라고 할까) 별로 눈에 띄지 않는 사람입니다. 우리가 추적해야 할 살인자의 유형이 그처럼 별로 눈에 띄지 않는 사람일 수도 있다고 가정해 보긴 했습니다만."

"사실이야. 그러나 자네가 별로 눈에 띄지 않는 그런 사람들에 대해 느끼는 것보다 더 많은 문제점들이 있다네."

"그게 무슨 뜻입니까?"

"한번 가상적인 사건이 있다고 생각해 보게. 어떤 사악한 뜻을 품은 낯선 자가 살인이 일어나기 몇 주 전에 그곳에 도착했다고 한다면, 그는 그곳에 온 뚜렷한 목적이 전혀 없기 때문에 당연히 주목을 받게 될 걸세. 만일 그 낯선 자가 대수롭지도 않은 인물이며, 별로 해롭지도 않은 낚시질 같은 스포츠에 몰두해 있다면 그쪽이 보다 그럴듯하지 않은가, 응?"

"아니면 새들을 관찰한다든지. 맞아요, 바로 그 점이 내가 말하려고 했던 점입니다." 하고 인정했다.

포와로가 말했다.

"한편, 살인자는 오히려 훨씬 전부터 그곳에 살고 있는 잘 알려진 인물일 수도 있는데. 말하자면, 그는 푸줏간 주인일 수도 있단 말일세. 그것은 아무도 푸줏간 주인의 옷에 묻은 핏자국에 대해서는 조금도 주목하지 않기 때문에 훨씬 유리한 점이 될 수도 있지!"

"당신은 정말 이상한 말을 하는군요. 누구라도 푸줏간 주인이 빵집 주인하고 다투었는지를 알 겁니다."

"푸줏간 주인이 '단지 빵집 주인을 살해할 기회를 만들기 위해' 푸줏간 주인이 되었다면 그렇지도 않다네. 누구든 한 걸음 뒤로 물러서서 보게 되는 법이 아닌가, 이 친구야."

나는 그러한 말 속에 어떤 암시가 숨어 있는 것은 아닌지 밝혀내려고 애쓰며 그를 뚫어지게 쳐다보았다. 그 말들이 어떤 의미를 품고 있다면, 그것은 바로 루트렐 대령을 지적하는 것일 수도 있었다. 그는 손님 중 한 사람을 살해할 기회를 만들기 위해 의도적으로 여관을 열었던 것은 아닐까?

포와로는 아주 부드럽게 고개를 저으며 말했다.

"자네가 얻으려는 대답은 내 얼굴에는 없다네."

나는 한숨을 쉬며 말했다.

"당신은 정말 나를 미치게 하는 군요, 포와로 아무튼 노튼은 내가 혐의를 두지 않는 유일한 사람입니다. 앨러튼, 그 친구는 어떻습니까?"

포와로는 여전히 무표정한 채로 내게 물어 보았다.

"자네는 그를 좋아하지 않는군?"

"그래요, 좋아하지 않습니다."

"아, 자네는 그를 돈푼깨나 있는 추잡한 친구라고 생각하는군. 그것이 맞지, 아닌가?"

"맞습니다. 당신은 그렇게 생각하지 않나요?"

포와로가 천천히 말했다.

"맞네. 그는 그렇다네. 여자들에게는 아주 매력적인 친구지."

나는 경멸조의 탄성을 질렀다.

"여자들이란 도대체 어떤 존재이길래 그렇게 바보 같을 수가 있는지 원. 여자들이 그와 같은 작자에 대해 도대체 뭘 알겠습니까?"

"누가 아나? 하지만 늘 그런 법일세. 그런 무뢰한들……. 여자들은 항상 그런 작자들에게 이끌리게 마련이지."

"무슨 이유죠?"

"여자들은 아마도 우리가 보지 못하는 그 무엇을 보는 게지."

"그게 뭘까요?"

"위험, 아마도……. 누구나, 여보게, 자기들의 생활에 흥분을 불러일으켜 줄 약간의 위험을 원한다네. 어떤 사람들은 그것을 남을 통해서 투우사 같은 존재에게서 얻고, 어떤 사람들은 그런 책을 읽지. 또 어떤 이들은 영화에서 찾기도 한다네. 하지만 나는 이것만은 확신할 수 있어. 인간이란 본능적으로 지나친 안전을 싫어한다는 것을 말일세. 남자들은 다양한 방법으로 위험을 추구하지만 여자들은 대개 성적인 측면으로 자신들의 위험에 대한 추구를 국한시킨다네. 그것은 아마도 여자들은 발톱을 감추고 있는 호랑이, 즉, 변덕스러운 봄날씨처럼 겉으로 드러나지 않는 암시적인 것을 좋아하기 때문일 걸세. 선량하고 친절한 남편이 될 수 있는 훌륭한 친구들, 여자들은 그런 작자들에게는 관심을 두지 않는다네."

나는 잠시 침묵 속에서 이 말을 침울하게 생각해 보았다. 그러고 나서 앞서의 주제를 다시 거론했다.

"당신도 알다시피, 포와로. X가 누구인지 알아내는 일은 내게 있어서는 무척 쉬운 일입니다. 단지 이리저리 알아보기만 해도 그 사람들 모두와 관계를 맺고 있는 자를 찾아낼 수 있을걸요 그들은 바로 당신이 말한 다섯 사건의 주인공들을 말하는 겁니다."

나는 이 말을 의기양양하게 끄집어냈지만, 포와로는 나에게 냉담한 시선만을 던져 주었을 뿐이다.

"헤이스팅스, 내가 미리 다져놓은 길을 따라 자네가 서툴고 힘들게 조사나 하게 하기 위해 자네에게 이곳으로 오라고 한 것이 아닐세. 그리고 이 점을 분명하게 밝혀 두어야겠는데, 자네가 생각하듯 그렇게 간단한 문제가 전혀 아니라네. 그 사건들 중에서 네 개는 바로 이 군(郡)에서 일어났다네. 이 지붕 아래 모인 사람들은 이곳에 각각 독자적으로 도착한 이방인들의 집합이 아니야.

이곳은 세상에서 흔히 볼 수 있는 그런 호텔이 아닐세. 루트렐 부부는 이 지역 사람이야. 그들은 생활이 어렵게 되자 이 집을 사서 모험적인 사업으로 시작한 것이지. 이곳에 온 사람들은 그들의 친구이거나, 혹은 그들의 친구에 의해서 소개받은 사람들이라네. 윌리엄 경은 프랭클린 가족을 오라고 했지. 그들은 다음에 노튼에게 말했고, 내가 알기로는 콜 양 역시 그렇게 된 거라네. 이들 중 어떤 사람이 나머지 사람 모두에 대해서 알고 있다면, 그것은 아주 자연스런 방법으로 이루어진 것이라고 할 수 있다네. 그 사실이 모두에게 알려져 있다는 것 역시 X에게 걸려들기 쉬운 것 중의 하나지.

농부인 리그스 사건에 대해서 알아보세. 그 비극이 일어났던 마을은 보이드 캐링튼의 숙부의 집에서 그리 멀리 떨어져 있지 않다네. 프랭클린 부인의 친정 역시 거기에서 가깝지. 그 마을의 여인숙은 여행자들에게 빈번히 이용된다네. 프랭클린 부인의 친정 식구, 친구들이 그곳에 묵곤 하지. 프랭클린도 그곳에서 지낸 적이 있었고, 노튼과 콜 양 역시 그곳에서 지냈을 걸세. 아마 틀림없을걸. 안 되지 안 돼, 이 친구야. 내가 자네에게 알려 주지 못하겠다고 한 그 비밀을 자네가 이처럼 어리석게 드러내려고 하지 않았으면 좋겠네."

"정말 어처구니가 없는 말이로군요. 마치 내가 누설하기라도 할 것처럼 말하는데 당신에게 밝혀 두지만 포와로, 내가 표정으로 말하는 성격을 놓고 이러쿵저러쿵하는 것이 이제는 신물이 난다고요. 웃을 일이 아니란 말입니다."

포와로는 조용히 말했다.

"자네는 단지 그 이유 때문이라고 생각하는가? 아직도 깨닫지 못한 모양이군, 여보게, 그러한 생각 자체가 위험을 초래할 수도 있다는 것을 말이야. 내가 자네의 안전을 내 일처럼 걱정하고 있다는 것을 모르나, 응?"

나는 입을 벌린 채 그를 바라보았다. 그때까지만 해도 나는 그 문제의 그러한 국면을 인식하지 못했었다. 그러나 그것은 물론 분명한 사실이었다.

전혀 의심받지 않고 이미 다섯 번이나 범죄를 저질렀으며, 영리하고도 임기응변이 능한 살인자라면 누군가가 자기 뒤를 쫓고 있다는 사실을 깨닫게 될 때 추적자에게는 실로 커다란 위험이 뒤따르게 되는 것이다.

나는 날카롭게 말했다.

"그렇다면, 당신……, 당신도 위험한 상태에 놓인 게 아닌가요, 포와로?"

포와로는 자기의 불편한 몸으로 할 수 있는 한 최대로 걱정 없다는 듯한 몸짓을 했다.

"나는 이미 인식하고 있다네. 나는 나 자신을 지킬 수 있어. 그리고 자네가 보다시피 여기에 나를 보호해 줄 믿음직한 친구를 가지고 있지 않은가? 나의 훌륭하고도 진정으로 충실한 친구인 헤이스팅스!"

제6장

포와로는 일찍 잠을 자야겠다고 했다. 그래서 나는 그에게 잠을 자라고 하고는 도중에 하인 커티스와 몇 마디 나눈 뒤에 아래층으로 내려왔다.

나는 그가 다소 굼뜨고 머리가 잘 돌아가지는 않지만 믿음직스럽고 성실하다는 것을 알았다. 그는 지난번 이집트 여행에서 돌아온 이후로 줄곧 포와로와 함께 지내고 있다고 했다. 그는 주인이 대체로 건강한 편인데, 다만 이따금씩 심장 발작 증세를 보였고, 그의 심장이 지난 몇 달 동안 무척 쇠약해졌다고 했다. 그것은 마치 서서히 힘이 약해져 가는 엔진과 같았다.

아, 옛날에는 정말 얼마나 멋진 인생이었던가! 그러나 내 마음은 나날이 쇠약해져 가는 육체와 눈물겨운 투쟁을 하는 나의 오랜 친구로 인해 갈가리 찢어지는 것 같았다. 지금 비록 육체는 병들고 쇠약해졌지만, 그의 굽힐 줄 모르는 정신만은 그가 아직도 노련한 전문가로서 손색없이 일을 추진할 수 있도록 그를 이끌어 주고 있었다.

나는 슬픔에 가득 찬 심정을 안고 아래층으로 내려갔다. 나는 포와로가 없는 생활이란 거의 상상할 수도 없었다…… 거실에서는 카드 게임이 막 끝나는 참이어서, 나에게 새로 게임에 끼어 보라고 권유했다.

나는 그것이 내 기분을 바꾸어 주리라고 생각해서 그 요청을 수락했다. 보이드 캐링튼이 대신 게임에서 빠졌고, 나는 노튼과 대령, 그리고 루트렐 부인과 함께 앉았다.

루트렐 부인이 말했다.

"이제 어떻게 하실 거예요, 노튼 씨? 당신과 내가 한편이 되어서 저 두 사람과 겨루어 볼까요? 우리의 아까 그 협동 작전은 정말 성공적이었어요."

노튼은 유쾌하게 미소를 지었지만 그 제의에 조금 주저하며 말했다.

"그것이 아마, 패를 떼어 봐야 하지 않을까요, 어때요?"

루트렐 부인이 그러자고는 했지만 마지못해 하는 것 같다는 느낌이 들었다.

결국 노튼과 내가 한 조가 되어 루트렐 부부와 겨루게 되었다. 나는 루트렐 부인이 그것을 달가워하지 않는다는 것을 알았다. 그녀는 입술을 깨물었고 그 매력적인 에이레 지방 사투리도 그 순간 완전히 자취를 감추고 말았다.

나는 곧 그 이유를 알게 되었다. 루트렐 대령과 함께 게임을 해 나가면서 그가 그렇게 서툰 편은 아니고 그런대로 신중히 게임을 풀어 나갔지만, 종종 자기 차례를 잊어버리는 경향이 있다는 것을 알았다. 그는 바로 그런 것 때문에 가끔씩 실수를 저지르곤 했었던 모양이다. 그런데 자기 아내와 함께 게임을 하게 되자 그는 끊임없이 실수를 연발하고 말았다. 그는 분명히 아내에 대해서 신경을 곤두세우고 있어서 보통 때보다 거의 세 배나 더 실수를 했을 것이다. 루트렐 부인은 함께 게임을 하는 사람들을 다소 불쾌하게 만들긴 하지만 솜씨만은 아주 노련했다.

그녀는 생각해 낼 수 있는 모든 이점을 움켜쥐고는, 상대방이 눈치 채지 못했을 경우에는 규칙도 무시하면서 상대방이 공격할 때는 빈틈없이 규칙을 지키라고 우겨댔다. 그녀는 또한 상대방이 손에 든 카드를 곁눈질로 재빨리 훔쳐보는 데도 명수였다. 다시 말하자면, 그녀는 이기기 위해 게임을 했다. 그리고 나는 포와로가 그녀를 독설가라고 말했던 그 의미를 충분히 깨닫게 되었다.

카드놀이를 할 때 그녀는 자제심을 거의 잃어버려서, 그녀의 혓바닥은 가엾은 남편이 실수를 할 때마다 매번 쏘아붙였다. 그런 행동은 노튼과 나를 몹시 불안하게 만들었고, 그래서 나는 그 카드 게임이 끝났을 때 감사한 마음을 금할 길이 없었다. 우리는 시간이 늦었다는 핑계로 다른 게임을 하자는 것을 사양했다.

우리가 자리를 떴을 때 노튼이 다소 경망스럽게 자기 기분을 털어놓았다.

"이봐요, 헤이스팅스 씨, 정말 끔찍했어요. 가엾은 노인을 그렇게 몰아세우다니 나는 도저히 참을 수가 없더군요. 그래도 그 사람은 그저 묵묵히 견디어 냅디다! 가엾은 사람이에요. 그처럼 모멸을 당하며 사는 인도 대령도 그리 흔치 않을 겁니다."

“쉿” 하고 나는 노튼의 목소리가 커서 루트렐 대령이 엿들을까 두려워 주의를 주었다.

“네, 정말 그건 지독한 짓이죠.”

나는 동정을 느끼며 말했다.

“나는 그가 부인에게 도끼를 들이댄다고 하더라도 이해할 수 있을 거요.”

노튼은 고개를 저었다.

“그분은 그러지는 않을 겁니다. 꼼짝없이 잡혀 있는걸요. 아마 늘 그럴 겁니다. ‘그래요, 여보. 아니야, 여보. 미안해, 여보.’ 그는 늘 콧수염을 잡아당기며 그렇게 말할 겁니다. 관 속에 들어갈 때까지 순한 염소처럼 그저 음매 거리기만 할걸요. 그 사람은 마음은 있더라도 자신을 결코 내세우지 못해요!”

나는 노튼이 옳다고 생각했기 때문에 처량하게 머리를 흔들었다.

우리는 홀에서 잠시 머물러 있었는데, 정원 쪽으로 난 문이 열려 있어서 그리로 바람이 들어오고 있다는 것을 알았다.

“문을 닫아야 할 것 같은데?”

내가 물었다.

노튼은 대답하기에 앞서 잠시 머뭇거렸다.

“글쎄요, 누군가가 아직 밖에 있을 거라고 생각합니다만.”

갑자기 어떤 의심이 내 마음 속에 들어와 박혔다.

“누가 밖에 있습니까?”

“당신 딸 말입니다. 그리고 내 생각에는 앨러튼도요.”

그는 목소리를 극히 평범하게 꾸미려고 애썼지만, 그 말은 내가 포와로와 나누었던 대화를 생각하지 않을 수 없게 했고, 결국 나는 갑자기 불쾌한 감정이 들게 되었다.

주디스……, 앨러튼. 주디스, 똑똑하고 냉정한 내 딸 주디스가 그 따위 사내에게 빠지지는 않을 텐데? 그녀는 그자가 어떤 작자인지 제대로 간파할 수 있을 텐데? 나는 옷을 벗으며 나 자신에게 그런 말을 되풀이해 보았지만, 막연한 불안감은 끝내 떨쳐 버릴 수가 없었다.

나는 잠을 이루지 못해서 이리저리 몸을 뒤척였다. 밤에 걱정을 하다 보면 모든 일이 다 과장되어 보이게 마련이다. 생생한 절망감과 허탈감이 나를 엄습해 왔다.

사랑하는 내 아내가 살아있다면 좋으련만. 그녀가 지닌 현명한 판단력에 나는 오랜 세월을 의지했었다. 그녀는 항상 아이들을 이해하며 현명하게 대처했었다. 그녀가 없어지자 나는 비참한 상실감을 느끼게 되었다.

아이들의 안전과 행복에 대한 책임은 전적으로 나에게 있었다. 내가 과연 그런 임무를 감당해 낼 수 있을까? 하늘이 도와주지 않는 한 나는 결코 현명한 사람은 되지 못할 것이다. 만일 주디스가 행복하게 될 기회를 잃어버리게 된다면. 만일 그녀가 고통을 겪게 된다면……

나는 절망감에 사로잡혀서 전등 스위치를 켜고 일어나 앉았다. 이렇게 계속 잠을 못 이루는 것은 좋지 않았다. 어떻게든 잠을 자야만 한다.

나는 침대를 빠져나와 세면대로 걸어가 아스피린 정제가 들어 있는 약병을 바라보며 망설였다. 아니야, 내게는 아스피린보다 좀더 강한 것이 필요했다.

나는 곰곰이 생각해 보고는, 포와로라면 아마 그런 종류의 잠을 잘 수 있는 약 같은 것을 가지고 있을 것 같았다. 나는 복도를 가로질러 그의 방으로 가서는 문 밖에서 잠시 머뭇거리며 서 있었다. 늙은 친구를 깨우기가 좀 민망했기 때문이다.

그래서 잠시 머뭇거리고 있다가 나는 발걸음 소리를 듣고는 둘러보았다. 앨러튼이 복도를 따라 내가 있는 쪽으로 다가오고 있었다. 불빛이 어둠침침했기 때문에 그가 가까이 올 때까지는 얼굴을 알아볼 수가 없었는데, 그 친구라는 게 드러나자 나는 다소 놀랐다. 그 사람인 것을 보고 나는 태도가 굳어져 버렸다. 그 작자는 미소를 짓고 있었는데, 나는 그 미소가 아주 싫었다.

그는 나를 쳐다보며 눈썹을 치켜 올렸다.

"안녕하십니까, 헤이스팅스 씨. 아직 안 주무시고 계셨습니까?"

"잠을 이룰 수가 없어서요." 하고 짤막하게 말했다.

"그래요? 내가 곧 당신을 편히 잠들게 해드리리다. 나와 함께 가십시다."

나는 그를 따라 그의 방으로 갔는데, 내 방 바로 다음이었다.

내가 할 수 있는 한 가장 가까이서 이 남자를 연구할 수 있다는 기묘한 호기심이 나를 충동질했다.

"당신도 늦은 시각까지 자지 않고 있었구려."

"저는 일찍 잠자리에 드는 사람이 아니지요. 뭐 별다른 취미가 있어서 그러는 건 아닙니다. 이처럼 멋진 저녁을 그냥 허비해 버릴 수가 없어서지요."

그는 웃었는데 나는 그 웃음이 싫었다. 그를 따라 욕실로 들어갔다. 그는 작은 벽장을 열고 알약이 들어 있는 병을 하나 꺼냈다.

"바로 이겁니다. 이것은 진짜 수면제지요. 당신은 통나무처럼 그냥 곯아떨어질 겁니다. 그리고 또 신나는 꿈까지 꾸게 될 거고요. 놀라운 효과의 수면제, 그것이 이 약의 특허 명칭이랍니다."

그의 목소리에 깃들어 있는 열정이 나에게 약간의 충격을 주었다. 그렇다면 그는 상습적인 중독자였단 말인가?

"그거 위험하지 않겠습니까?"

나는 의심스럽다는 듯이 말했다.

"너무 과다하게 복용한다면야 물론 위험하지요. 이 약은 바르비투르산염의 일종인데, 독성을 지닌 약이란 효과가 있는 약과도 일맥상통하는 겁니다."

그는 다소 불쾌하다는 듯이 얼굴을 찌푸린 채로 입가에 미소를 지었다.

"나는 당신이 의사의 처방 없이 그 약을 사용하리라고는 생각지 않습니다만." 하고 내가 말했다.

"당신은 할 수 없군요, 노인장. 아무튼 말 그대로라면 당신은 복용할 수가 없지요. 그래도 나는 한 알 드려야겠습니다."

나는 자신이 바보가 되는 것 같다고 생각했지만, 어찌할 수가 없었다.

"혹시 이더링튼을 알고 있소, 나는 그렇게 생각합니다만?"

나는 즉시 그가 의심을 품고 있다는 것을 알았다.

그의 눈이 굳어지며 경계를 띠었다. 그가 입을 열었는데 그의 목소리가 바뀌어 있었다. 가볍고 꾸민 듯한 목소리로.

"오, 물론이지요. 나는 이더링튼을 잘 알지요. 가엾은 친구."

내가 아무 말이 없자 그가 계속했다.

"이더링튼도 약을 사용했지요. 그래요, 그러나 과도하게 복용했어요. 누구든 적당할 때 중단할 줄 알아야 합니다. 그 친구는 그렇지가 못했지요. 그게 좋지 않았던 겁니다. 그 점이, 그 친구 아내에게는 다행한 일이었지요. 배심원들이 그녀를 동정하지 않았다면 그녀는 교수형을 당했을 겁니다."

그는 나에게 알약 두 알을 내밀었다. 그러고 나서 무심코 말했다.

"당신도 이더링튼을 잘 알고 있습니까?"

나는 사실대로 대답했다.

"아니오."

그는 잠시 당황해서 어찌할 바를 몰라 하는 것 같았다. 그러고 나서는 가벼운 웃음으로 그것을 떨쳐 버렸다.

"재미있는 친구였지요. 뭐 꼭 주일학교 선생 같지는 않았지만, 때로는 괜찮은 친구였답니다."

나는 그에게 약을 주어서 고맙다고 인사하고는 내 방으로 돌아갔다.

다시 자리에 누워 불을 끄고는 내가 바보 같은 짓을 한 것은 아닌지 생각해 보았다. 그 일로 나는 앨러튼이 거의 틀림없이 X일 것이라는 생각을 아주 강하게 갖게 되었다. 그리고 내가 의심했던 사항을 그에게서 알아내려고 했다.

제7장

1

스타일즈 저택에서 보낸 내 일과에 대해 이야기하자면 부득이 좀 빈둥거린 나날이었다고밖에 할 수 없다. 내 기억 속에 남아 있는 것은 여러 대화들……, 무심코 나의 지각 속에 파고든 암시적인 단어와 문장들이었다.

우선 제일 먼저 거론할 것은, 포와로의 병약함과 무기력함이 현실적으로 나타났다는 점이다. 그가 말했던 그대로 나는 그의 두뇌가 예전과 같은 예리함을 지닌 채 여전히 기능을 발휘한다는 것을 믿었지만, 육체적인 껍데기는 몹시 허약해졌기 때문에 내가 보통 사람 이상으로 훨씬 더 많은 활동을 해야만 한다는 것을 알게 되었다. 그런 이유 때문에 나는 포와로의 눈과 귀가 되어야 했다.

날씨가 좋을 때면 커티스는 그의 주인을 안고서 아래층에 미리 준비해 놓은 휠체어에 그를 조심스럽게 옮겨 주곤 했다. 그러고 나서, 포와로를 정원 안으로 밀고 가서 밀어줄 사람이 없어도 될 만한 장소를 골라 주었다. 날씨가 좋지 않은 날에는 거실에다 옮겨다 주었다.

그가 어느 곳에 있든지 누군가가 틀림없이 와서 그와 함께 앉아 대화를 나누었지만, 이것은 포와로가 직접 대화 상대를 선택하는 것과는 성질이 다른 것이었다. 그는 이제는 자신이 대화를 하고자 원하는 사람을 선택할 수가 없게 된 것이다.

내가 도착한 후 어느 날, 나는 프랭클린에게 이끌려 과학적인 용도에 맞게 임시변통으로 개조가 된 정원 속의 낡은 실험실에 가보았다. 여기에서 분명히 밝혀 두는 바이지만, 나는 과학에는 흥미가 없었다. 프랭클린 박사의 연구에 대한 설명에 들어가게 되면 나는 아마도 대체로 잘못된 용어들을 사용하게 될 것이고, 또한 그런 잡다한 일들을 늘어놓는 과정에서 적당히 얼버무리게 되어

욕을 먹게 될지도 모르겠다.

순전한 아마추어인 나로서 할 수 있는 한 최대의 설명을 하자면, 프랭클린은 칼라바르 콩과 피조스티그마 베네노섬에서 추출된 다양한 알칼로이드(질소를 함유하는 식물 염기의 총칭으로, 일반적으로 유독하다)를 가지고 실험을 하고 있었다. 나는 어느 날인가 프랭클린과 포와로 사이에 있었던 대화를 듣고 난 뒤에 보다 잘 이해할 수 있게 되었다. 나를 가르쳐 주려고 언제나 애쓰는 주디스는 거의 처음 들어 보는 학술적인 용어들을 구사했다.

그녀는 피조스티그민, 에세린, 피소베닌, 그리고 지네세린 등과 같은 알칼로이드들에 대해 학술적으로 설명을 한 뒤에, 이것이야말로 진짜 들어 보지도 못한 물질인 프로스티그민이나 3—하이드 록시페닐 트리메틸 라모늄의 디메틸 카르보닉 에스테르 등에 대해서 어지럽게 늘어놓았는데, 나로서는 순서만 다르다 뿐이지 그 많은 것들이 죄다 그게 그것 같아 보였다!

아무튼 그런 것들이 나를 갑절로 어리둥절하게 만들었고, 나는 대체 이 비슷비슷한 것들이 인간에게 무슨 소용이 되느냐고 물어서 주디스를 화나게 만들고 말았다. 우리의 진정한 과학자를 더욱 화가 나게 하지 않기 위해 더 이상의 질문은 하지 말아야지. 주디스는 경멸하는 시선을 던지고는 다시 장황하고 학술적인 설명을 늘어놓았다.

내가 주워들은 바에 의하면, 그 설명의 요지는 어떤 잘 알려지지 않은 서아프리카의 종족들이 희귀하고도 치명적인 조르단 열병에 놀랄 정도로 강한 면역성을 가지고 있다는 것이었다. 조르단 열병은 조르단 박사라고 하는 꽤나 열성적인 학자가 처음으로 추적, 발견한 질병이라고 한다. 이것은 극히 희귀한 열대병으로 지금까지 한두 번밖에 발견되지 않았는데, 백인이 걸리게 되면 치명적인 결과를 초래한다는 것이다.

나는 주디스의 분노를 돋우게 될 위험을 무릅쓰고, 그것이 홍역의 후유증을 없앨 수 있는 기발한 약을 찾아내는 것보다 더 값어치가 있는 일이냐고 한마디 했다. 동정과 경멸이 뒤섞인 채로 주디스는, 그것은 인류의 복지를 위해서뿐만 아니라 인간의 지식을 확장시키는 데 있어서도 목적을 달성할 가치가 있는 것이라는 사실을 내게 분명히 밝혀 주었다.

나는 현미경을 통해서 슬라이드 몇 개를 관찰했고, 서아프리카 원주민들의 사진들(정말로 아주 흥미진진했다!)을 살펴보기도 했으나, 우리 속에 갇혀있는 마취당한 쥐가 눈에 띄자 서둘러서 바깥의 대기 속으로 나와 버렸다.

좀 전에도 말했듯이, 내가 조금이라도 관심을 가질 수 있었던 것은 프랭클린이 포와로와 나누었던 대화로 인해 자극받았기 때문이다. 그 사람은 이렇게 늘어놓았다.

"당신도 아시겠지만, 포와로 씨, 그 문제는 내 전공이라기보다는 당신의 전공 분야입니다. 그것은 무죄인지 유죄인지를 밝혀 준다고 하는 콩이지요. 그들 서아프리카의 종족들은 그것을 절대적으로 믿고, 또 실제로 그렇게 사용하기도 하는데, 오늘날에는 그들도 점차 세속화되어 가고 있습니다. 그 사람들은 만일 자기에게 죄가 있다면 죽을 것이고, 결백하다면 아무런 해도 없을 거라는 사실을 굳게 믿고 엄숙하게 그 콩을 씹는답니다."

"저런, 그렇다면 그들은 죽게 됩니까?"

"아니오, 모두 죽지는 않습니다. 지금까지 관찰해 본 바로는 그렇습니다. 거기에는 상당히 많은 문제들이 숨어 있는데 내가 생각하기에는 주술사의 속임수 같은 게 있는 것 같습니다. 그 콩에는 완전히 다른 두 종류가 있는데, 너무 비슷하게 생겨서 거의 구별할 수가 없답니다. 그러나 분명한 차이가 있긴 있죠. 두 종류 모두 피조스티그민과 지네세린 및 그밖에 몇몇 성분을 함유하고 있습니다. 그러나 한 종류에는 당신이나 나로서도 충분히 분리해 낼 수 있는 또 다른 알칼로이드가 함유되어 있는데, 그 알칼로이드는 다른 알칼로이드들의 효과를 중화시킬 수 있는 화학적인 작용을 하죠.

더구나 콩은 비밀리에 거행되는 종교 의식에서 정기적으로 복용합니다. 그것을 먹은 사람들은 결코 조르단 열병에 걸리지 않게 되는 거지요. 이 제3의 물질은 근육 조직에 대해 부작용이 없이 주목할 만한 효과를 나타내고 있습니다. 그건 대단히 흥미 있는 일이지요. 불행하게도 그 순수한 알칼로이드는 화학적으로 매우 불안정한 상태랍니다. 아직까지도 나는 그 결과를 추출하지 못했습니다. 하지만 정말 해 보고 싶은 일은 직접 현지에 가서 보다 많은 조사를 해 보는 겁니다. 그것은 기필코 이루어져야 할 일이지요! 그렇습니다, 제기랄, 할 수만 있다면 내 영혼을 팔아서라도……."

그는 갑자기 말을 끊었다가 다시 싱긋 웃으며 말했다.

"용서하십시오. 내가 그 문제들로 지나치게 흥분했나 봅니다!"

포와로가 침착하게 말했다.

"당신 말대로 내가 그처럼 쉽게 유죄와 무죄를 테스트할 수 있다면 확실히 내 일을 훨씬 쉽게 해 줄 것 같군요. 아, 그렇게 할 수 있는 물질이 들어 있는 칼라바르 콩을 손에 넣을 수만 있다면!"

프랭클린이 말했다.

"오, 하지만 당신의 문제는 그것만으로는 해결되지 않을 텐데요! 도대체 유죄는 무엇이고, 무죄는 또 무엇입니까?"

"나는 그 점에 대해서는 의심의 여지가 있을 수 없다고 생각하는데요."

내가 한마디 했다.

그는 나를 돌아다보았다.

"악이란 무엇입니까? 선이란 무엇이지요? 그 문제에 대한 개념은 몇 세기를 거듭하면서 수없이 변화해 왔습니다. 당신이 시험하려는 것은 아마도 죄 있는 마음을 가지고 있느냐, 아니면 결백한 마음을 가지고 있느냐 하는 것이겠지요. 하지만 그러한 테스트는 하나도 가치가 없습니다."

"나는 당신이 무슨 뜻으로 말하는 건지 알 수가 없군요."

"이것 보십시오, 여기에 독재자나 고리대금업자, 또는 뚜쟁이, 아니면 도덕적인 면에서 분노가 치미는 작자이든 그런 자들을 살해할 수 있는 신성한 권리를 가지고 있는 사람이 있다고 가정해 봅시다. 그 사람이 당신이 범죄라고 생각하는 것을 저지릅니다. 그러나 그는 정당한 행위라고 생각하지 않을까요? 당신의 그 콩은 그런 일에 무슨 역할을 할 수 있겠습니까?"

내가 대답했다.

"틀림없이 살인에 대해서는 항상 죄의식을 가지게 마련 아닐까요?"

프랭클린 박사가 유쾌하게 말했다.

"나는 상당히 많은 사람들을 살해하고 싶어 합니다. 나의 의식이 어둠 저쪽에서도 나를 지켜 주고 있다고는 생각지 마십시오. 당신도 아시겠지만 이건 나만의 생각인데, 인류의 약 80%는 제거되어야 한다고 생각합니다. 그들이 없다면 우리는 훨씬 더 멋지게 살 수 있을 겁니다."

그는 자리에서 일어나서 유쾌하게 휘파람을 불며 천천히 걸어갔다.

나는 의심스런 눈초리로 그의 뒷모습을 지켜보았다. 포와로의 나지막한 웃음소리가 나를 일깨웠다.

"이보게, 자네는 마치 죄악의 온상을 생생하게 바라보는 사람처럼 보이는군. 우리는 저 박사라는 친구가 자신이 내뱉은 말을 실행에 옮기지 않기나 바라세."

"아……, 저 사람이 그러리라고 생각합니까?"

2

잠시 망설인 다음에 나는 앨러튼 문제에 대해서 주디스가 어떻게 생각하고 있는지 알아봐야겠다고 마음먹었다. 말하지 않아도 그녀의 반응이 어떠할지 이미 나로서는 짐작이 갔다. 내 생각에 그녀는 콧대도 높으며, 능히 자신을 돌볼 줄 알겠고, 나 또한 그녀가 정말로 앨러튼 같은 작자의 겉만 반지르르한 매력에 이끌리리라고는 생각하지 않았다. 그러나 그 점만은 꼭 확인하고 싶었기 때문에 그 문제에 대해 그녀와 이야기하게 된 것이라고 생각된다.

하지만 불행하게도 내가 바라던 대로 진행되지가 못했는데 아마도 방법이 시원치 않았던 모양이다. 젊은 사람들치고 윗사람의 충고에 발끈하지 않는 사람이 없다. 나는 말을 될 수 있으면 아무 일도 아닌 듯 쾌활하게 하려고 노력했다. 그렇지만 분명히 실패한 모양이다.

주디스는 즉시 화를 버럭 냈다.

"무슨 말씀을 하시는 거죠? 커다랗고 음흉한 늑대를 조심하라는 부모님으로서의 주의 사항인가요?"

"아니야, 그게 아니란다, 주디스. 물론 아니고말고."

"아버지가 앨러튼 소령을 좋아하지 않는다고 한 것 같은데요?"

"솔직히 말해서, 나는 그를 좋아하지 않는단다. 그리고 너 또한 그를 좋아하리라고는 생각지 않는다."

“어째서요?”

“글쎄, 뭐라고 할까, 그는 네게 어울리는 사람이 아니야, 그렇잖니?”

“그렇다면, 저에게 어울리는 사람은 누구죠, 아버지?”

주디스는 언제 어느 때고 나를 궁지에 몰아넣는 방법을 잘 안다.

나는 말이 궁색해졌다. 그녀는 희미하게 경멸하는 미소를 띠고 입을 삐쭉 내민 채로 나를 쏘아보며 서 있었다.

“물론 아버지야 그 사람을 좋아하지 않겠지만 저는 좋아해요. 저는 그가 아주 재미있는 사람이라고 생각해요.”

“오, 재미있다고 아마 그렇긴 할 게다.”

나는 억지로 그렇게 생각하는 체 꾸며댔다.

주디스는 들으라는 듯이 말했다.

“그는 아주 매력이 있어요. 어떤 여자라도 그렇게 생각할 거예요. 남자들은 절대로 그런 걸 알아볼 수가 없을 테지만요.”

“확실히 그럴 거다.”

나는 다소 더듬거리며 계속했다.

“너는 어젯밤에 아주 늦게까지 그와 함께 밖에 있었……”

나는 말을 끝까지 다 마칠 수가 없었다. 드디어 폭풍우가 몰아쳤기 때문이다.

“정말로, 아버지, 아버지는 너무도 뭘 모르시는군요. 제 나이쯤 되면 자신의 일을 알아서 처리할 수 있다는 것을 모르시는 거예요? 내가 무엇을 하든, 누구를 사귀든 간에 아버지는 간섭할 권리가 조금도 없어요. 자식의 생활에 무분별하게 간섭하려 들기 때문에 부모에게 울화통을 터뜨리게 되는 거예요. 저는 아버지를 무척 좋아해요. 하지만 이제는 다 큰 여자이고, 제 인생은 제가 책임질 거예요. 아버지 자신을 바레트 씨처럼 만들지 마세요.”

나는 이처럼 극도로 몰인정한 말에 너무도 큰 충격을 받아서 한 마디도 대꾸할 수가 없었는데, 주디스는 홱 돌아서서 가버렸다. 나는 이롭기는커녕 해가 되는 짓을 했다는 곤혹스러운 감정만이 남게 되었다.

나는 망연자실해서 서 있다가 프랭클린 부인의 간호사가 장난기 어린 목소리로 외치는 소리를 듣고 정신을 차렸다.

"무슨 생각을 그리 하고 계세요, 헤이스팅스 대위님!"

나는 그 방해를 기쁘게 받아들이며 돌아섰다.

크레이븐 간호사는 정말 아름답게 생긴 젊은 여인이었다. 그녀의 태도에는 약거나 쾌활한 면은 좀 부족했지만, 사람을 즐겁게 해 주는 똑똑한 머리를 지니고 있었다. 그녀는 그 엉성하게 꾸며진 실험실에서 그리 멀지 않은 곳에 자기 환자를 데려다 주고 오는 중이었다.

내가 물었다.

"프랭클린 부인이 남편의 실험에 관심이 있는 모양이죠?"

크레이븐 간호사가 경멸하는 듯이 고개를 까딱까딱했다.

"오, 그녀에게는 너무 학술적이고 전문적인 일인걸요. 그녀가 그리 똑똑한 여자가 아니란 것을 당신도 아시잖아요, 헤이스팅스 대위님."

"아니오, 나는 그렇게 생각하지 않습니다."

"프랭클린 박사님의 연구는 의학에 대한 지식이 있는 사람들만이 알아볼 수 있어요. 그분이 매우 똑똑한 사람이란 것을 당신도 아실 거예요. 훌륭한 분이세요. 가엾은 사람, 그분이 안됐다는 생각이 들어요."

"그분이 안됐다고?"

"그래요. 그런 일을 종종 봐 왔어요. 잘 맞지 않는 여자와 결혼하는 것 말이에요, 제 말 뜻은."

"당신이 보기엔 그녀가 남편과 맞지 않는 타입이라고 생각됩니까?"

"글쎄요, 당신은 그렇게 생각하지 않으세요? 그분들은 공통점이 전혀 없어요."

"그는 아내를 매우 아껴 주는 것 같던데. 그녀가 원하는 것과 그 밖의 모든 것에 대해서 아주 세심하게 신경을 써 주고 있는 것 같습니다."

크레이븐 간호사는 다소 불쾌하게 웃었다.

"그녀는 그런 점을 잘 알고 있지요, 그렇고말고요!"

내가 의심스럽게 물었다.

"당신은 그녀가 자신의 좋지 않은 건강 상태를 이용하고 있다고 생각하는 모양이군요?"

크레이븐 간호사는 웃음을 터뜨렸다.

"당신은 그녀가 택한 방법을 놓고 뭐라고 하실 수 없을 거예요. 그녀 같은 귀부인이라면 원하는 일은 무엇이든 할 수 있거든요. 교활함으로 가득 찬 원숭이처럼 약은 여자들도 있지요. 그런 여자들은 속이 뒤틀리면 곧 자리에 드러누워 눈을 감고는 아픈 체하며 애처로운 표정을 짓거나, 그렇지 않으면 마구 신경질을 부린답니다. 프랭클린 부인은 애처로운 형이죠. 밤새도록 잠 못 이루며 뜬눈으로 지새워, 아침이 되면 지칠 대로 지쳐 버린답니다."

나는 다소 놀라며 물었다.

"그녀는 정말로 허약한 게 아닌가요?"

크레이븐 간호사는 나에게 좀 기묘한 시선을 던졌다. 그녀는 냉담하게 말했다.

"오, 물론이지요." 하고는 갑자기 화제를 돌렸다.

그녀는 내가 오래전, 그러니까 1차 대전 때 이곳에 왔었던 것이 사실이냐고 물었다.

"그래요, 사실이오."

그녀는 목소리를 낮추었다.

"이곳에서 살인이 일어났다는데 정말이에요? 하녀가 그런 말을 하던데. 어떤 노부인이었다면서요?"

"그랬었지요."

"당신은 그때 이곳에 있었나요?"

"이곳에 있었소."

그녀는 조금 몸을 떨며 말했다.

"그렇다면 그것이 설명이 되겠군요, 예?"

"어떤 게 설명이 된다는 거요?"

그녀는 나를 얼른 흘겨보았다.

"이곳의 분위기 말이에요. 선생님은 그런 걸 느끼지 못하세요? 저는 느껴요. 어쩐지 사악한 분위기, 제가 무슨 말을 하는지 아세요?"

나는 잠시 생각에 잠겼다. 그녀가 방금 말한 게 사실일까? 어떤 장소에서 일어난 끔찍한 죽음, 살의(殺意)에 의해서 저질러진 죽음이 발생하게 되면 그 장소에 강한 인상이 남기 때문에 수많은 세월이 지난 뒤에도 지워지지 않고 느낄 수 있다는 것이 사실일까? 심령을 연구하는 사람들은 그렇게 말한다. 스타일즈 저택은 그렇게 오래전에 일어났던 그 사건의 흔적들을 아직도 간직하고 있는 것일까? 여기 이 벽들, 이 정원 안에서 살인의 음모가 떠나지 않고 있다가 점점 강해져서 마침내는 결정적인 행동으로 결과를 맺게 되었었지. 그것이 아직도 공기를 오염시키고 있단 말인가?

크레이븐 간호사가 갑자기 말을 꺼내서 나의 상념을 깨뜨렸다.

"저는 언젠가 살인사건이 일어났던 집에서 지낸 일이 있답니다. 저는 그때를 결코 잊을 수가 없다는 것을 선생님도 아실 거예요. 제 환자 중 한 사람이었거든요. 저는 증언도 해야 했고, 그밖에 잡다한 일도 해야 했지요. 그런 것이 저를 아주 묘한 기분을 느끼도록 하더군요. 저 같은 소녀에게 있어서는 정말 끔찍한 기분이었지요."

"그럴 거요. 나도 잘 알고 있소만."

나는 보이드 캐링튼이 저택의 모퉁이를 돌아서 성큼성큼 다가오자 하던 말을 멈추었다.

언제나처럼 그의 소탈하고 낙천적인 성격이 우울한 그림자와 알 수 없는 걱정거리들을 싹 쓸어가 버리는 것 같았다. 그는 그처럼 도량이 넓으며, 생각이 건전하고 낙천적인 사람으로, 주위에 유쾌함과 밝고 건전한 생각을 퍼뜨리는 사랑스럽고 활기찬 성격의 소유자였다.

"잘 주무셨습니까, 헤이스팅스 씨. 안녕하시오, 간호사 아가씨. 프랭클린 부인은 어디 있습니까?"

"안녕히 주무셨어요, 윌리엄 경. 프랭클린 부인은 정원 끝의 실험실 가까이에 있는 너도밤나무 아래에 앉아 계세요."

"그리고 프랭클린은, 내 생각이지만 실험실 안에 있을 테지요?"

"그렇습니다, 윌리엄 경. 헤이스팅스 양과 함께 계세요."

"가엾은 아가씨로군. 이런 아침에 그 냄새 나는 곳에 갇혀 지낼 생각을 다 하다니! 당신이 좀 말려야겠소, 헤이스팅스 씨."

크레이븐 간호사가 재빨리 말했다.

"오, 헤이스팅스 양은 아주 즐거워한답니다. 그녀가 그 일을 좋아한다는 것은 선생님도 아시잖아요. 그리고 박사님은 그녀가 없이는 아무것도 할 수 없을 거라고 저는 생각해요."

보이드 캐링튼이 말했다.

"불쌍한 친구야. 만일 내가 당신의 주디스처럼 예쁜 아가씨를 비서로 두었다면, 나는 실험용 쥐들 대신에 그녀를 바라보고 있을 거요, 안 그렇소?"

그것은 주디스가 특히 싫어할 그런 종류의 농담이었지만, 크레이븐 간호사에게는 아주 멋진 농담이었는지 그녀는 몹시 웃었다.

"오, 윌리엄 경!" 그녀가 외쳤다.

"그렇게 말씀하시면 안 돼요. 선생님이라면 말씀하신 것처럼 그렇게 하시리란 것을 우리 모두 알고 있다고 생각해요. 하지만 가엾은 프랭클린 박사님은 정말로 진지하시답니다. 정말로 연구에 몰두해 있는걸요."

보이드 캐링튼이 쾌활하게 말했다.

"글쎄, 그의 아내는 남편을 감시할 수 있는 위치를 차지하고 있는 것 같던데, 나는 그녀가 질투가 많은 여자라고 믿고 있어요."

"선생님은 너무 지나치게 많이 알고 계세요, 윌리엄 경!"

크레이븐 간호사는 이러한 농담을 재미있어하는 것 같았다. 그녀는 마음이 내키지 않는 듯 말했다.

"프랭클린 부인의 맥아 밀크가 어떻게 됐는지 알아보러 가야겠어요."

그녀가 천천히 떠나가자 보이드 캐링튼은 한동안 그녀의 뒷모습을 지켜보았다.

"아름다운 아가씨예요." 그가 말했다.

"사랑스런 머리카락과 매력적인 치아를 가지고 있죠. 여성의 훌륭한 표본이라고나 할까. 언제나 병든 사람을 돌보며 단조로운 생활을 보내야 하니. 보다 나은 생활을 할 자격이 충분히 있을 것 같은 아가씨인데도 말이오."

내가 말했다.

"오, 글쎄요. 나는 그녀도 언젠가는 결혼을 하게 될 거라고 생각합니다만."

"나도 그러길 기대합니다."

그는 한숨을 내쉬었는데 아마도 죽은 아내를 생각하고 있는 모양이라고 느껴졌다. 그러고 나서 그가 말했다.

"나와 함께 내톤 저택에 가서 그곳을 둘러보는 게 어떻겠습니까?"

"좋고말고요. 나도 그러고 싶습니다. 우선 포와로가 나를 필요로 하는지 알아봐야겠군요."

나는 포와로가 베란다에서 모포로 따뜻하게 몸을 잘 감싸고 앉아 있는 것을 발견했다. 그는 나에게 가보라고 했다.

"정말로 꼭 가 봐야 하네, 헤이스팅스. 가보게. 그곳은 대단히 멋진 곳이라고 생각하네. 자네도 꼭 그곳을 봐야 해."

"저도 그러고 싶습니다. 하지만 당신을 내버려 두고 가고 싶지가 않아서요."

"자넨 정말로 믿음직한 친구일세! 아니야, 나는 괜찮아, 윌리엄 경과 함께 가보게나. 매력적인 사람이야, 응?"

"최고더군요." 나는 열광적으로 말했다.

포와로는 미소를 지었다.

"아, 물론이지. 나는 그가 자네의 성격에 맞는 인물이라고 생각했다네."

3

이러한 여행이 나는 말할 수 없이 즐거웠다. 화창한 날씨, 정말로 멋진 여름날이었다. 그뿐만 아니라 그 사람과 함께 지낼 수가 있으니 말이다.

보이드 캐링튼은 말 그대로 매력으로 가득 찬 인간 자석이며, 인생과 여행에 대한 폭넓은 경험이 그를 멋진 남자로 만들었다. 그는 나에게 자기가 인도에서 보낸 관리 시절의 이야기들과 상당한 호기심을 불러일으키는 동아프리카 원주민들의 전설에 대해 자세히 이야기해 주었고, 나는 나에 관한 것을 모두 털어놓고 함께 진지하게 이야기하는 바람에 주디스에 대한 걱정과 포와로가 나에게 털어놓았던 문제에 대한 여러 상념들을 잊어버릴 수 있게 되었다.

나는 또한 보이드 캐링튼이 내 친구에 대해 이야기하는 태도가 마음에 들었다. 그는 포와로에게 그가 하는 일과 그의 성격 모두에 대해 깊은 존경심을 가지고 있었다. 비록 슬프게도 포와로의 현재 건강 상태는 나빴지만, 보이드 캐링튼은 값싼 동정의 말은 거의 하지도 않았다. 그는 포와로처럼 일생을 보낸다는 것은 그 자체로도 충분한 보상을 받은 것이고, 내 친구는 자신의 기억 속에서 만족과 자존심을 발견할 수 있을 거라고 생각하는 것 같았다.

"게다가 나는 그의 두뇌가 예전과 마찬가지로 예리함을 간직하고 있다고 장담할 수 있습니다." 그가 말했다

"그것은 사실입니다." 나는 열정적으로 동감을 표시했다.

"사람이 발에 의지하고 있어서, 그것이 머리 꼭대기에까지 영향을 미칠 거라고 생각하는 것보다 더 큰 실수는 없지요. 전혀 그렇지가 않답니다. 노쇠 현상은 당신이 생각하는 것보다 두뇌 작용에 훨씬 적은 영향밖에 못 끼치는 것이지요. 나는 맹세코 에르큘 포와로의 코 아래에서는 살인이 저질러질 수 없으리라고 생각합니다. 비록 오늘 이 시간이라고 해도 말이오."

"그는 당신이 저지른다고 해도 당신을 잡아낼 겁니다."

나는 싱긋 웃으며 말했다.

"내 생각도 그렇습니다. 하지만……."

그는 유감스럽다는 표정으로 덧붙였다.

"나는 살인에는 그리 능숙하지 못할 겁니다. 내가 계획성이 없다는 것은 당신도 알 거요. 너무 참을성이 없어서 말이죠. 만일 내가 살인을 한다면, 그것은 순간적인 충동으로 인한 걸 겁니다."

"그것은 가장 알아내기가 어려운 범죄지요."

"전혀 그렇게 생각하지 않는데요. 나는 아마도 도처에 실마리를 길게 남겨 놓게 될 겁니다. 그러나 내게 범행을 저지를 마음이 없다는 것이 무엇보다도 다행한 일이지요. 내가 죽여 버리고 싶다고 생각하는 대상은 기껏해야 남을 등쳐먹고 사는 사기꾼들이랍니다. 그런 자는 당신도 그렇게 생각하시겠지만 정말 더러운 족속이거든요. 나는 항상 사기 협잡꾼은 총살을 당해야 한다고 생각하고 있지요. 당신은 어떻게 생각하시오?"

나도 그의 생각에 상당한 공감을 느낀다고 자인했다. 그러고 나서 우리는 한 젊은 건축기사가 우리를 만나러 오자, 그 저택의 건축 양식에 대해서 거론

하기 시작했다.

내톤 저택은 나중에 추가된 한쪽 익면을 빼고는 주로 튜더 양식(튜더 왕가 시대(1485~1603)에 성행한 건축 양식)으로 되어 있었다. 원래부터 있던 두 개의 욕실의 설비는 18세기를 전후해서 시설된 이후로는 현대식으로 개조되지도 않고 대체되지도 않았다.

보이드 캐링튼은 자기 숙부는 거의 은둔생활을 했으며, 사람들을 좋아하지 않아 이 거대한 저택의 한쪽 귀퉁이에서 혼자 살았었다고 설명해 주었다. 보이드 캐링튼 형제들에게는 방문이 허락되어서, 에버라드 경이 훗날처럼 완전한 은둔생활에 들어가기 전까지는 그의 형제들은 학생 시절의 휴일을 이곳에서 보내곤 했었다고 한다.

그 노인은 결혼도 하지 않았고, 그의 막대한 수입에서 단지 10분의 1밖에 쓰지 않았기 때문에 그가 죽은 뒤에도 수입이 있어, 현재의 준남작인 자신이 엄청난 부자가 되었다는 것을 알게 되었다.

그가 한숨을 쉬며 말했다.

"하지만 너무도 외로운 사람이지요."

나는 아무 말도 하지 않고 침묵을 지켰다. 나의 공감은 말로 표현하기에는 너무도 컸다. 왜냐하면 나 또한 외로운 사람이었기 때문이다. 신더스가 죽은 이후로 나 자신이 반쪽밖에 없는 인간처럼 느껴졌다. 그래서 다소 더듬거리며 내가 느꼈던 바를 대략 이야기해 주게 되었다.

"아, 그랬었군요, 헤이스팅스 씨. 하지만 당신은 내가 결코 가져 보지 못했던 것들을 가지고 있습니다."

그는 잠시 멈추었다가 다소 경련을 일으키며 나에게 자기의 비극에 대해 대략적으로 이야기해 주었다.

그의 아름다운 아내는 매력과 완숙미로 가득 찬 사랑스러운 여인이었지만 나쁜 유전병을 가지고 있었던 것이다. 그녀의 가족은 거의 모두 알코올 중독으로 죽었고, 그녀 역시 그와 똑같은 저주의 희생물이 되고 말았다. 그들이 결혼한 지 불과 1년도 채 지나지 않아서 그녀는 견디지 못하고 알코올 중독광의 최후로 죽음을 맞이했던 것이다. 그는 그녀를 탓하지 않았다. 그는 그 유전이 그녀가 견디기에는 너무도 강했다는 것을 알았기 때문이다.

그녀가 죽은 뒤에 그는 외로운 생활을 그대로 해 나가기로 작정을 했었다. 그는 슬픈 경험에 비추어 다시는 결혼하지 않겠다고 결심했던 것이다.

"어떤 사람들은 혼자 사는 것이 더 안락하다고 느끼지요."

그는 간단하게 말했다.

"그렇겠죠. 당신의 그런 기분을 현재로서는 이해할 수 있을 것 같군요."

"모든 것이 하나의 비극이었습니다. 그것은 나를 나이보다 훨씬 늙게 만들었고, 마음에 상처를 남겨 놓았습니다."

그는 잠시 멈추었다.

"사실은 나도 한때는 무척이나 마음이 끌렸던 여자가 있었습니다. 그러나 나는 그녀가 너무 어려서 그녀를 세상사에 환멸을 느낀 남자에게 묶어두는 게 온당한 일이 아니라고 생각하게 되었지요. 나는 그녀에 비해서 너무 늙었고, 그녀는 어린애 같았거든요. 그토록 예쁘고, 그렇게 순진할 수가 없었습니다."

그는 말을 멈추고는 머리를 흔들었다.

"그녀는 그렇게 생각하지 않았을 수도 있지 않을까요?"

"나는 모르겠습니다, 헤이스팅스 씨. 나는 그런 건 생각도 못했지요. 그녀, 그녀도 나를 좋아했던 것 같았습니다. 하지만 그때는 그녀가 너무도 어렸어요. 나는 지난날 헤어졌을 때 보았던 그녀의 모습 그대로 그녀를 항상 기억할 겁니다. 한쪽으로 약간 기울인 머리, 다소 어리둥절해하던 모습, 그녀의 조그만 손……."

그는 말을 멈추었다. 그 단어들은 어쩐지 알 수 있을 것 같은 사람의 모습을 떠올리게 해 주었다. 비록 그 까닭을 생각해 낼 수는 없었지만 말이다.

보이드 캐링튼의 목소리가 갑자기 거칠어져서 내 생각들을 깨뜨려 버렸다.

"나는 바보였습니다. 어떤 사람이든 스스로 기회를 포기하는 자는 바보지요. 아무튼 여기 이 나는 내게는 지나치게 큰 저택에서, 책상 머리맡에 조금도 어울리지 않는 모습으로 앉아 있소이다."

나는 그의 다소 고풍스러운 말투에서 일종의 매력을 느꼈다. 그것은 옛적의 매력과 평온함을 생각나게 해 주었다.

"그 부인은 지금 어디에 있습니까?" 내가 물었다.

"오, 결혼했지요." 그는 간단하게 말했다.

"사실은 말입니다, 헤이스팅스 씨. 나는 이제 독신으로 남아 있겠다는 생각을 버렸습니다. 나는 나름대로 몇 가지 방법들을 가지고 있어요. 어서 가서 정원들을 살펴봅시다. 거의 돌보지 않았지만 그 나름대로 아주 훌륭하답니다."

우리는 그곳을 둘러보았는데, 나는 모든 것에 대해 강한 인상을 받았다.

내톤 저택은 믿을 수 없을 정도로 멋진 곳이었고, 나는 보이드 캐링튼이 그 저택에 자부심을 가지고 있다는 것을 의심치 않았다. 그는 이웃들과 그 부근 사람들의 대부분을 잘 알고 있었다. 물론 그가 살았던 시절 이후에 새로 이사온 사람들도 있었지만 말이다.

그는 오래전부터 루트렐 대령을 알았고, 스타일즈 저택의 사업이 성공하는 것이 그의 진실한 소망이라고 설명해 주었다.

"불쌍한 토비 루트렐 노인은 경제적으로 어려움을 겪고 있어요, 당신도 알겠지만. 좋은 친굽니다. 훌륭한 군인이기도 하고, 또 아주 명사수지요. 한번은 그와 함께 아프리카로 사냥을 갔던 적이 있었습니다. 그는 그 당시에 물론 결혼했었지만, 고맙게도 그의 부인은 따라오지 않았었지요. 그녀는 예쁜 여자였지만 입심이 꽤나 사나웠지요. 남자가 여자에게 이끌려 지낸다는 것은 우스운 일입니다.

토비 루트렐 노인은 부관들을 다리가 후들거리게 할 정도로 호되게 몰아붙이곤 했답니다. 그는 그만큼 엄하고 무서운 사람이었지요! 그런데 이제는 부관들이 쩔쩔매던 것처럼 그 노인 자신이 엄처시하에서 꼼짝 못하고 슬슬 눈치만 보게 되다니! 그 여자가 식초처럼 독살스런 혀를 가지고 있다는 것에 대해서는 의심할 여지가 없어요. 아직까지도 그녀는 자신감을 가지고 있답니다. 누군가가 그곳에서 돈을 벌 수 있다면, 그것은 바로 그녀뿐일 겁니다. 루트렐은 결코 사업적인 수완이 좋지 않아요. 하지만 토비 부인은 자기 할머니의 가죽이라도 벗길 겁니다!"

"그녀는 그런 면을 지나치게 드러내더군요." 내가 투덜거리며 말했다.

보이드 캐링튼은 재미있어 하는 것 같았다.

"나도 알아요. 정말 사근사근하지요. 하지만 당신은 그들과 브리지 게임을 해 보지 않았습니까?"

나는 내가 느꼈던 바를 그대로를 말해 주었다.

보이드 캐링튼이 말했다.

"대체로 나는 브리지 게임에서 여자들은 그냥 무시해 버린답니다. 그리고 만일 당신이 내 비결을 받아들인다면 당신도 그렇게 하게 될 거요."

내가 도착했던 날 저녁에 나와 노튼이 얼마나 불안해했었는지를 설명해 주었다.

"그랬을 겁니다. 대체 어디에 눈을 돌려야 할지 모르게 되지요!"

그는 덧붙여서 말했다.

"좋은 친구더군요, 노튼 말이오. 너무 말이 없기는 합니다만. 언제나 새를 관찰하며 지낸답니다. 새들을 쏘겠다는 생각은 하지 않는다고 내게 말하더군요. 정말 특이한 사람이지요! 스포츠를 즐길 생각이 전혀 없다니. 나는 그가 많은 것을 잃어버렸을 거라고 말해 주었죠. 쌍안경을 통해 새들을 관찰하면서 차가운 숲속을 쏘다니는 것이 무슨 흥미가 있는지 나로서는 알 수가 없어요."

우리는 그 당시 노튼의 취미가 앞으로 닥칠 사건들에서 얼마나 중요한 역할을 하게 될지 조금도 깨닫지 못하고 있었다.

제8장

1

　며칠이 지나갔다. 별로 만족스럽지가 못한 나날이었다. 무엇인가가 닥쳐올 것 같은 불안한 기분이었다.

　내가 이런 식으로 말하는 것은 실은 아무런 일도 일어나지 않았기 때문이다. 다만 몇 가지 사소한 일들, 기묘한 대화의 편린들. 스타일즈 저택에 기거하는 다양한 사람들에 대한 희미한 정보와 비평들, 그러한 것들이 온통 산재해 있었는데, 그런 것들을 적당히 묶을 수만 있었다면 나로서는 많은 것을 알 수가 있었을 것이다.

　몇 마디 힘 있는 말로 내가 범죄에 대해서 무지하다는 것을 깨우쳐 준 것은 포와로였다.

　나는 십여 차례나 나에게 자신의 비밀을 털어놓지 않으려는 그의 고집에 대해서 불평을 늘어놓았다. 그것은 공정치가 못하다고 그에게 말했다. 지금까지는 언제나 그와 나는 동등한 지식(사건에 대해서)을 가지고 있곤 했었다. 비록 나는 그러한 지식으로부터 올바른 추론을 끌어내는데 무능했고, 포와로는 상당히 재주가 있었지만.

　그는 황급히 손을 저었다.

　"그렇고말고, 이 친구야. 그것은 절대로 공평하지가 않지? 이건 절대 운동 경기가 아니야! 게임을 즐기는 것이 아니라고! 그 모든 것을 인정하고, 그것을 풀어 가야 하는 걸세. 이것은 절대로 게임이 아니야. 스포츠가 아니란 말일세. 자네로 말한다면, 자네는 X의 정체에 대해서 되는대로 추측하는데 마음을 소비하고 있지. 내가 자네에게 이곳에 와 달라고 한 것은 그것 때문이 아닐세.

　자네가 그런 일에 몰두한다는 것은 전혀 쓸데없는 짓이야. 나는 그러한 의문에 대한 해답을 이미 알고 있다네. 그러나 내가 무엇을 해야 할지는 모르고 다만 알고 있는 것은 이것이라네. ‘누가 죽을 것인가……, 조만간에?’ 이게 바로 의문점인 거야, 이 친구야. 자네가 할 일은 어림짐작하고 있는 게임을 즐기는 것이 아니라, 죽음으로부터 한 인간을 보호하는 일이란 말이야.”

나는 흠칫 몸을 떨었다.

“물론 그렇죠.” 나는 천천히 말했다.

“당신이 저번에 한 번 그렇게 말했던 것은 알고 있지만, 지금까지 그 점을 전혀 깨닫지 못했군요.”

“그렇다면 이제 그것을 깨닫게, 즉시.”

“그래요, 알았습니다. 그렇게 하죠. 내 말은 이제는 충분히 이해했다는 뜻입니다.”

“좋아! 그렇다면 내게 말해 주게, 헤이스팅스 누가 죽을 것 같은가?”

나는 멍하니 그를 쳐다보았다.

“거기에 대해서는 전혀 생각한 바가 없는데!”

“그렇다면 자네는 필히 생각을 해 봐야 하네! 그밖에 달리 무엇 때문에 자네가 이곳에 있겠나?”

“그건 그렇지만…….”

나는 그 문제에 대해 내가 생각했었던 것들을 돌이켜보며 말했다.

“그 희생자들과 X 사이에는 어떤 연관이 틀림없이 있을 테고, 그러니까 당신이 나에게 그 점을 말해 준다면 X가 누구인지를…….”

포와로가 머리를 너무 세게 흔들었기 때문에 보기가 아주 민망스러웠다.

“내가 자네에게 말했잖나, X의 수법이 어떻다는 것을. 그 죽음과 X와는 아무런 연관이 없을 걸세. 그것은 확실해.”

“그럼, 그 연관성은 깊이 감추어져 있을 것이란 뜻인가요, 지금 한 말은?”

“아주 꼭꼭 숨겨져 있기 때문에 자네나 나나 알아내지 못할 거라는 뜻이지.”

“그러나 X의 과거를 조사해 보면 분명히…….”

“지금 자네에게 분명히 말하지만, 그건 어림도 없는 소릴세. 분명히 시간과는 상관이 없다네. 살인은 언제고 일어날 수가 있어, 자네 이해하겠나?”

“이 집의 누군가에게?”

"이 집의 누군가에게."

"그리고 당신은 누구에게, 또 어떻게 일어날지 전혀 짐작도 못하고?"

"음, 만일 내가 알고 있다면 굳이 자네한테 알아보라고 강권하지 않을 걸세!"

"당신은 X의 출현에 대해서는 단지 당신 나름대로의 가정에만 근거를 둔 건가요?"

나는 좀 의심스럽다는 투로 말했다.

사지를 마음대로 움직일 수 없게 됨으로 인해 자제력을 잃은 포와로는 크게 소리를 질러서 나를 제지했다.

"내가 그 점을 조사하기 위해 얼마나 많은 시간을 허비했는지 아는가? 만일 많은 특파원들이 유럽의 어떤 장소에 갑자기 몰려든다면, 그것은 무엇을 뜻하겠는가? 그것은 바로 전쟁이 벌어졌다는 걸 뜻하는 것일세! 만일 의사들이 세계 각처로부터 어떤 도시에 몰려든다면 그것은 무엇을 말해 주는가? 그것은 거기에서 의학 학회가 열리고 있다는 뜻이지. 자네가 공중에서 맴돌고 있는 독수리를 본다면, 거기에는 시체가 있을 걸세. 자네가 황야에서 몰이꾼들이 걸어가고 있는 것을 본다면, 거기에는 사냥이 벌어지고 있는 것이라네. 자네가 어떤 사람이 갑자기 멈추어 서서 코트를 벗어 던지고 바다로 뛰어드는 것을 본다면, 그것은 물에 빠진 사람을 구출하려 한다는 걸 뜻하는 것이라네.

기품 있게 생긴 중년 부인들이 담장 너머로 기웃거리고 있는 것을 본다면, 자네는 거기에서 어떤 종류의 점잖지 못한 짓이 저질러지고 있다고 생각해도 무방할 걸세! 그리고 마지막으로, 만일 자네가 어떤 구수한 냄새를 맡고 여러 사람들이 같은 방향으로 줄지어 복도를 걸어가고 있는 것을 본다면, 자네는 그쪽에 음식이 차려져 있다고 가정해도 거의 틀림이 없을 걸세!"

나는 이러한 비유들을 잠시 생각해 본 다음에, 맨 먼저의 것을 끄집어내어 말했다.

"그렇다고 해도, 한 사람의 특파원이 왔다고 해서 전쟁이 일어났다고 할 수는 없지 않습니까?"

"물론 그렇기야 않지. 그리고 한 마리의 제비가 왔다고 해서 여름이 온 것도 아니지. 하지만 한 명의 살인자는, 헤이스팅스, 하나의 살인을 낳는 법일세."

그것은 물론 부정할 수가 없는 사실이었다. 하지만 나에게는 이런 생각이 떠올랐는데 포와로에게는 그렇지가 않은 것 같았다. 지금은 살인자가 쉬고 있는 때라는 생각이. X는 전혀 악한 의도가 없이 휴가를 즐기기 위해 스타일즈 저택에 머물고 있는지도 모른다. 그런데도 포와로는 너무 긴장하고 있는 것이리라. 하지만 나는 감히 이런 말을 입 밖에 낼 수는 없었다.

나는 단지 모든 것이 내게는 절망적인 것같이 느껴진다고 말했을 뿐이다.

"우리는 그저 기다려야 한다니."

"그리고 알아봐야 하지." 포와로가 끝을 맺었다.

"지난 전쟁에서 자네의 애스퀴스 씨처럼. 여보게, 우리가 할 수 없는 일은 바로 이런 거야. 즉, 우리가 성공할지 장담하지 못한단 말일세. 왜냐하면, 전에도 자네에게 말했듯이 그 녀석이 언제 살인하기로 마음먹었는지 우리로서는 짐작하기가 쉽지 않기 때문일세. 하지만 우리는 최소한의 노력은 할 수 있다네. 한번 마음속으로 그려 보게, 헤이스팅스 자네가 지금 이곳에서 브리지 게임을 해 나가고 있다고 말일세. 자네는 모든 카드를 볼 수가 있지. 자네가 할 수 있는 것은 '그 판의 결과를 예측하는 것'이라네."

나는 머리를 흔들었다.

"전혀 도움이 안 돼요, 포와로. 조금도 생각이 떠오르지 않아요. 만일, 내가 X가 누구인지 알고만 있다면."

포와로는 다시 소리를 질러 나를 제지시켰다. 그가 너무 크게 소리를 질렀기 때문에 커티스가 몹시 당황한 표정으로 옆방에서 뛰어 들어왔다. 포와로가 손짓으로 그를 물러가게 하자 그가 다시 나갔고, 나의 친구는 다소 자제된 태도로 말했다.

"이보게, 헤이스팅스 자네는 자네 말처럼 그렇게 우둔하지는 않아. 내가 자네에게 읽어 주었던 그 사건들을 검토해 보았겠지. 자네는 X가 누구인지 모를 걸세. 하지만 자네는 범죄를 저지르는 X의 수법만은 알 걸세."

"오! 그건 알고 있죠"

"물론 자네도 알고 있다네. 자네에게 있는 문제는 바로 자네가 정신적으로 게으르다는 것이지. 자네는 게임을 즐기고 상상하기를 좋아해. 하지만 자네는 머리를 쓰는 걸 좋아하지 않는군. X의 범죄 수법에서 기본적인 요소는 무엇인가? 그 범죄가 저질러졌을 때 완벽하다고 하는 것이 아니잖는가? 말하자면 범행의 동기가 있고, 기회가 있고, 수단이 있으며, 또한 이것은 가장 궁극적이고도 중요한 문제지만, 법정에 설 준비가 된 죄인들이 있다네."

즉시 나는 기본적인 요점을 파악하고는, 그런 것을 좀더 일찍 깨닫지 못했던 내가 얼마나 바보였나 탓해 보았다.

"알겠습니다. 그러한 요구 조건에 합당한 인물을 둘러보았어야 했군요. 희생자가 될 수 있는 사람 말입니다."

포와로는 한숨을 쉬며 뒤로 기댔다.

"이제야 됐군! 나는 몹시 피로하다네. 커티스를 좀 불러 주게. 이제 자네의 임무를 이해했겠지? 자네는 활동적이고, 돌아다닐 수 있으며, 사람들 주위를 훑어볼 수 있고, 그들과 이야기를 하며, 그들이 눈치 채지 못하게 그들을 몰래 살펴볼 수가 있다네(나는 울화통이 치밀어 뭐라고 쏘아붙이고 싶었지만 간신히 참았다). 자네는 대화하는 것을 들을 수 있고, 아직은 건재한 무릎을 가지고 있으며, 또한 무릎을 꿇고 열쇠구멍을 통해 엿볼 수도 있잖은가."

"열쇠구멍으로 훔쳐보는 일은 않겠습니다." 하고 울컥 그의 말을 가로챘다.

포와로는 눈을 감았다.

"좋아, 자네 마음이 그렇다면, 뭐 꼭 열쇠구멍을 통해 엿보지 않아도 돼. 자네는 영국 신사의 체면을 유지할 테고, 누군가는 결국 살해되겠지. 그런 건 문제가 안 돼. 명예란 영국인에게 있어서 제일 우선되는 것이지. 자네의 명예는 다른 사람의 생명보다 더 중요한 것이니까. 제기랄! 이젠 알겠네."

"아니, 하지만 그렇게 몰아붙이지 마십시오, 포와로."

포와로가 차갑게 말했다.

"커티스를 내게 보내게. 자, 그만 가보게나. 자네가 그렇게 고집이 세고 그처럼 어리석다니 다른 믿을 만한 사람이 있었으면 싶네만, 나는 자네와 자네의 어리석은 그 페어플레이 정신을 어쩔 수 없이 받아들이도록 해야겠군. 자네가 자네의 회색 뇌세포를 이용하지 않는 한 자네는 그것을 소유하고 있는 것이 아니라네. 아무튼 자네의 명예심이 허락하는 한도 내에서 눈과 귀와 코를 이용하게나."

2

내가 한 번 더 마음속에 떠오른 것을 끄집어내는 모험을 하기로 마음먹은 것은 바로 그다음 날이었다. 나는 포와로가 어떻게 받아들일지 전혀 알 수가 없었기 때문에 조금도 망설이지 않고 그렇게 했던 것이다!

내가 말했다.

"나는 곰곰이 생각해 보았습니다, 포와로. 내가 그리 변변치 못한 사람이란 것은 잘 알고 있는 터입니다. 당신도 내가 어리석다고 했잖습니까. 아무튼 그건 사실이죠. 그리고 나는 이제 반쪽밖에 남아 있지 않은 인간이랍니다. 신더스가 죽은 이후로는 말이죠."

나는 말을 멈추었다. 포와로는 동정의 표시로 거친 콧소리를 냈다.

나는 계속 말을 이었다.

"우리를 도와줄 수 있는 사람이 있습니다. 우리가 필요로 하는 바로 그런 종류의 사람 말이죠, 의사 결정을 내리는데 있어서. 머리도 좋고, 상상력도 풍부하고, 재치도 있으며, 풍부한 경험을 쌓은 사람이랍니다. 보이드 캐링튼을 말하고 있는 겁니다. 그가 바로 우리가 원하는 사람이죠, 포와로. 그에게 당신의 비밀을 털어놓으시죠. 모든 것을 말해 주는 게 어떻겠습니까?"

포와로는 눈을 크게 뜨고는 단호한 어조로 말했다.

"그건 절대로 안 되네."

"왜 안 된다는 겁니까? 당신은 그가 현명하다는 것을, 나보다 훨씬 현명하다는 것을 부인할 수는 없을 텐데요."

포와로는 지독하게 비꼬는 투로 말했다.

"그거야 물론 그럴 수도 있겠지. 하지만 그런 생각일랑 자네의 마음속에서 깨끗이 지워 버리게, 헤이스팅스. 우리의 비밀은 아무에게도 털어놓을 수 없다네. 그것을 이해하겠나, 응? 자네, 이해를 좀 해 주게. 내가 이 문제에 대해 자네에게 함구령을 내린 것 말일세."

"좋아요, 당신이 그렇게 말한다면야. 하지만 사실 보이드 캐링튼은……."

"하하하! 보이드 캐링튼, 어째서 자네는 보이드 캐링튼에게 그토록 연연하는가? 그가 어떻단 말인가? 사람들이 그를 '경'이라고 불러 줌으로써 거들먹거리고 흐뭇해하는 덩치만 커다란 사내야. 그 사람은 그렇지, 재치가 있고 행동거지가 매력적인 사람임에는 틀림없지. 하지만 그는 그리 놀라운 존재는 못 되네, 자네의 보이드 캐링튼은 말일세. 그는 앵무새처럼 똑같은 이야기를 두 번씩이나 되풀이한다네. 게다가 더욱 큰 문제는, 그의 기억력은 자네가 그에게 했던 이야기를 다시 자네에게 할 정도로 아주 형편없다는 걸세. 눈에 두드러지는 능력이 뭐가 있나? 전혀 없어. 나이 많고 지루한 허풍쟁이에다 뭐, 잔뜩 점잔이나 빼는 친구잖나!"

"오!"

나는 갑자기 머릿속에 와 닿는 게 있음을 느꼈다.

보이드 캐링튼의 기억력이 좋지 않다는 것은 사실이다. 그리고 그는 내가 방금 깨달았던 그러한 실수로 포와로를 상당히 짜증나게 했었다.

포와로는 그에게 자기가 벨기에에서 경찰생활을 하던 시절의 이야기를 해 주었는데, 불과 이틀밖에 지나지 않았는데도 우리들 몇 명이 정원에 모여 있을 때 보이드 캐링튼은 깜박 잊고 같은 이야기를 포와로에게 다시 들려주었던 것이다. 그는 이렇게 이야기를 꺼냈다.

"파리에서 어떤 경찰 간부가 나에게 이야기해 준 것이 생각나는데……."

나는 그러한 사실을 이제야 지각하게 되었다는 것이 더없이 비통했다!

눈치 빠르게 나는 더 이상 아무 말 않고 물러나왔다.

3

나는 아래층과 정원 안팎을 오락가락 거닐었다. 주위에는 아무도 없었고, 나는 작은 숲을 지나서 집게벌레 등처럼 올라간 곳에 위치한, 이제는 점점 폐

허가 되어가는 여름 별장이 있는 풀밭 언덕으로 올라갔다. 그곳에 앉아서 파이프에 불을 붙이고는 생각에 잠겨 보기로 했다.

스타일즈 저택에서 누군가를 살인하겠다는 뚜렷한 동기를 지니고 있는 자는 누구일까? 아니면, 누가 그런 동기를 가지고 있는 자로 밝혀질 것인가?

루트렐 대령, 빈정거림에 못 견디어 아내에게 도끼를 들이대는 일은 거의 있을 수 없는 일이었고, 설사 그렇다 하더라도 정당방위가 될 거라는 생각이 들자 나는 누구를 제일 먼저 생각해 봐야 할지 갈피를 잡을 수가 없었다.

문제는 내가 이 사람들에 관해서 충분히 알지를 못한다는 것이다.

노튼, 아니면 콜 양? 살인을 하게 되는 일반적인 동기는 어떤 것일까?

돈? 보이드 캐링튼은 내 생각으론 우리 중에서 유일한 부자였다. 그가 죽는다면 누가 그 재산을 물려받게 될까? 현재 이 집에 있는 누구일까? 나는 억지로 그렇게 생각해 보았지만, 그것을 알아보기가 쉽지는 않을 것 같았다. 이를테면, 그는 자기 재산의 상속자를 프랭클린으로 지목해서 그의 연구를 위해 쓰도록 해 놓았을 수도 있다. 그것은 그 사람이 인류의 80%는 제거 되어야 한다고 했던 다소 경솔한 그 의견과 함께, 그 붉은 머리 과학자에게 확실히 불리한 상황이 될 수도 있었다. 아니면, 혹시 노튼이나 콜 양이 먼 친척 관계가 있어서 자동적으로 상속받게 되어 있을 수도 있다.

억지로 갖다 붙인 가능성이기는 하지만 그의 오랜 친구인 루트렐 대령이 보이드 캐링튼의 유언에 따라 어떤 이득을 보게 되어 있는 것은 아닐까? 이러한 가능성들은 너무 지나치게 금전 관계에만 초점을 맞춘 것 같았다.

나는 좀더 로맨틱한 가능성들로 생각을 바꾸었다. 프랭클린 부부. 프랭클린 부인은 병약하다. 그녀가 서서히 중독되어 가고 있는 것이라면, 그녀의 죽음에 대한 책임은 당연히 남편에게 돌아가지 않을까? 그는 의사였으므로, 그가 기회와 수단을 가지고 있다는 것은 조금도 의심할 여지가 없다. 동기는 무엇일까? 주디스가 연루되어 있을지도 모른다는 생각이 들자 어쩐지 불쾌한 불안감이 내 마음 속에 엄습해 왔다.

나는 그들의 관계가 단지 학문적인 것에 지나지 않는다고 믿을 만한 충분한 근거를 가지고 있다. 하지만 일반인들도 그것을 믿어 줄까? 냉소적인 경찰

관리가 그것을 믿어 줄까? 주디스는 아주 아름답고 젊은 여성이다. 매력적인 여비서나 조수는 많은 범죄에서 동기가 되어 왔었다. 그 가능성은 나를 당황하게 만들었다.

나는 다음으로 앨러튼을 고려해 보았다. 앨러튼을 제거시키려는 어떤 이유도 생각할 수 있다. 만일에 우리가 살인을 해야 한다면, 나는 그 희생자로 앨러튼이 되기를 원할 것이다! 누구에게서나 그를 제거하기 위한 동기를 쉽게 찾아 낼 수가 있는 터였다. 콜 양은 비록 젊지는 않지만 아직 아름다운 여성이었다. 이건 하찮은 상상에 불과하고, 또 그렇게 생각할 만한 근거도 전혀 없지만 만일에 그녀와 앨러튼이 전부터 친숙한 관계였다면 그녀가 질투로 범행을 저지를 수도 있다. 반대로, 앨러튼이 X라면…….

나는 고통스럽게 머리를 흔들었다. 이 모든 것을 나는 도무지 알아 낼 수가 없었다. 아래쪽에서 자갈을 밟는 발걸음 소리가 나의 주의를 끌었다. 그것은 프랭클린이 주머니에 손을 넣고 머리를 앞으로 숙인 채 급히 저택 쪽으로 걸어가며 내는 소리였다. 그의 태도는 낙담으로 가득 차 있었다. 그러한 그의 허탈한 모습을 보자, 나는 그가 무척 불행한 남자라고 생각되었다.

나는 너무 멍청히 그를 쳐다보느라고 바로 옆에 멈추어선 발소리도 듣지 못하고 콜 양이 말을 걸어 왔을 때서야 비로소 깜짝 놀라 돌아보았다.

"당신이 오는 소리를 듣지 못했는데?"

나는 깜짝 놀라며 변명조로 이야기했다.

그녀는 여름 별장을 감상하고 있었던 모양이었다.

"이 얼마나 훌륭한 빅토리아 시대의 유물이에요!"

"그래요? 내게는 그저 거미줄만 잔뜩 끼어 있다고 생각되는데요. 앉으시죠, 내가 먼지를 털어 드리지요."

나로서는 이것이 손님 중 한 사람을 좀더 알 수 있게 될 기회라는 생각이 들었다. 나는 거미줄을 털어 주며 눈치 채지 못하게 콜 양을 살펴보았다.

그녀는 서른에서 마흔 사이의, 윤곽이 뚜렷하고 정말 몹시 아름다운 눈을 가진 약간 마른 여자였다. 그녀에게는 어떤 사연을 감추고 있는 듯한 좀 미심쩍은 분위기가 있었다. 그것은 나에게 이 여자가 많은 고통을 겪었고, 그 결과

삶에 대해 깊은 불신을 품도록 했다는 생각이 들게 했다. 나는 엘리자베스 콜에 대해 좀더 알고 싶다는 생각이 들었다.

나는 마지막으로 손수건을 털며 말했다.

"자, 이제 내가 할 수 있는 한 다 했습니다."

"고마워요."

그녀는 미소를 지으며 앉았다. 나도 그녀 옆에 앉았다. 그 자리는 불길하게 삐걱거렸지만, 그 이상은 아무런 말썽도 일어나지 않았다.

콜 양이 말했다.

"말씀해 보세요. 내가 왔을 때 무슨 생각을 하고 계셨죠? 아주 깊은 생각에 몰두해 있는 것 같던데요."

나는 천천히 말했다.

"프랭클린 박사를 보고 있었답니다."

"그래요?"

나는 마음속에 있었던 생각을 털어놓지 못할 이유가 하나도 없었다.

"그가 몹시 불행한 사람 같다는 생각이 들더군요."

옆에 앉아 있던 여인이 조용하게 말했다.

"그가 불행하다는 것은 사실이에요. 당신도 그것을 알고 계셨을 거예요."

나는 놀라는 모습을 보여 주어야겠다고 생각하고는 다소 더듬거리며 말했다.

"아니오, 전혀, 나는 알지 못했소. 나는 늘 그가 자신의 일에 푹 빠져 있는 것 같다고 생각했었거든요."

"그건 맞아요."

"당신은 그것을 보고 불행하다고 말하는 것인가요? 나는 그것이야말로 생각할 수 있는 가장 행복한 상태라고 느꼈었는데."

"오, 물론이지요. 하지만 그것을 두고 얘기한 것은 아니에요. 누구든 자기가 하는 일에 아무런 방해를 받지 않는다면, 그 속에서 만족을 느낄 거예요. 그렇지 못하다면, 즉 최선을 다할 수가 없다면 어떻겠느냐 하는 것이지요."

나는 좀 어리둥절한 느낌을 받으며 그녀를 쳐다보았다.

그녀가 계속 이야기를 해 나갔다.

“지난가을에 프랭클린 박사는 아프리카로 가서 자신의 연구 작업을 계속해도 좋다는 연락을 받았답니다. 당신도 알다시피 그는 몹시 뛰어난 사람이고, 열대 의학 분야에서는 이미 최고의 업적을 남겼거든요.”

“그런데 그는 가지 않았다는 말이군요?”

“아니에요. 그의 아내가 반대했어요. 그녀는 그 기후에 제대로 견디어 낼 수도 없었겠고, 또한 뒤에 남아 있어야 한다는 것은 특히 그녀에게는 아주 경제적인 생활을 해야 한다는 것을 뜻하므로 기를 쓰고 반대했던 거지요. 제시된 보수가 그리 높지 않았거든요.”

나는 천천히 말을 했다.

“오……, 나는 그가 아내의 건강 상태 때문에 그녀를 떠날 수가 없었으리라고 생각하는데요.”

“당신은 그녀의 건강 상태에 대해서 얼마나 알고 계세요, 헤이스팅스 대위님?”

“글쎄요, 나는 잘 모르지요. 하지만 그녀는 병약합니다, 그렇지 않은가요?”

“그녀는 자신의 나쁜 건강 상태를 즐기고 있어요.”

콜 양이 냉담하게 말했다.

나는 그녀를 의심스럽게 쳐다보았다. 그녀의 동정이 전적으로 그 남편에 대한 것이라는 사실을 알아보기는 그리 어려운 일이 아니었다.

“내 생각에는 여자들이란 적당히 이기적이고 미묘한 존재가 아니던가요?”

“그래요, 바로 심약한 존재라고 생각해요. 고질적으로 심약한 존재들, 일반적으로 몹시 이기적이지요. 아마 누구라도 여자를 탓할 순 없을 거예요. 욕하기가 참으로 쉬운 일이긴 하지만.”

“당신은 프랭클린 부인의 문제가 실제로 매우 심각하다고는 생각지 않는다는 뜻인가요?”

“오, 그렇단 건 아니에요. 단지 의심일 뿐이죠. 그녀는 항상 원하는 것은 무엇이든 할 수 있는 것처럼 보이거든요.”

나는 잠시 아무 말 않고 곰곰이 생각해 보았다. 콜 양은 프랭클린 가족의 친지들과 아주 가깝게 지내는 것 같다는 생각이 들었다.

나는 약간 호기심을 가지고 물었다.

"당신은 프랭클린 박사를 잘 알 거라고 생각하는데?"

그녀는 고개를 저었다.

"그렇지 않아요. 그를 이곳에서 만나기 전에 한두 번 만났을 뿐이에요."

"하지만 그가 자신에 대해 당신에게 이야기해 주었으리라고 생각합니다만?"

다시 그녀는 고개를 저었다.

"그렇지 않아요. 나는 당신 따님 주디스한테 들은 것을 당신에게 이야기했을 뿐이에요."

주디스, 나는 잠시 비탄에 잠겨 생각해 보았다. 그녀는 나를 빼고는 모든 사람들한테 이야기한 모양이다.

콜 양이 계속 이야기해 나갔다.

"주디스는 박사님에게 지나칠 정도로 헌신적이고, 이제는 거의 그의 오른팔 노릇을 하게 되었어요. 프랭클린 부인의 이기심에 대한 그녀의 비난은 극심하답니다."

"당신도 역시 그녀가 이기적이라고 생각합니까?"

"맞아요. 하지만 나는 그녀의 입장을 이해할 수 있어요. 나는 병자들을 이해해요. 또한, 프랭클린 박사가 그녀에게 대하는 태도도 이해할 수 있어요. 물론 주디스는 그 박사님이 아내에게 매여 있다고 생각하고 일에만 전념하지요. 당신 따님은 몹시 열정적인 과학자랍니다."

나는 다소 침울하게 말했다.

"나도 압니다. 그것이 때론 나를 걱정시키지요. 그것은 자연스럽지가 못한 것 같아요. 당신은 내 말이 무슨 뜻인지 알 거요. 나는 그 애가 좀더 인간적인, 보다 멋진 시간을 보내는데 신경 썼으면 한답니다. 자기 자신을 즐겨야지요. 훌륭한 청년과 사랑에 빠진다든지 하는 것 말입니다. 젊음이란 자기가 하고 싶은 대로 마음껏 즐길 수 있는 때지 시험관이나 들여다보며 앉아 지내는 것이 아니잖습니까. 그것은 자연스럽지가 않아요. 우리가 젊었을 때는 웃고 연애하고 우리 자신들을 위해 즐기며 지냈지요. 당신도 아시겠지만."

잠시 침묵이 흘렀다. 그러고 나서 콜이 묘하게도 차가운 목소리로 말했다.

“모르겠는데요.”

나는 꽤나 당황했다. 무의식적으로 나는 그녀와 내가 동년배인 것처럼 이야기를 했지만 갑자기 그녀가 나보다 적어도 10년은 아래이며, 내가 극히 격에 어울리지 않는 농담을 하고 있다는 사실을 깨달았다.

나는 내가 할 수 있는 한 최선을 다해서 사과했다. 그녀는 쩔쩔매며 사과하는 나를 막았다.

“아니에요. 그런 의도가 아니었어요. 제발 사과는 그만두세요. 내가 한 말은 말 그대로예요. ‘모르겠는데요.’ 단지 그것뿐이에요. 내게는 당신이 말하는 ‘젊음’이라고 생각하는 그런 것이 결코 없었어요. 흔히들 말하는 ‘좋은 시절’을 한 번도 갖지 못했었답니다.”

그녀의 목소리에 깃든 비통함, 일종의 깊은 원망 같은 것 때문에 더욱 당황했다. 나는 좀 서투르게, 그렇지만 진심으로 말했다.

“미안합니다.”

그녀는 미소를 지었다.

“오, 괜찮아요. 대수롭지 않은 문제인걸요. 그렇게 당황해 하지 마세요. 우리 다른 것에 대해 이야기하도록 해요.”

나도 동의했다.

“이곳에 있는 다른 사람들에 대해서 이야기해 주십시오. 그들이 모두 당신에게 낯선 사람들이 아니라면 말이지요.”

“나는 루트렐 부부를 옛날부터 알고 있었어요. 그들이 이런 일을 해야 한다는 것은 좀 슬픈 일이지요. 특히 그분에게 있어서는 말이에요. 그분은 정말 괜찮은 사람이에요. 그리고 그 부인도 당신이 생각하는 것보다는 훨씬 훌륭한 여자예요. 그녀가 좀 글쎄요, 돈만 아는 여자가 된 것은 생활이 쪼들리고 궁핍해졌기 때문이지요. 만일에 당신이 항상 이익에만 급급하다 보면, 결국 그런 것이 입으로 나오게 되지 않겠어요? 단지 한 가지, 내가 그녀에 대해서 싫은 것은 그 지나친 태도에요.”

“노튼 씨에 관해서 좀 이야기해 주시죠.”

“사실 할 얘기가 별로 많지 않아요. 그는 매우 훌륭하지만 좀 수줍어하고 어리석다고 해야 맞겠지요. 그는 언제나 다소 민감한 편이지요. 그 사람은 자기 어머니와 함께 살았어요. 다소 까다롭고 어리석은 여자였지요. 그녀는 몇 해 전에 돌아가셨답니다. 그는 새와 꽃과 그밖에 그와 비슷한 것들을 관찰하며 지내지요. 무척 자상한 사람이에요. 그리고 많은 것을 알고 있는 사람이랍니다."

"쌍안경을 통해서 말입니까?"

콜 양은 미소를 지었다.

"글쎄요. 꼭 그런 뜻으로 말한 것은 아니었어요. 내 말은 그가 많은 것에 주의를 기울이고 있다는 뜻이지요. 그런 조용한 사람들은 대개 그렇잖아요. 그는 이기적이지 않아요. 그리고 인간에 대해서 매우 생각이 깊지만, 어쩐지 무기력해 보이기도 해요. 내가 말하는 뜻을 아실지 모르겠는데."

나는 고개를 끄덕였다.

"오, 물론, 나도 압니다."

엘리자베스 콜은 갑자기 다시 한 번 깊은 상심의 빛을 목소리에 담고 말했다.

"그러한 것이 바로 이런 장소를 침울하게 만드는 부분이지요. 이런 여관들은 몰락한 사람들에 의해 운영되는 법이에요. 그들은 실패로 가득 찬 의지할 곳도 전혀 없고, 앞으로도 의탁할 곳이 전혀 없는 사람들, 인생에서 패배와 좌절을 겪은 사람들, 늙고 지치고 끝장난 사람들이지요."

그녀의 목소리는 점차 작아졌다. 깊고도 무거운 슬픔이 나를 엄습했다. 그것은 정말 사실이었다! 이곳에 있는 우리들은 한물 간 고물들의 집합이었다.

잿빛 머리, 잿빛 가슴들, 잿빛 꿈들. 나 자신도 슬프고 외롭고, 내 옆에 있는 여인 또한 비탄과 환멸을 맛본 사람이었다. 프랭클린 박사는 자기 아내의 좋지 않은 건강의 대가로 자기 야망이 억제당하고 좌절되었다. 작고 말 없는 노튼은 지나치게 새들만 관찰하며 지낸다.

비록 포와로라 할지라도, 한때는 위대한 포와로였지만, 이제는 쇠약하고 불구가 된 노인에 지나지 않았다. 그 옛날 내가 스타일즈 저택에 처음 왔던 그때는 전혀 달랐었다. 그 생각이 나를 크게 압박해서 고통과 유감의 숨 막힐 듯한 탄성이 새어나오고 말았다.

나의 말동무가 재빨리 말했다.

"무슨 일이세요?"

"아무것도 아닙니다. 그저 옛날과 비교가 되어서요. 당신도 아시겠지만, 오래전 내가 젊었을 때 나는 이곳에서 지낸 적이 있었지요. 나는 그때와 지금과의 차이를 생각하고 있었습니다."

"나도 알아요. 그때는 행복한 집이었지요? 모든 사람들이 이곳에서 행복하게 지냈었나요?"

이상하게도 이따금씩 누군가의 상념들이 마치 주마등 속에서 흔들리는 것처럼 느껴지곤 했다. 바로 그런 현상이 지금 나에게 일어났다. 추억과 사건들이 혼란스럽게 마구 뒤섞였다. 그러다가 그 조각들은 진실한 형태로 자리를 잡아 갔다.

내가 유감스러운 것은 현실에 대한 것뿐만 아니라, 시간을 거슬러 올라간 과거에 대해서도 그러했다. 비록 아득히 먼 옛날이었지만, 스타일즈 저택에는 행복이란 게 전혀 없었다.

나는 냉정하게 실제적인 사실들을 기억해 보았다. 나의 친구 존과 그의 아내는 둘 다 억지로 이끌려 가는 생활로 불행하고 상처받은 사람들이었다. 로렌스 캐븐디시는 침울함에 젖어 있었다. 신시어……, 그녀의 소녀다운 발랄함도 그녀의 예속적인 지위로 인해 시들어 있었다. 잉글소프는 재산 때문에 부유한 여성과 결혼했다. 그들 중의 아무도 행복한 사람은 없었다. 그리고 지금, 역시 이곳에 있는 사람 중에서 아무도 행복한 사람이 없었던 것이다. 스타일즈는 전혀 행복과는 거리가 먼 저택이었다.

내가 콜 양에게 말했다.

"쓸데없는 감상에 빠져 있었습니다. 이곳은 결코 행복한 집은 아니었거든요. 지금도 마찬가지지요. 이곳에 있는 모두가 불행한 사람들입니다."

"아니에요, 그렇지 않아요. 당신 따님은."

"주디스도 행복하지 못해요."

나는 순간적으로 확신을 갖고 그렇게 말했다.

'그래, 주디스도 행복하지 못해.'

나는 의심스럽다는 듯이 말했다.

"보이드 캐링튼도, 언젠가 자신이 외롭다고 말했었지만 대체로 나는 그가 아주 많은 것들, 그의 집과 그밖에 다른 것들을 즐기고 있다고 생각합니다."

콜 양이 날카롭게 말했다.

"오, 물론이에요. 그러나 또 한편으론 윌리엄 경은 경우가 달라요. 그분은 우리들처럼 이곳에 얽매여 있지는 않아요. 그는 외부 세계에서 온 사람이에요. 성공과 독립의 세계에서 말이죠. 그는 자신의 생을 성공적으로 살았고, 자신도 그것을 알지요. 그는 불구자 중 하나가 아니에요."

그것은 쓰기가 묘한 단어였다.

나는 고개를 돌려 그녀를 쳐다보았다.

"내게 말씀해 주시겠습니까? 왜 당신은 그처럼 특별한 표현을 사용하는 건가요?"

그녀가 갑자기 강한 어조로 말했다.

"왜냐하면, 그것이 진실이기 때문이에요. 적어도 나에 관한 한은 사실이에요. 나는 불구이거든요."

나는 부드럽게 말했다.

"나도 알 수 있지요. 당신이 몹시 불행을 겪었다는 것을 말입니다."

그녀가 조용히 말했다.

"당신은 내가 누군지 알지 못하잖아요, 그렇지 않은가요?"

"오, 나는 당신의 이름은 압니다만."

"콜은 내 성이 아니에요. 다시 말해, 그것은 어머니 성이에요. 내가 그것을 쓴 것이지요, 나중에."

"나중에?"

"나의 진짜 성은 리치필드예요."

그 말은 잠시 허공을 맴돌았다. 언젠가 들어본 적이 있는 이름이었던 것이다. 곧 나는 기억해 냈다.

"매튜 리치필드."

그녀는 고개를 끄덕였다.

"나도 당신이 그 일에 관해 알고 있다는 것을 알아요. 그것이 바로 내가 방금 그처럼 말했던 까닭이지요. 우리 아버지는 병자이자 폭군이었어요. 아버지는 우리 형제들이 조금도 정상적인 생활을 하지 못하도록 했지요. 우리는 집에 친구들도 놀러 오게 할 수 없었답니다. 아버지는 우리에게 돈을 거의 주지 않았어요. 우리는 갇혀 지냈지요."

그녀는 잠시 멈추었다. 그녀의 눈, 그 아름다운 눈이 크고 어두워졌다.

"그리고 그때 언니가, 우리 언니가……."

그녀는 말을 멈추었다.

"제발 그만하시오. 더 이상 아무 말 마시오. 그것은 당신에게 너무 고통스러운 일이지요. 나도 그 일에 대해 알고 있습니다. 내게 더 이상 말할 필요가 없어요."

"하지만 당신은 모르세요. 알 수가 없을 거예요. 그것은 생각할 수도 없는 도저히 믿을 수 없는 일이에요. 나도 언니가 경찰에 자수해서 자백했다는 것을 알고 있어요. 하지만 나는 아직도 이따금씩 그것이 도무지 믿어지지가 않아요! 어쩐지 그것은 진실이 아니었다는 생각이 들곤 해요, 그렇지가 않았어요. 언니가 그랬다고 자백했다는 것은 있을 수가 없는 일이었어요."

"당신 말은……." 나는 망설였다.

"그 사실이 이상하다는 겁니까?"

그녀는 내 말을 가로막았다.

"아니, 그게 아니에요. 그렇지가 않아요. 그것은 매기가 아니에요. 그것은 조금도 그녀다운 행동이 아니에요. 아니었어요. 그것은 결코 매기가 아니었어요!"

무슨 말인가가 내 입술 위에서 맴돌았지만, 나는 입 밖에 내지는 않았다. 내가 그녀에게 말할 수 있는 때가 아직 오지 않았던 것이다.

"당신이 옳습니다. 그것은 사실 매기가 아니었지요……."

제9장

루트렐 대령이 오솔길을 따라 올라온 것은 대략 6시쯤 되어서였다. 그는 까마귀 사냥총에 죽은 멧비둘기 한 쌍을 들고 있었다.

그는 내가 소리쳐 부르자 움찔하며 우리를 보고 놀란 것 같았다.

"안녕하시오, 당신들 그곳에서 무얼 하고 있소? 그곳은 다 무너져 가는 낡은 곳이라 그리 안전하지가 않다는 것을 당신들도 잘 알 텐데요. 그것은 조각 조각 부서지고 있어요. 아마 당신들 귀에도 들릴 겁니다. 그곳에서 옷을 더럽힐까 걱정스럽군요, 엘리자베스"

"오, 괜찮아요. 헤이스팅스 대위님이 내 옷을 더럽히지 않으려고 손수건 한 장을 버렸답니다."

대령은 모호하게 중얼거렸다.

"오, 그래요? 글쎄, 그렇다면 됐군요."

그는 입술을 잡아당기며 그곳에 서 있었고, 우리는 일어나서 그에게 다가갔다. 그의 마음은 오늘 저녁 멀리 딴 곳에 가 있는 것 같았다.

그는 이야기를 꺼내어 자신을 일깨웠다.

"이놈의 멧비둘기 몇 마리를 잡느라고 상당히 고생했습니다. 상당히 힘들다는 것을 당신도 알 거요"

"당신이 매우 훌륭한 사냥꾼이라는 얘긴 들었습니다."

내가 그에게 말했다.

"오? 누가 당신에게 그런 말을 합디까? 흠, 보이드 캐링튼이겠군. 전에는 그랬지요……, 전에는 말입니다. 요즈음에는 형편없이 녹슬었다오. 나이가 다 말해 주는 것이지."

"시력이 나빠지셨군요." 내가 넌지시 말했다.

그가 즉시 내 말을 부정했다.

"당치않소. 시력은 예전같이 좋습니다. 독서할 때는 안경을 써야 하지요, 물론. 그러나 먼 곳을 보는 데는 이상 없답니다."

그는 잠시 뒤에 다시 반복했다.

"그래요, 이상 없지요. 그것은 문제가 아니오……."

그의 목소리는 무의식적으로 중얼거리듯이 말꼬리를 흐렸다.

콜 양이 주위를 둘러보며 말했다.

"정말 아름다운 저녁이에요."

그녀의 말은 정말 옳았다.

태양이 서쪽으로 넘어가며 타는 듯한 황금빛을 던져 주어, 숲은 짙고 작열하는 듯한 느낌이 들고 푸른색이 더욱 진하고 뚜렷하게 보였다. 고요하고 정지된 듯한, 몹시 영국적인 저녁……. 그것은 열대 지방에서 지냈던 아주 먼 옛날을 기억하게 했다.

내가 그런 말을 하자 루트렐 대령도 진지하게 받아들였다.

"오, 맞아요. 가끔 이와 같은 저녁은 인도에서 보냈던 날들을 생각나게 하곤 한답니다. 당신도 그렇겠지만 은퇴해서 정착하는 것을 고려해 보도록 만들지요. 어떻습니까?"

나는 고개를 끄덕였다. 그는 목소리를 바꾸어서 계속 말했다.

"그래요, 안주한다는 것, 가정을 이룬다는 것, 당신이 그리는 그런 것은 결코 아니지요. 전혀, 전혀."

나는 그러한 것은 그에게는 아마도 유달리 실감이 날 것이라고 생각했다. 그는 직접 여관을 경영하며, 돈을 벌기 위해 애쓰고, 그에게 쉴 새 없이 잔소리하는 아내와 투덜거리며 지내리라고는 상상하지도 못했겠지.

우리는 천천히 저택 쪽으로 걸어갔다. 노튼과 보이드 캐링튼이 베란다에 앉아 있어서, 콜 양은 집 안으로 들어가고 대령과 나는 그들과 합석했다.

우리는 잠시 잡담을 나누었다. 루트렐 대령은 기분이 좋아보였다. 그는 한두 마디 농담을 하고는 더욱 유쾌해져서, 평소보다 정신도 맑아진 것 같았다.

"더운 날씨였어요." 하고 노튼이 말했다.

"목이 마르군요."

"한 잔 합시다, 친구들. 공짠데, 어떻습니까?"

대령은 진지하고 행복한 듯이 말했다.

우리는 그에게 감사를 표하고 받아들이기로 했다. 그는 일어나서 안으로 들어갔다.

우리가 앉아 있던 곳은 식당 창문 바로 바깥이었고, 그 창문은 열려 있었다.

우리는 대령이 안에서 벽장을 여는 소리를 들었고, 다음에 코르크 마개 따개를 돌리는 소리와, 병에서 마개가 빠지면서 나는 '퐁' 하는 작은 소리를 들었다. 그리고 그다음에 날카롭고 높은 루트렐 부인의 심상치 않은 목소리가 들렸다!

"당신 뭘 하고 있는 거지요, 조지?"

대령의 목소리는 중얼거려서 잘 들리지 않았다. 우리는 겨우 몇 마디밖에는 알아들을 수가 없었다. 밖에서 친구들과 마시려고…….

날카롭고 짜증스런 목소리가 계속해서 터져 나왔다.

"절대로 그렇게는 못해요, 조지! 이제 그런 생각은 버려요. 당신이 모든 사람에게 공짜로 한 잔씩 돌린다면 어떻게 우리가 이곳에서 돈을 벌 수 있겠어요! 여기에서 마시는 것은 모두 돈을 내야 해요. 당신은 그렇지 못할는지 몰라도 나로선 장삿속을 차려야만 해요. 왜냐하면, 나에게만이라도 그런 게 없다면 당신은 내일이라도 알거지가 되고 말 테니까 말이에요! 나는 당신을 마치 어린애처럼 보살펴야 해요. 그래요, 꼭 어린애처럼 말이에요. 당신은 조금도 생각이 없어요. 그 병들 내놔요. 이리 주세요, 어서!"

다시 고통스럽고 낮은 목소리로 변명하는 중얼거림이 들렸다.

루트렐 부인이 딱 잘라 대답했다.

"나는 그들이 뭐라고 하든 상관 안 해요. 그 병을 다시 벽장 속에 넣고, 벽장에는 자물쇠를 채워야겠어."

자물쇠를 잠그는 열쇠 소리가 났다.

"이제 됐어요. 저건 항상 저런 식으로 해 놓을 거예요."

이번에는 대령의 목소리가 보다 분명해졌다.

"당신 정말 너무하군, 데이지. 나는 그렇게는 못 해."

"그렇게 못 하겠다고요? 대체 당신은 어떻게 생겨먹은 위인인지 알고 싶군요? 누가 이 집을 꾸려 나가지요? 나예요. 당신은 그것을 잊으면 안 돼요."

희미하게 옷자락 스치는 소리가 들리고 루트렐 부인이 그 방에서 나간 것 같았다.

잠시 뒤에 대령이 다시 나타났다. 불과 그 몇 분 동안에 그는 더욱 늙고 쇠약해진 것 같아 보였다.

우리들 중에서 그에게 깊은 유감을 느끼지 않는 사람은 아무도 없었고, 또한 누구나 루트렐 부인이 살해당해도 마땅하다고 생각했으리라.

그는 어색하고 딱딱한 어조로 말했다.

"정말 미안합니다, 여러분. 위스키가 다 떨어진 것 같습니다."

그는 무슨 일이 있었는지 우리가 엿듣지 못했을 거라고 생각한 게 틀림없으리라. 만일 그가 그것을 느끼지 못했다면, 우리의 태도가 그렇게 말해 주었으리라.

우리는 모두 견딜 수 없을 정도로 불안했고, 노튼이 고개를 푹 숙이고는 제일 먼저 자기는 사실 마시고 싶지 않다고 급히 말한 뒤에 이제 곧 저녁식사를 할 테니까 술은 없어도 괜찮다며, 억지로 화제를 돌려서 정말 되지도 않는 얘기들을 늘어놓기 시작했다. 그것은 실로 견딜 수 없는 순간이었다.

나도 맥이 탁 풀린 듯한 기분을 느꼈으나, 보이드 캐링튼만은 우리들 중 유일하게 그런 것들을 참아내는 데 있어서 믿을 수 없을 정도로 자제력을 발휘할 수 있는 사람이었다. 그는 노튼의 이야기에도 전혀 개의치 않았다.

나는 언뜻 루트렐 부인이 정원용 장갑을 끼고 민들레 제초제를 들고 샛길로 내려가는 것을 보았다. 그녀는 유능한 여자임에는 확실했지만, 바로 그 순간 나는 그녀에 대해서 가혹한 느낌을 받았다. 다른 인간들을 학대할 수 있는 권리를 가진 인간이란 결코 없는 것이다.

노튼은 아직도 열심히 떠들어대고 있었다. 그는 멧비둘기를 한손에 집어들고는, 자기가 유치원에 다닐 때 죽은 토끼를 보고는 한동안 앓아누웠었던 것이 얼마나 우스웠겠느냐 하는 이야기를 꺼내기 시작해서, 뇌조(雷鳥) 사냥터에 대한 이야기와 스코틀랜드에서 일어났던 어떤 몰이꾼이 총에 맞았던 사건 등을 두서도 없이 길게 늘어놓았다.

우리들도 나름대로 알고 있는 여러 가지 사냥에 얽힌 사건들에 대해 이야기를 나누었고, 그런 뒤에 보이드 캐링튼이 목청을 가다듬고는 말했다.

"언젠가 한 번 내가 데리고 있던 말 당번에게 좀 재미있는 사건이 일어난 적이 있었습니다. 아일랜드인 친구였지요. 그는 휴가를 보내려고 아일랜드로 떠났습니다. 그가 돌아오자 나는 그에게 휴가를 잘 보냈느냐고 물었지요.

'아, 정말 맹세코 생애에서 가장 멋진 휴가를 즐겼습니다!'

'그렇다니 기쁘군.' 하고 나는 그의 광적인 태도에 다소 놀라며 말했지요.

'아, 물론이고말고요. 정말 굉장한 휴가였습지요! 제 아우를 쏘았거든요.'

'자네 동생을 쏘았다고!' 하고 나는 외쳤답니다.

'예, 그렇습니다, 사실이지요. 저는 늘 그렇게 되길 바라면서 지내 왔거든요. 저는 더블린의 어떤 지붕 위에 올라가서 거리를 내려가고 있는 사람이 누구인지 알아보았는데, 그게 바로 제 아우였고 저는 손에 라이플을 들고 있었답니다. 제가 생각해 봐도 정말 멋진 사격이었습지요. 새를 쏘듯 그를 멋지게 쏘아 넘어뜨렸거든요. 아! 참으로 멋진 순간이었고, 저는 그것을 결코 잊지 못할 겁니다!'"

보이드 캐링튼은 아주 그럴 듯하게 강조하며 극적으로 재미있게 이야기를 들려주었고, 우리는 모두 웃고 나서 다소 기분이 나아졌다. 그가 일어나서 식사하기 전에 목욕을 해야겠다고 말하며 자리를 떠나자, 노튼이 열정적으로 한마디 해서 우리의 기분을 대변해 주었다.

"그는 정말 멋진 사람입니다!"

나도 인정을 했고, 루트렐도 그렇게 말했다.

"맞습니다. 훌륭한 친구고말고요."

노튼이 말했다.

"어디에 있든 항상 성공하는 사람이라고 나는 알고 있습니다. 무엇이든지 그의 손에 들어가면 성공적인 것으로 바뀌지요. 명석하고, 자신의 마음을 잘 알고 있으며 천성적으로 활동적인 사람입니다. 진정한 성공인이지요."

루트렐이 천천히 말했다.

"그와 같은 사람들이 더러 있지요. 그들은 무엇이든지 성공적인 것으로 바꾸어 놓는답니다. 그들은 잘못될 수가 없어요. 모든 행운을 다 가지고 있기 때문이지요."

"아니, 그게 아닙니다, 대령님. 행운이 아니지요."

그는 의미 있게 인용을 했다.

"문제는 우리의 행운이 아니라네, 브루터스. 그것은 우리들 자신일세."

루트렐이 말했다.

"아마도 당신이 옳을 거요."

내가 재빨리 말했다.

"아무튼 그가 내톤 저택을 상속받았다는 것은 행운입니다. 얼마나 훌륭한 곳입니까! 하지만 그는 결혼을 해야 합니다. 그곳에서 혼자 지낸다면 외로울 겁니다."

노튼이 웃었다.

"결혼해서 안주한다? 그런데 그의 아내가 그를 구박한다면……."

그것은 최악의 상황이었다. 누구라도 그런 종류의 말을 할 수 있다. 하지만 시기가 적당치 않았고, 노튼도 그 말을 꺼낸 순간 바로 깨달았다.

그는 허둥지둥 더듬거리며 그 말을 다시 주워 담으려다 그만 어색하게 말을 멈추었다. 그것은 모든 것을 망쳐 놓았다. 그와 나는 둘 다 즉시 되는대로 떠들어대기 시작했다. 나는 저녁 햇살에 대해서 다소 멍청한 말을 했고, 노튼은 저녁식사 뒤에 브리지 게임을 하는 것이 어떻겠느냐는 이야기를 했다.

루트렐 대령은 이러한 우리들의 태도를 전혀 눈치 채지 못했다. 그는 이상하고도 감정이 없는 목소리로 말했다.

"아니, 보이드 캐링튼은 자기 아내에게 구박받지 않을 거요. 그는 구박받고 있을 그런 남자가 아닙니다. 괜찮을 거요. 그는 진짜 남자지요!"

아주 어색한 분위기였다. 노튼은 다시 브리지 게임에 대해 떠들어대기 시작했다. 그런 도중에 커다란 멧비둘기 한 마리가 우리들 머리 위로 퍼덕이며 날아가서 그리 멀지 않은 곳에 있는 나뭇가지에 앉았다.

루트렐 대령이 총을 집어들었다.

"망할 놈의 비둘기가 한 마리 있군."

하지만 그가 겨누기도 전에 그 새는 도저히 쏠 수가 없는 숲 사이로 다시 날아가 버렸다. 그러나 바로 같은 순간, 대령의 눈은 저쪽의 비탈 위에서 움직이는 동정이 있는 곳으로 옮겨갔다.

"망할 놈의 어린 과일 나무의 껍질을 갉아먹는 토끼가 저기 있군. 저기에다 덫을 놔야겠다고 생각했었는데."

그는 일어서서 총을 쏘았고, 내가 보았을 때는…….

어떤 여인의 찢어지는 듯한 비명 소리가 들렸다. 그것은 끔찍한 신음소리로 변해 갔다.

대령의 손에서 라이플이 떨어지고, 그의 몸이 꺾이며 입술이 얼어붙었다.

"하나님 맙소사! 데이지였다니!"

나는 이미 풀밭을 가로질러 뛰어가고 있었다. 노튼은 내 뒤에 바짝 붙어 왔다. 그것은 루트렐 부인이었다. 그녀는 무릎을 꿇고 작은 과일 나무 하나를 잡고 몸을 의지하려고 애쓰고 있었다.

풀이 길게 자라서 대령이 그녀를 확실하게 볼 수가 없었고, 단지 풀이 움직이는 것으로밖에는 보이지 않았다는 것을 알 수 있었다. 또한, 햇빛도 시야를 어지럽히고 있었다. 그녀는 어깨를 관통 당했는데, 피가 뿜어져 나오고 있었다.

나는 상처를 조사하기 위해 엎드렸다가 노튼을 올려다보았다. 그는 나무에 기대어 서 있었는데, 마치 자기가 아프기라도 한 듯이 새파랗게 질려 있었다.

그가 변명하듯이 말했다.

"나는 피를 보면 견딜 수가 없어요."

나는 날카롭게 말했다.

"프랭클린을 데려와요, 즉시! 아니면 간호사라도."

그는 고개를 끄덕이고는 뛰어갔다. 그곳에 먼저 나타난 것은 크레이븐 간호사였다. 그녀는 잠시 믿기지 않는다는 듯이 서 있다가 곧 능숙한 솜씨로 피가 멈추도록 지혈을 했다. 프랭클린이 곧 도착했다.

그들은 루트렐 부인을 부축해서 집으로 들어가 침대에 눕혔다. 프랭클린은 옷을 벗기고 상처를 감싼 다음에 그녀의 주치의를 부르러 갔고, 크레이븐 간호사는 그녀와 함께 남아 있었다.

나는 막 전화를 내려놓는 프랭클린에게 뛰어갔다.

"그녀는 어떻습니까?"

"오! 아무 이상 없을 겁니다. 다행스럽게도 치명적인 부위를 비껴 맞았습니다. 대체 어찌 된 일입니까?"

나는 그에게 말해 주었다.

"그렇게 된 거군요. 노인은 어디 있습니까? 그 양반이 정신을 잃지는 않을지 걱정이 되는군요. 아마, 그 부인보다도 더욱 주의가 필요할 겁니다. 그분의 심장이 좋은 상태 같지는 않거든요."

우리는 흡연실에서 루트렐 대령을 발견했다. 그는 입술이 파랗게 질린 것이 완전히 넋이 나가 보였다.

그가 띄엄띄엄 물었다.

"데이지는? 그녀는, 그녀는 어떻습니까?"

프랭클린이 재빨리 말했다.

"부인은 괜찮아질 겁니다, 노인장. 하나도 걱정할 필요가 없어요."

"나는 토끼라고 생각했소. 껍질을 갉아먹는 줄 알았지. 내가 그런 실수를 저지르게 될 줄은 정말 몰랐소. 내 눈에 헛것이 비쳤나 보오."

"그런 일들은 있을 수도 있는 일이지요."

프랭클린이 무미건조하게 말했다.

"나도 한두 번 그런 일을 보았습니다. 자, 이봐요, 노인장. 당신에게 진정제를 놓아 드리는 것이 좋겠군요. 상태가 아주 좋지 않아요."

"나는 괜찮소이다. 내가, 내가 그녀에게 가 볼 수 있겠습니까?"

"지금 당장은 안 됩니다. 크레이븐 간호사가 부인과 함께 있어요. 하지만 걱정할 필요는 없습니다. 그녀는 괜찮아요. 올리버 박사가 곧 올 텐데, 그도 역시 똑같은 말을 해 줄 겁니다."

나는 그들과 헤어져서 저녁 햇살이 비치고 있는 곳으로 나갔다.

주디스와 앨러튼이 오솔길을 따라 내가 있는 쪽으로 오고 있었다. 그는 머리를 그녀에게 기대고 있었고, 그들은 둘 다 웃고 있었다.

몹시도 비극적인 일이 방금 전에 일어났었던 터인지라, 그 장면은 나를 매우 화나게 만들었다.

내가 날카로운 소리로 주디스를 부르자 그녀는 놀라며 나를 쳐다보았다. 내가 무슨 일이 일어났는지 그들에게 간단히 이야기해 주었다.

"정말로 끔찍한 일이 일어났군요." 주디스가 한마디 했다.

그러나 그녀는 자기가 말한 것만큼은 놀라지 않는 것 같았다.

앨러튼의 태도는 무례하기 짝이 없었다. 그는 대체 그것을 무슨 신나는 농담거리라도 되는 것처럼 생각하는 것 같았다.

"그 늙고 마귀 같은 할망구는 그래도 싸지요. 그 노인네는 이제 목적을 달성했다고 생각되는군요."

"그런 게 절대 아니오." 내가 날카롭게 말했다.

"그것은 우연한 사고였소."

"그렇겠지요. 하지만 나는 그런 종류의 사건들을 많이 알고 있습니다. 때로는 묘하게도 시기가 아주 적절할 수도 있지요. 내 말은, 만일에 그 노인네가 의도적으로 그녀를 쏜 것이라면 오히려 그에게 모자를 벗고 경의를 표하겠다는 뜻이지요."

"그와 같은 것은 전혀 없었소." 나는 화를 내며 말했다.

"지나치게 확신하지는 마십시오. 나는 자기 아내를 쏜 사람을 두 명 알고 있습니다. 한 사람은 연발 권총을 청소하다가 오발되었지요. 다른 한 사람은 장난삼아 아내를 겨누고 쏘았다고 하더군요. 총알이 장전된 줄을 몰랐다는 겁니다. 그래서 그들은 둘 다 벌 받지 않고 그냥 넘어갔습니다. 내 생각에 의하면, 정말 재수 좋은 해방이었던 것이지요."

"루트렐 대령은 그런 사람이 아니오." 내가 차갑게 말했다.

"글쎄요, 당신도 그것이 운 좋은 해방이 되지 않으리라고는 장담할 수 없을 겁니다, 그렇지 않습니까?"

앨러튼이 물었다.

"그들은 어떤 말썽이나 그 밖의 불화 같은 것은 전혀 없었습니까, 그런가요?”

나는 화가 치미는 동시에, 어떤 당혹감을 감추려고 애를 쓰며 돌아섰다. 앨러튼은 조금 지나칠 정도로 요점에 접근해 가고 있었던 것이다. 처음으로 어떤 의심이 내 마음에 파고들어 왔다.

그것은 보이드 캐링튼을 만나서도 조금도 풀어지지 않았다. 그는 호수 쪽으로 걸어가고 있었노라고 말했다.

내가 그에게 그 소식을 전하자 그는 즉시 말했다.

“당신은 그가 부인을 쏠 의도가 있었다고 생각하진 않죠, 맞습니까, 헤이스팅스?”

“오, 맙소사.”

“미안, 미안합니다. 그런 말을 하는 것이 아니었는데. 그냥 단지 그 당시에는 누구든 의심할……, 그녀, 그녀가 그를 상당히 울화통 터지게 만들었다는 것을 당신도 아시잖습니까?”

우리는 본의 아니게 엿들었던 그 장면을 돌이켜보며 잠시 아무 말도 하지 않았다.

나는 불행하고 걱정스러운 마음으로 위층으로 올라가서 포와로의 방문을 가볍게 두드렸다. 그는 이미 커티스를 통해 무슨 일이 있었는지 들었지만, 그래도 더욱 자세한 사항들을 알고 싶어 했다. 스타일즈 저택에 내려온 이후로 나는 매일매일 부딪히는 일들과 대화들의 대부분을 보고하는 형식으로 그에게 이야기해 왔다.

이러한 방법으로 나는 내 친구가 현실과의 거리감을 다소나마 덜 수 있으리라고 생각했다. 그것은 이곳에서 진행되는 모든 일들에 그가 실제로 참여하는 것 같은 느낌을 주었다. 나는 항상 정확한 기억력을 가지고 있었는데, 그것은 단지 대화들을 말 그대로 반복하는 문제에 지나지 않았다.

포와로는 매우 주의 깊게 들었다. 나는 그가 현재 나의 마음을 쉽게 안정시키지 못하게 하는 그 끔찍한 가상을 명확하게 비웃을 수 있게 되기를 바라고 있었지만, 그가 자신의 생각을 나에게 이야기할 짬도 없이 문을 가볍게 두드리는 소리가 났다.

크레이븐 간호사였다. 그녀는 우리를 방해해서 미안하다고 사과했다.

"미안합니다. 하지만 저는 박사님이 이곳에 계신 줄 알았어요. 그 노부인이 이제 의식을 차리고는 남편에 대해 걱정하고 있어요. 남편을 보고 싶은가 봐요, 그분이 어디 있는지 알고 계세요, 헤이스팅스 대위님? 저는 환자 곁을 떠나고 싶지가 않군요."

나는 기꺼이 그를 찾아보겠다고 자청했다. 포와로는 고개를 끄덕여 승낙을 했고, 크레이븐 간호사는 나에게 따뜻한 감사의 말을 했다.

나는 잘 사용하지 않는 작은 주간용 거실에서 루트렐 대령을 찾아냈다. 그는 창밖을 내다보며 서 있었다. 내가 들어가자 그는 재빨리 돌아보았다. 그의 눈은 무엇인가를 묻고 있었다. 그는 걱정하고 있는 것 같았다.

"부인이 의식을 회복했습니다, 루트렐 대령. 당신을 찾고 있어요."

"오."

그의 뺨이 홍조를 띠자, 나는 그제야 지금까지 그가 얼마나 창백했었는지를 알게 되었다. 그는 천천히 더듬거리며 말했다.

"아내가, 아내가 나를 찾고 있다고? 내가, 내가 가 봐야겠군요, 곧."

그가 문쪽으로 서둘러 걸음을 옮겨놓기 시작했을 때 지나치게 당황하고 있어서 내가 그에게 가서 거들어 주었다. 위층으로 올라갈 때 그는 완전히 나에게 의지했다. 그의 숨결은 몹시 거칠어졌다. 프랭클린이 예견했던 대로 커다란 충격을 받았던 것이다.

우리가 병자의 방문 앞에 도착하고 나서 내가 문을 두드리자, 크레이븐 간호사의 상쾌하고 활기찬 목소리가 들렸다.

"들어오세요."

아직도 나는 노인을 부축한 채로 그와 함께 방 안으로 들어갔다. 침대 둘레에는 장막이 쳐져 있었다. 우리는 그 한쪽 귀퉁이로 돌아갔다.

루트렐 부인은 몹시 아파 보였는데 창백하고 여린 얼굴로 눈을 감고 있었다. 우리가 장막 한쪽 모퉁이로 돌아 들어가자 그녀가 눈을 떴다.

그녀는 작고 숨 가쁜 목소리로 말했다.

"조지, 조지……."

"데이지, 내 사랑……."

그녀의 한쪽 팔은 붕대에 감겨 고정되어 있었다. 자유스러운 다른 쪽 팔이 불안하게 그를 향해 움직였다. 그는 앞으로 발걸음을 옮겨 그녀의 여리고 작은 손을 쥐었다.

그가 다시 말했다.

"데이지……."

그러고 나서 쉰 목소리로 이었다.

"고맙습니다, 하나님, 당신은 이제 괜찮을 거야."

그를 쳐다보니 그의 눈에는 부옇게 안개가 서렸고, 깊은 사랑과 근심이 그 속에 담겨 있다는 것을 알 수 있어서 나는 우리가 악의에 가득 찬 상상을 했던 것이 정말로 견딜 수 없게 부끄럽다는 사실을 느꼈다.

나는 조용히 그 방을 빠져나왔다. 그럴 듯하게 꾸며진 사건이라고! 마음속에서 우러나오는 저 깊은 감사의 표시는 절대로 꾸밀 수가 없는 것이다. 나는 말할 수 없는 안도감을 느꼈다.

복도를 따라 걸어가고 있을 때 시계가 울리는 소리를 듣고 깜짝 놀랐다. 나는 완전히 시간의 흐름을 잊고 있었던 것이다. 그 사건은 모든 것을 뒤섞어 놓았다. 단지 요리만 평상시와 다름없이 진행되어 여느 때와 같은 시간에 저녁식사가 준비되었다.

루트렐 대령이 나타나지 않은 것을 빼고는 우리들 대부분이 변한 것이 없었다. 하지만 프랭클린 부인이 옅은 핑크색 이브닝드레스를 입은 아주 매력적인 모습으로 잠시 아래층에 나타났는데, 몸과 마음이 모두 건강해 보였다. 내 생각에는 프랭클린은 무뚝뚝하고 얼이 빠져 있는 것 같았다.

저녁식사 뒤에 내 화를 돋운 것은, 앨러튼과 주디스가 함께 정원 속으로 사라진 것이었다. 나는 한동안 프랭클린과 노튼 주위에 앉아서 그들이 열대병에 대해서 토론하고 있는 것을 들었다. 노튼은 비록 토론하고 있는 주제에 대해 아는 것이 별로 없었지만 상대방에게 공감과 관심을 기울이고 있었다.

프랭클린 부인과 보이드 캐링튼은 그 방의 한쪽 끝에 앉아서 이야기를 나누고 있었다. 그는 그녀에게 커튼이나 크레톤 천의 무늬 양식들을 보여 주고 있었다.

엘리자베스 콜은 책을 읽으며 그 속에 깊이 빠져 있는 것 같았다. 나는 그녀가 나에 대해 약간 당황하고 혼란스러워한다고 느꼈다. 낮에 그녀의 비밀을 털어놓았으니 무리도 아닌 듯싶다고 여겼다. 나는 그것이 유감스러웠고, 마찬가지로 그녀가 나에게 털어놓았던 것을 너무 후회하지 않기를 바랐다. 나는 그녀의 신뢰를 존중해서 그것을 다시는 거론하지 않겠다는 것을 분명하게 밝혀 주고 싶었다. 하지만 그녀는 나에게 전혀 기회를 주지 않았다.

잠시 뒤에 나는 포와로에게 올라갔다. 그곳에서 루트렐 대령이 조그만 전구가 내리비치는 의자에 돌아앉아 있는 것을 발견했다. 그는 이야기를 하고, 포와로는 듣고 있었다.

나는 대령이 상대방에게라기보다는 자신에게 말하고 있다고 생각했다.

"아주 잘 기억하고 있지요, 맞아요. 그것은 사냥꾼들이 베푸는 무도회에서였답니다. 그녀는 툴이라고 하는 하얀 모직 옷을 입고 있었던 것으로 기억됩니다. 모두 그녀 주위에 몰려 있었지요. 그렇게 예쁜 아가씨가 그때 거기에서 나를 완전히 사로잡았던 것이지요. 나는 속으로 말했습니다. '이 아가씨야말로 내가 결혼할 아가씨다.' 그리고 맹세했던 대로 나는 그것을 이루었지요. 그녀는 끔찍하게 자신의 재능을 잘 발휘할 줄 알았답니다. 당신도 알겠지만, 말재주가 풍부했거든요. 늘 자기가 받은 만큼은 대꾸했지요, 제길."

그는 싱긋이 웃었다.

나는 마음의 눈으로 그 장면을 볼 수 있었다. 충분히 상상할 수 있었다. 젊고 재치 있는 얼굴의 데이지 루트렐, 그 매서운 혀, 그 당시에는 그렇게 매력적인 것이 세월을 거치는 동안 바가지를 긁는 수단으로 변모해 갔던 것이다.

하지만 루트렐 대령이 오늘 밤 그녀를 생각하고 있는 것은 젊은 아가씨였던 그의 첫 번째로 진정한 사랑이었다. 그의 데이지.

그리고 다시 나는 우리가 몇 시간 전에 그렇게 말했던 것을 부끄럽게 느꼈다. 물론, 루트렐 대령이 자러 가자 나는 포와로에게 모든 것을 털어놓았다.

그는 아주 조용히 들었다. 나는 그의 얼굴에서 아무런 표정도 읽어낼 수가 없었다.

"그렇다면 그것은 자네가 생각했던 건가, 헤이스팅스 그것이 고의로 쏜 것이라는 생각이?"

"그렇죠 지금 나는 부끄러움을 느끼고 있지만……"

포와로는 나의 현재의 감정들을 무시했다.

"그 생각을 자네 자신이 생각해 낸 것인가, 아니면 다른 사람이 자네에게 귀띔해 준 것인가?"

"앨러튼이 그와 비슷한 말을 했죠." 나는 화가 나서 말했다.

"그 사람은 물론 그렇게 생각할 수 있었을 겁니다."

"그밖에 다른 사람은?"

"보이드 캐링튼도 그러더군요"

"아, 보이드 캐링튼!"

"그렇다면 결국, 그는 세상 물정에 밝고 이러한 사건들에 대해 경험이 있다는 얘기 아닙니까?"

"오, 물론이지, 맞는 말이야. 하지만 그는 이번 일이 일어난 것을 알지 못했을 텐데?"

"아닙니다. 아마 그는 산책을 하고 있었을 겁니다. 저녁식사를 위해 옷을 갈아입기 전에 약간의 운동을 하거든요"

"나도 알고 있다네."

나는 불안해하며 말했다.

"내가 정말 그러한 말을 믿었다고 생각지 않습니다. 그것은 단지……"

포와로가 내 말을 가로막았다.

"자네의 그런 의심에 대해 너무 자책하지 않아도 되네, 헤이스팅스 그런 상황이 주어진다면 누구나 해 볼 수 있는 그런 생각이지. 오, 그렇지, 그것은 아주 자연스러운 것일세."

포와로의 태도에는 내가 전혀 이해할 수 없는 무엇인가가 있었다. 어떤 여운이. 그의 눈은 묘한 표정을 띤 채로 나를 주시하고 있었다.

나는 천천히 말했다.

"아마 그렇겠지요. 하지만 이제는 그 노인네가 그녀에 대해 얼마나 진실로 헌신적인가 하는 것을 알게 되었습니다."

포와로가 고개를 끄덕였다.

"물론이지. 그것은 흔히 볼 수 있는 경우란 것을 기억하게나. 시비와 오해와, 일상적으로 일어나는 표면적인 말다툼들의 저변에는 진실하고 참된 애정이 존재할 수 있다네."

나도 인정했다.

침대에 누워서 남편을 올려다볼 때, 루트렐 부인의 작은 눈 속에 부드럽게 애정 어린 시선이 담겨 있었다는 것을 나는 기억했다. 독살스러움이나, 성급하고 참지 못하는 나쁜 성깔 같은 것은 그 속에 존재하지 않았었다.

나는 잠자리에 들었을 때 결혼생활이란 묘한 것이라고 생각했다.

포와로의 태도에서 보였던 그 무엇인가가 아직도 나의 마음을 불편하게 만들었다. 그 묘하고 찾는 듯한 시선(마치 내가 알아차리기를 기다리고 있는 듯했던 그 시선)은 무슨 뜻일까?

막 침대에 들어가려고 했을 때 그것이 문득 내게 떠올랐다. 내 미간 사이를 탁 치며 떠올랐던 것이다. 만일에 루트렐 부인이 죽었다면, 그러한 다른 사건들과 똑같은 경우가 될 수도 있었던 것이다!

루트렐 대령은 분명히 보기에는 아내를 살해할 뻔했다. 그것은 우연한 사건으로 여겨질 수도 있지만, 한편 동시에 고의로 저질러진 것이 아닌가 하는 것에 대해 확신을 가질 사람은 아무도 없었다. 살인이라고 보기에는 증거가 불충분했지만, 그러나 살인에 대해 의심을 두기에는 증거가 아주 충분했다.

그러나 그것이 뜻하는 것은, 그것은 무엇을 뜻하는 것일까? 만일에 무엇인가 의도적으로 이루어졌다는 뜻이라면 루트렐 부인을 쏜 자는 루트렐 대령이 아니라 X라는 것이 된다. 그렇지만 그것은 분명히 불가능했다. 나는 그 일을 모두 지켜보았었다.

총을 쏜 것은 정말로 루트렐 대령이었다. 그밖에는 아무도 총을 쏘지 않았다. 그렇지 않다고 한다면(아니, 확실히 그것은 불가능한 것 같았다. 아니야, 혹시 불가능한 게 아니라면) 단지 극도로 불가능하게 보이게 한 것이라면……

맞아, 가능할 수도 있어, 그래, 어느 누군가가 기회를 기다리고 있다가, 루트렐 대령이 총을 쏜(토끼를 향해) 바로 그 순간에 정확히 루트렐 부인을 쏘았다고 가정하는 것이다. 그 당시는 단지 한 발의 총성밖에는 듣지 못했던 것 같았다. 하지만 비록 약간의 오차가 있었다고 하더라도, 단지 일종의 메아리라고 간주될 수도 있었다(지금 막 그것이 생각났는데, 반향이 있었다, 확실히).

아니, 그렇지 않아. 그것은 앞뒤가 맞지 않았다. 총알이 어디에서 발사된 것인지 정확하게 판별할 수 있는 방법이 있기 때문이다. 총알에 난 흠집으로 어떤 총에서 발사된 것인지도 밝혀낼 수가 있다.

그러나 그것도 내가 기억하기로는 총알이 발사된 총이 어떤 것인지에 대해 경찰이 적극적으로 밝히려고 할 때만 가능한 일이었다. 이러한 사건에서는 전혀 조사하려 들지 않을 것이다.

루트렐 대령의 경우에 있어서는 흉탄을 쏜 것이 바로 그라는 것이 거의 확실했던 것 같았다. 그러한 사실은 의문의 여지가 없이 받아들여지고, 인정될 것이고, 재조사하려 들지 않을 것이다. 단지 의심할 점이라면 그 총알이 우연히 발사된 것이냐, 아니면 범행 의도를 가지고 발사된 것이냐 하는 것뿐이었으리라. 결코 해결할 수 없는 의문이겠지만.

그러므로 그 사건은 그러한 다른 사건들과 함께 완전히 똑같은 선상에 놓이게 된다(기억하지는 못했지만 자기가 범행을 저질렀다고 생각한다는 농부 리그스의 사건과 자기가 저지르지도 않은 범죄에 대해 정신이 이상한 소녀가 스스로 자수했던 매기 리치필드 사건과 함께).

그렇다, 이번 사건은 그 나머지 사건들과 동일 선상에 놓이게 되고, 나는 이제야 포와로의 태도가 의미했던 것을 알게 되었다. 그는 내가 그 사실을 인식하기를 기다리고 있었던 것이다.

1

나는 다음 날 아침 포와로에게 그 문제를 털어놓았다. 그의 표정이 생기를 띠면서 마치 감상이라도 하듯이 머리를 끄덕였다.

"훌륭하이, 헤이스팅스. 나도 자네가 그 유사점을 알아내리라고 생각했다네. 내가 굳이 자네를 부추기고 싶지 않았다는 것을 자네도 이해할 걸세."

"그렇다면, 내가 옳군요. 이것은 또 다른 X사건인가요?"

"의심할 것도 없지."

"하지만 무엇 때문입니까, 포와로? 동기가 무엇이죠?"

"아직 모르겠나? 어떤 느낌도 없는가?"

포와로가 고개를 저으며 천천히 말했다.

"나는 한 가지 생각을 가지고 있는데."

"이들 서로 다른 사건들 간의 연결점 말입니까?"

"나는 그렇게 생각한다네."

"글쎄, 그렇다면."

나는 조바심을 거의 억제할 수가 없었다.

"안 되네, 헤이스팅스."

"하지만 나도 알아야겠습니다."

"자네는 모르는 편이 훨씬 좋아."

"어째서죠?"

"그렇다는 사실만 알고 있으면 돼."

"당신은 정말 어쩔 도리가 없는 사람이군요." 하고 내가 말했다.

"관절염으로 뒤틀려서 꼼짝없이 이곳에 앉아 있으면서도, 아직도 독단적으로 처리하려고 하다니."

“내가 독단적으로 행동하고 있다고 자네 마음대로 상상하지 말게나. 전혀 그렇지가 않다네. 오히려 그 반대로, 자네가 아주 많은 역할을 담당하고 있는 것이라네, 헤이스팅스. 자네는 나의 눈이고 귀일세. 나는 단지 자네에게 위험에 처할지도 모르는 정보를 주지 않으려는 것뿐이야.”

“나에게?”

“그 살인자로 인해서.”

“당신은 그것을 바라고 있군요.” 하고 내가 천천히 말했다.

“당신이 그를 추적하고 있다는 사실을 그가 눈치 채지 못하기를 말입니다. 그럴 거라고 생각합니다. 아니면, 내가 나 자신을 돌보지 못할 거라고 생각하든지.”

“자네는 최소한 한 가지 사실을 명심해야 하네, 헤이스팅스. 한 번 살인을 한 녀석은 다시 살인할 수가 있다는 것을 말이야. 그리고 다시, 또 다시 계속해서.”

내가 침중하게 말했다.

“아무튼, 이번에는 살인이 성공하지 못했습니다. 적어도 한 번의 흉탄은 빗나간 것이지요.”

“그래, 그것은 정말 다행스런 일이었지. 실로 아주 다행스러웠어. 자네에게 말했듯이, 이러한 일들은 예견하기가 어렵다네.”

그는 한숨을 쉬었다. 그의 얼굴에는 근심스러운 표정이 떠올랐다.

나는 포와로가 이제는 계속 일해 나가기가 얼마나 육체적으로 감당해 내기가 힘든지 뼈저리게 인식하며 조용히 물러나왔다. 그의 두뇌는 아직도 명석하지만, 그러나 그는 병들고 쇠약한 사람이었다.

포와로는 나에게 X의 정체를 알아내려고 애쓰지 말라고 경고했다. 하지만 나의 마음속에는 아직도 그 정체를 밝혀내야겠다는 생각이 남아 있었다. 내게 확실히 사악한 존재로 부각된 자는 스타일즈 저택에서 오직 한 사람뿐이었다.

간단한 질문 하나로 나는 한 가지 사실을 확인해 볼 수 있었다. 그 테스트는 부정적인 결과를 낳을 수도 있지만, 그래도 그럴 만한 가치가 있을 것이다.

나는 아침식사 뒤에 주디스에게 물었다.

"어제 저녁 내가 너희들을 만났을 때, 너와 앨러튼 소령은 어디에 갔었냐?"

문제는 사람들이 어떤 상황에 대해 한 가지 면에만 집착하려 할 때, 나머지 다른 모든 면들은 무시해 버리려는 경향이 있다는 것이다.

나는 주디스가 나에게 분노를 터뜨리자 몹시 놀랐다.

"정말, 아버지, 그게 아버지와 무슨 관계가 있는지 모르겠군요."

나는 다소 뜻밖이라는 듯이 그녀를 쳐다보았다.

"나는, 나는 단지 그냥 물어 보았을 따름이다."

"그래요, 하지만 왜죠? 어째서 아버지는 끊임없이 물어 보아야 하는 거예요? 무엇을 하고 있었느냐? 어디에 갔었느냐? 누구하고 같이 있었느냐? 정말로 참을 수가 없어요!"

그 부분에서 재미있는 사실은, 이번에 나는 주디스가 어디에 갔었느냐고는 전혀 묻지 않았다는 것이다. 내가 관심이 있던 것은 앨러튼이었다.

나는 그녀를 달래려고 애썼다.

"애야, 내가 왜 간단한 질문 하나 할 수 없는지 그 이유를 모르겠구나."

"저는 아버지가 왜 알고 싶어 하시는지 그 이유를 모르겠어요."

"특별한 이유가 있는 것은 아니야. 내 말의 뜻은 너희들이 무슨 일이 일어났었는지 모르는 것 같다고 여겨졌었다는 거야."

"그 사건에 대해서 말씀하시는 거예요? 굳이 아셔야겠다면 말씀드리겠어요. 저는 우표를 몇 장 사러 마을에 내려갔었어요."

나는 갑자기 고유 명사를 썼다.

"앨러튼은 그때 너와 함께 있었던 게 아니고?"

주디스는 분노에 찬 콧소리를 냈다.

"아뇨, 그는 함께 있지 않았어요." 하고 그녀는 냉랭하고 살벌하게 말했다.

"그 사람하고는 집 근처에서 만났어요. 우리가 아버지를 만났던 것은 불과 5분 정도밖에는 지나지 않았을 때였어요. 이제 안심하시겠어요? 하지만 제가 앨러튼 소령과 붙어 다니느라고 온종일을 보냈다고 해도 이렇게 말하고 싶어요. 그것은 정말 아버지와는 상관없는 일이에요. 저는 21살이고, 제 생활은 제가 꾸려 나가고 있어요. 제가 시간을 어떻게 보내든지 그것은 전적으로 제 자신의 일이라고요."

"전적으로 동감한다."

나는 밀려오는 분노의 조류를 막으려고 애쓰며 말했다.

"아버지도 인정하신다니 기쁘군요."

주디스는 좀 누그러진 것 같았다. 그녀는 후회스럽다는 듯이 어설픈 미소를 지었다.

"오, 아빠, 제발 그렇게 까다로운 아버지가 되려고 하지 마세요. 아빠는 그것이 얼마나 화가 나는 일인지 모를 거예요. 제발 그렇게 야단을 부리지 마셨으면."

"그러지 않으마, 정말 앞으로는 그러지 않으마." 하고 그녀에게 약속했다.

그때 프랭클린이 성큼성큼 다가왔다.

"안녕, 주디스 갑시다. 평소보다 좀 늦은 것 같소."

그의 태도는 무뚝뚝하고 예의라고는 거의 없었다. 나는 은근히 울화통이 치미는 것을 느꼈다. 나도 프랭클린이 주디스의 고용주이고, 그가 그녀의 시간을 마음대로 할 수 있으며, 그에 대한 대가를 지불하는 한 그녀에게 명령을 할 권리가 있다는 것을 모두 알고 있다. 그런데도, 나는 어째서 그가 그 흔한 예의조차 갖추고 행동하지 못하는지 그것을 이해할 수가 없었다.

그의 예절은 누가 보나 세련되었다고는 할 수가 없었지만, 그런 중에도 그는 대다수의 사람들에게는 일상적인 예절이라고 할 수 있는 것을 갖춘 최소한의 행동은 했던 것이다. 하지만 주디스에게는, 특히 최근에 그의 태도는 늘 무뚝뚝하고 극히 명령적이었다. 그가 그녀에게 말할 때는 거의 얼굴을 쳐다보지도 않고 단지 명령만 내릴 뿐이었다. 주디스는 그것에 대해 불만을 나타내지 않았지만, 내가 그녀 대신 울화가 치미는 것이었다.

특히 그것은 앨러튼의 지나칠 정도로 싹싹하고 매우 세심한 태도와 비교를 해 보면 더욱 불쾌한 생각이 마음에 스치는 것이었다. 존 프랭클린이 앨러튼보다 열 배는 훌륭한 사람이라는 것은 의심할 여지도 없는 사실이지만, 매력적이라는 관점에서 볼 때 그와는 거의 비교도 안 되었다.

나는 프랭클린이 오솔길을 따라 실험실로 걸어가는 동안 그의 볼품없는 걸음걸이, 앙상한 체격, 불거져 나온 광대뼈와 머리, 붉은 머리카락과 주근깨 등을 자세히 지켜보았다. 못생기고 볼품없는 남자였다. 어디 한 군데 두드러진 특징이 없는 사람이었다. 훌륭한 두뇌, 그것은 사실이지만 여자들은 머리가 좋다는 것 한 가지로만은 거의 빠져들지 않는다.

갑자기 나는 주디스가 그녀의 직업적인 상황으로 인해, 특히 다른 남자들과 접촉을 가져 본 적이 결코 없었다는 것을 걱정하며 곰곰이 생각해 보았다. 퉁명스럽고 매력이 없는 프랭클린과 앨러튼의 저속한 매력들과의 대조는 어쩔 수 없이 비교됨으로써 더욱 두드러지는 것이었다. 나의 가엾은 딸은 진실한 가치에 대해 그를 평가할 기회가 전혀 없었다.

그녀가 그에게 정말로 반해 버렸다고 가정한다면? 그녀가 방금 보여 준 성급한 분노는 마음의 평정을 잃고 있다는 증거일 수 있었다. 앨러튼은 내가 알기로는 진짜로 질이 나쁜 작자였다. 아마도 그는 그 외에 무엇인가가 더 있을 것이다. 만일에 앨러튼이 X라면……?

그럴 가능성이 있었다. 총이 발사되었을 그 당시, 그는 주디스와 함께 있지 않았다. 하지만 이러한 겉으로 보기에는 아무런 목적이 없는 범죄들의 동기는 무엇일까?

내가 확신할 수 있었던 것은, 앨러튼은 정신착란 증세가 전혀 없다는 사실이었다. 그는 정상이었다, 완전히 정상. 단지 방종하다는 것뿐.

그리고 주디스, 나의 주디스는 그에게 푹 빠져 있었다.

2

이 시간이 되도록 비록 내 딸에 대해서 약간은 걱정하고 있었지만, X에 대해서 선결해야 할 문제와 언제든지 일어날 수 있는 범죄의 가능성을 걱정하는 것들이, 보다 개인적인 문제들은 마음속에 접어두도록 몰고 가게 되었다.

이제 일진광풍은 지나갔고, 한 가지 범죄가 시도되었지만 자비롭게도 실패로 끝나서, 나는 그러한 일들을 심사숙고하는 것으로부터 해방되었다. 그런데 그렇게 되면 될수록 나는 더욱 걱정이 되는 것이었다. 언젠가 우연한 기회에 앨러튼은 자기가 혼자였다는 것을 나에게 털어놓은 적이 있었다.

모든 사람들에 관해 잘 알고 있는 보이드 캐링튼이 나를 좀더 깨우쳐 주었다. 앨러튼의 부인은 독실한 로마 가톨릭 신자였다. 그녀는 결혼하고 나서 얼마 지나지 않아 그에게서 떠났다. 그녀의 종교로 봐서, 그 이혼에는 의문의 여지가 없었다.

보이드 캐링튼이 솔직하게 말했다.

"그리고 만일 당신이 내게 물어 본다고 한다면, 비열한 자에게는 꽤나 안성맞춤이지요. 그의 결혼 수단은 언제나 비열한 방법이었는데, 그에게는 표면적으로 드러나지 않는 아내보다 더 좋은 것이 없잖겠습니까."

아버지로서 이보다 더 신나는 말을 들을 수가 있을까!

그 사건이 있은 다음의 나날은 겉으로 보기에는 평온하게 지나갔지만, 나에게 있어서는 점점 커지는 불안의 암류가 함께 흐르고 있었다.

루트렐 대령은 많은 시간을 아내의 침실에서 보냈다. 한 간호사가 그녀를 전담하기 위해 도착해서 크레이븐 간호사는 프랭클린 부인을 보살피는 자신의 임무로 다시 돌아갈 수가 있었다.

고약한 심보로서가 아니라, 나는 프랭클린 부인이 대표적인 병자로서의 위치를 잃어버린 것에 대해서 짜증을 내고 있는 징조들을 느낄 수 있었다는 걸 인정해야겠다.

루트렐 부인에게로 집중되는 소동과 관심은, 매일 매일의 주요 관심사로 자신의 건강 상태가 거론되고 하던 것에 익숙해 있던 그 조그만 부인에게는 분명히 아주 불쾌한 일이었다.

그녀는 손을 옆으로 늘어뜨리고 해먹 의자(기둥 사이나 그늘 등에 달아매게 된 의자)에 길게 누운 채로 끊임없이 불평을 늘어놓고 있었다. 자기에게 알맞은 음식은 전혀 나오지도 않고, 자기의 요구는 참을 수 없는 인내심으로 가려지고 말았다고 하면서.

"나는 정말 소동을 일으키는 것은 싫어요." 하고 그녀는 포와로에게 애처롭게 속삭였다.

"나는 이 비참한 건강 상태에 대해서 몹시 수치를 느끼고 있답니다. 나를 위해서 언제나 다른 사람들을 시켜야 한다는 것은 정말이지 끔찍한 학대 같아요. 나는 건강이 나쁘다는 것은 사실은 범죄나 다름없다고 생각한답니다. 만일에 건강도 나쁘고 감정도 무디지 않은 사람이 있다면, 그런 사람은 이 세상을 살아가기에는 적합하지가 않으므로 조용히 사라져야 할 거예요."

"아, 그렇지 않습니다, 부인."

포와로는 늘 그러하듯이 부인네들에게는 친절했다.

"외국에서 들여온 연약한 꽃은 온실의 선반에서 자라야 합니다. 그것은 차가운 바람을 쐬면 견딜 수가 없기 때문이지요. 차가운 공기 속에서도 무성하게 자라는 것은 흔해빠진 잡초지만 그것은 조금도 자랑거리가 못 됩니다. 내 경우를 생각해 보면 절름거리고 말라 비틀어졌으며 움직일 수도 없지만, 그러나 나는, 나는 목숨을 끊어야겠다는 생각은 하지 않습니다. 나는 아직도 내가 할 수 있는 것들을 즐기고 있지요. 음식과 마실 것, 지적인 오락 같은 것들을."

프랭클린 부인은 한숨을 내쉬며 중얼거렸다.

"아, 하지만 그것은 당신에게는 다른 문제예요. 당신은 자신 이외에는 아무도 걱정할 사람이 없잖아요. 내 경우에는 불쌍한 존이 있어요. 사실, 나 자신이 그에게 커다란 짐이라는 것을 통렬하게 느끼고 있답니다. 병들고 쓸모없는 아내. 그의 목에 매달려 있는 하나의 맷돌이지요."

"그는 결코 부인이 그런 존재라고 생각하지 않을 거라고 나는 확신한답니다."

"오, 그렇게는 말하지 않아요. 물론 그렇지는 않답니다. 하지만 남자들이란 그렇게 속이 들여다보이는 가엾은 존재들이에요. 그리고 존은 자신의 감정을 감추는 데는 그리 뛰어나지 못해요. 그는 물론 못된 생각을 품고 있지는 않아요. 하지만 그는……, 글쎄요. 그 자신에게는 다행스럽게도 아주 감정이 무딘 그런 종류의 사람이랍니다. 그는 전혀 감정이 없어요. 그렇기 때문에 그는 자신 외에는 다른 것이 되기를 기대하지도 않지요. 무신경인 채로 태어난다는 것은 정말 끔찍하게도 재수가 좋은 것이에요."

"나는 프랭클린 박사가 무신경이라고는 생각할 수가 없는데요."

"그렇게 보시지 않나요? 오, 하지만 당신은 그를 나만큼 알지 못해요. 물론 만일에 내가 없었다면 그 사람이 보다 많이 자유로울 거라는 사실을 알고 있답니다. 때때로, 당신도 아시겠지만, 나는 끔찍하게 자학하다가는 결국 목숨을 끊는 것이 구원이라는 생각이 들기도 하는걸요.”

“오, 그런 생각을 하면 안 됩니다, 부인.”

“내가 다른 이들한테 무슨 소용이 있겠어요? 그것은 결국 ‘위대한 무명작가(본명이 알려지기까지의 월터 스코트 경)’로 밝혀지게 되겠지요.”

그녀는 머리를 흔들었다.

“그리고 그때 존은 자유롭게 될 거예요.”

“거창하지만 시시한 얘기군요.”

크레이븐 간호사가 내가 이러한 대화들을 그녀에게 들려주었을 때 말했다.

“그녀는 그런 행동은 하지 않을 거예요. 걱정 마세요, 헤이스팅스 대위님. 다 죽어가는 오리 목소리로 ‘모든 것을 끝내는 것’에 대해 이야기하는 그러한 사람들은 그런 행동을 할 의도가 조금도 없답니다.”

그리고 한때 루트렐 부인의 부상으로 고조되었던 흥분이 가라앉고 크레이븐 간호사가 다시 보살펴 주자 프랭클린 부인의 기분은 매우 좋아졌다는 것을 밝혀 두어야겠다.

어느 화창한 날 아침에 커티스는 포와로를 실험실 가까이에 있는 너도밤나무 숲 아래의 구석으로 데리고 내려왔다. 그곳은 그가 좋아하는 장소였다. 그곳은 동풍을 막아 주고 있었으며, 그곳에서는 거의 미풍도 느낄 수가 없었다.

틈새로 스며드는 공기를 극도로 싫어했고, 언제나 신선한 공기에 대해 미심쩍어 하던 포와로에게는 그곳이 가장 적당한 곳이었다. 내 생각에 그는 집 안에 있는 걸 더 좋아했지만, 담요를 덮고 있으면 외부의 공기를 쐬어도 괜찮은 것 같았다.

나는 그와 함께 있으려고 그곳으로 천천히 내려갔는데, 내가 막 그곳에 당도했을 때 프랭클린 부인이 실험실에서 나오고 있었다. 그녀는 아주 잘 어울리는 옷을 입고 있었으며, 상당히 즐거워 보였다.

“어제 존과 이야기를 나눌 때 실험실에다 핸드백을 놓고 나왔어요.”

그녀는 보이드 캐링튼과 함께 저택을 둘러보며 크레톤 천을 고르는데 전문적인 조언도 들을 겸 드라이브를 하려 한다고 말했다.

"가엾은 존, 그와 주디스는 태드캐스터로 차를 타고 갔답니다. 화학약품이라든가 뭐, 다른 것들이 떨어졌나 봐요."

그녀는 포와로 옆에 있는 의자에 풀썩 주저앉아서는 코믹한 표정을 지은 채 고개를 흔들었다.

"가엾은 사람들, 내가 과학적인 두뇌를 갖지 않은 것이 너무 기쁩니다. 오늘같이 멋진 날에, 그것은 정말 어리석은 것 같아요."

"당신이 그렇게 말씀하시는 것은 과학자들에게 들으라고 하는 소리는 아니겠지요, 부인?"

"아니에요, 물론 그렇지는 않아요."

그녀의 표정이 바뀌었다. 그것은 진지한 표정이었다.

그녀는 조용히 말했다.

"포와로 씨, 내가 남편을 존경하지 않는다고 생각하시면 안 돼요. 나는 남편을 자랑스럽게 여긴답니다. 그가 오로지 자기 연구만을 위해서 일생을 보낸다는 것은 사실 대단한 일이라고 생각해요."

그녀의 목소리는 희미하게 떨렸다.

내 마음에는 프랭클린 부인이 어쩐지 여러 가지 다른 역할을 맡는 걸 좋아하는 것 같다는 느낌이 스쳤다. 이 순간에는 충실하고 더없이 남편을 받드는 아내가 되어 있었다.

그녀는 몸을 앞으로 기울여 포와로의 무릎 위에 자기의 손을 진지하게 올려놓았다.

"존은, 사실은 성자 같은 사람이에요. 그런 사실이 이따금씩 나를 아주 당황하게 만든답니다."

프랭클린이 성자라고 불린다는 것은 어쩐지 지나친 표현인 것 같다고 나는 생각했지만, 바바라 프랭클린은 눈동자를 반짝이며 계속했다.

"그는 무슨 일이든 할 거예요. 어떤 위험을 감수하고라도…… 인간의 지식을 넓히는 데 도움이 되는 일이라면 말이죠. 그것은 매우 훌륭한 일이에요, 당신은 그렇게 생각하지 않으세요?"

"그럼요, 그렇고말고요." 포와로가 재빨리 말했다.

프랭클린 부인이 이어서 말했다.

"하지만 때로는, 당신도 알다시피, 나는 그가 염려스럽답니다. 정말로 그가 연구하는 것이 어디까지 갈지 말이에요. 이 끔찍한 콩이 바로 그가 지금 실험하고 있는 대상이죠. 나는 그가 자신에 대해 실험을 하게 될까 두렵답니다."

"그는 모든 주의를 다 기울일 겁니다, 틀림없이." 내가 말했다.

그녀는 다소 유감이라는 듯이 미소를 띤 채 고개를 흔들었다.

"당신은 존을 알지 못해요. 당신은 *그가 새로운 가스를 어떻게 실험했는지* 들어본 적이 있나요?"

나는 고개를 저었다.

"어떤 작용을 하는지 밝혀내려는 새로운 가스가 있었답니다. 존이 그것을 테스트하겠다고 자청해서 나섰지요. 그는 36시간가량 어떤 탱크 속에 갇힌 채로 맥박과 체온과 호흡을 조사했답니다. 어떤 후유증이 남는지, 또 그 가스가 동물에게처럼 인간에게도 동일한 영향을 미치는지를 알기 위한 실험이었지요. 그것은 막대한 위험이 따랐기 때문에 교수 한 분이 나에게 나중에 말해 주었어요. 그는 완전히 정신을 잃게 될지도 몰랐어요. 그런데도 존은 자신의 안전을 전혀 돌보지 않는 그런 사람인 거예요. 나는 정말로 끔찍한 일이라고 생각해요, 그렇지 않나요, 그런 행동을 할 수 있다는 것 자체가 말이에요.. 나는 결코 그처럼 용감할 수가 없을 거예요."

"그것은 실로 많은 용기가 필요한 것이지요." 포와로가 말했다.

"침착하게 그러한 일을 하기 위해서는 말입니다."

바바라 프랭클린이 말했다.

"그건 그래요. 나는 정말 그가 몹시 자랑스러워요, 아시겠지만. 하지만 동시에 그런 것이 나를 걱정스럽게 만든답니다. 왜냐하면, 아시죠? 실험용 쥐와 개구리가 어느 시점 이후에는 전혀 쓸모가 없잖아요. 결국에는 인간의 반응이 필요한 거니까 말이에요. 존이 실험을 계속하다가 나중에는 자신이 그 콩을 먹어 버리게 되어 끔찍한 일이 일어날지도 모른다고 생각하면 정말 소름이 끼쳐요."

그녀는 한숨을 쉬며 머리를 흔들었다.

"하지만 그는 나의 이런 걱정에 단지 웃기만 한답니다. 그는 정말 성자 같
은 분이에요, 아시겠지만."

그때 보이드 캐링튼이 우리들 쪽으로 다가왔다.

"안녕, 밥스, 준비는 다 되었소?"

"예, 빌, 당신을 기다리고 있었어요."

"당신에게 너무 무리가 되지 않을까 걱정되는데."

"그렇지는 않을 거예요. 나는 오늘 나이보다 훨씬 젊어진 것 같아요."

그녀는 일어나서 우리 모두에게 애교 있게 미소를 지어 보이고는 건장한
호위병과 함께 잔디 위를 걸어갔다.

"프랭클린 박사, 현대의 성자라……, 상당히 태도가 바뀌었군."

포와로가 말했다.

"그러나 나는 저 부인이 그것을 좋아하고 있다고 생각합니다."

"무엇을 좋아한다는 말인가?"

"그녀 자신이 각색한 다양한 역할들을 자신에게 부여하는 것 말입니다. 하
루는 태만하다고 오해받고 있는 아내로서, 자기가 사랑하는 남자에게 짐이 되
는 것을 싫어하며 자학감으로 고통을 겪고 있는 여인으로 오늘은 남편을 영
웅처럼 받들어 모시는 내조자로. 문제는 모든 역할들이 다소 도가 지나치다는
겁니다."

포와로가 신중하게 말했다.

"자네에겐 프랭클린 부인이 좀 바보스럽다고 생각되지 않는가?"

"글쎄, 그렇게는 말 못 하겠는데요. 아주 뛰어나게 똑똑하다고는 할 수 없겠
지만."

"아, 그녀는 자네가 좋아하는 타입이 아니로군."

"내가 좋아하는 타입은 누구죠?"

내가 불쑥 물었다.

"입을 열고 눈을 감은 채 요정들이 자네에게 무엇을 보낼지 알아보게나."

나는 크레이븐 간호사가 종종걸음으로 서둘러 풀밭을 가로질러 왔기 때문
에 대답을 하지 못했다. 그녀는 하얗게 빛나는 치아를 살짝 드러내며 우리에

게 미소를 보내고는, 열려 있는 실험실 문을 통해 안으로 들어갔다가 장갑 한 짝을 들고 다시 나타났다.

"처음에는 손수건이고 이번에는 장갑이라니, 언제나 뒤에 무엇을 남겨 놓는답니다."

그녀는 그것을 가지고 보이드 캐링튼과 바바라 프랭클린이 기다리고 있는 곳으로 급히 돌아가며 한마디 했다.

내 생각에, 프랭클린 부인은 언제나 뒤에 물건들을 남겨두는 좀 경솔한 여인인 것 같았다. 또한 자기의 물건들을 흘리고 다녀도 모두들 그것을 다시 찾아다 주는 것을 당연하게 여기고 있으며, 오히려 그러한 행동에 자부심을 느끼고 있는 것 같았다. 나는 한두 번 그녀가 자아도취에 빠져 이렇게 말하는 것을 들었다.

"나는 기억력이 나쁘답니다."

나는 크레이븐 간호사가 잔디를 가로질러 뛰어가 시야에서 사라질 때까지 지켜보며 앉아 있었다. 나는 무심코 어떤 감정에 이끌려 입을 열었다.

"아가씨들은 저런 생활에는 싫증을 느끼게 될 거라는 생각이 드는군요. 내 말 뜻은, 지금 하는 일이 간호사로서의 할 일이 못 될 때는 말입니다. 저것은 마치 허드렛일이나 다름없잖습니까? 나는 프랭클린 부인이 특별히 생각이 깊다거나 친절하다고는 생각지 않아요."

포와로의 반응은 나를 꽤나 화나게 하는 것이었다. 전혀 이유를 알 수 없게 그는 눈을 감은 채로 중얼거렸다.

"붉은 갈색의 머리카락이라."

의심할 것도 없이 크레이븐 간호사는 붉은 갈색 머리를 가지고 있었다.

그러나 나는 어째서 포와로가 바로 이 순간에 그것을 언급해야 했는지 도무지 알 수가 없었다. 나는 아무런 대꾸도 하지 않았다.

나에게 알 수 없는 불안감을 남겨 준 대화가 하였던 것은 다음 날 점심 전이었다고 생각된다. 주디스, 나, 보이드 캐링튼과 노튼, 이렇게 네 명이 자리를 함께하고 있었다. 그 문제가 어떻게 거론되기 시작했는지 정확하게는 알 수 없었지만, 아무튼 우리는 안락사에 대해 찬성하는 경우와 그렇지 않은 경우에 대해 이야기하고 있었다.

보이드 캐링튼이 늘 그렇듯이 이야기의 대부분을 주도하고 있었고, 노튼은 이따금씩 한마디 던지고는 말았으며, 주디스는 아주 깊은 관심을 기울이며 조용히 듣고 있었다.

나는 겉으로 보기에는 모두가 근거가 있는 논리들이라고 수긍하고 있는 것 같았지만, 사실상 나는 그런 대화로부터 감성적인 위축감을 느끼고 있었다는 것을 밝혀 두어야겠다. 게다가 나는 친지들의 손에 너무 지나치게 결정권이 주어져 있는 것 같다고 말했다.

노튼도 내 생각에 동감을 표시하고 이렇게 덧붙였다. 즉, 오랫동안 고통을 겪고 난 뒤에 죽을 것이 확실한 환자 자신의 판단이나 소원에 의해서만 결정되어야 한다는 것이다.

보이드 캐링튼이 말했다.

"아, 하지만 그것은 상당히 복잡한 문제입니다. 대부분의 지각 있는 사람들이, '그 고통에서 그 사람을 벗어나게 해 줍시다.' 하는 것을 바랄까요, 우리가 말하기 쉽게?"

그러고 나서 그는 실제로 있었던, 도저히 고칠 수 없는 암으로 끔찍한 고통을 겪고 있던 한 남자에 관한 이야기를 해 주었다. 그 사람은 자신을 돌보던 의사에게 애원을 했다.

"고통을 끝낼 수 있도록 어떻게든 해 주십시오."

그 의사가 대답했다.

"나는 그런 일을 할 수 없습니다, 노인어른."

나중에 돌아가며 그는 환자 옆에 일종의 모르핀 정제들을 놓아두고는 그에게 복용할 수 있는 정량이 얼마이고, 그 이상을 복용하면 위험할 수도 있다는 내용을 세심하게 일러 주었다. 비록 그러한 문제는 환자 자신의 책임으로 남게 되어, 그는 치사량을 복용할 수도 있었고 그렇지 않을 수도 있었지만.

보이드 캐링튼이 말했다.

"그러므로 입증할 수 있는 것은, 그 의사가 경고했는데도 그 사람은 순간적인 고통을 겪음으로써 영원한 고통에서 해방되는 것을 선택했다는 겁니다."

그러고 나자 주디스가 갑자기 힘있게, 처음으로 말문을 열었다.

"물론 그는 그랬을 테지만 그에게 결정하도록 남겨 두지 말았어야 했어요."

보이드 캐링튼은 그녀에게 어떤 의도로 말한 것이냐고 물었다.

"제 말은 고통과 질병으로 허약해진 사람들은 냉정한 판단을 내릴 힘이 없다는 거예요. 그것은 불가능해요. 그들은 대신해서 결정해 주어야 합니다. 그것은 그 환자를 사랑하는 사람들이 판단해 주어야 하는 의무지요."

"의무라고?" 나는 알 수 없다는 듯이 물었다.

주디스가 나를 돌아다보았다.

"그래요, 바로 의무예요. 맑은 정신을 가진 사람들이 책임을 져야 해요."

보이드 캐링튼이 고개를 저었다.

"그렇다면, 결국 입원비 때문에 살인을 저지르게 되는 것은 아닐까?"

"그렇지만도 않지요. 만일에 당신이 그 사람을 사랑한다면, 당신은 그런 위험을 감수해야 할 거예요."

"하지만 이봐요, 주디스" 하고 노튼이 말했다.

"당신이 말하고 있는 것은 단지 그 끔찍한 책임을 져야 한다는 것에 지나지 않아요."

"저는 그렇게 생각하지 않습니다. 사람들은 책임에 대해 너무나도 큰 두려움을 가지고 있어요. 사람들은 개가 곤경에 처했을 경우에는 책임을 지려 할 거예요. 하지만 어째서 인간에 대해서는 그렇지 못하지요?”

“글쎄, 그것은 좀 다른 문제가 아닐까요, 그렇지 않은가요?”

주디스가 말했다.

“그래요, 그것은 훨씬 더 중요한 일이에요.”

노튼이 중얼거렸다.

“당신은 내게 숨 쉴 틈도 주지 않는군.”

보이드 캐링튼이 궁금하다는 듯이 물었다.

“그렇다면, 아가씨는 위험을 감수하겠군, 그렇소?”

“그럴 거라고 생각해요.” 하고 주디스가 말했다.

“저는 위험을 감수하는 것이 두렵지 않습니다.”

보이드 캐링튼은 고개를 저었다.

“그렇게 되지 않는다는 것을 당신도 알 거요. 어떤 경우에서건 사람들이 임의대로 처리하도록 내버려 둘 순 없어요. 더욱이나 생사에 관한 문제를 결정하는 데 있어서는 말이지요.”

노튼이 말했다.

“당신도 알겠지만, 보이드 캐링튼 씨, 대다수의 사람들은 책임을 지는 일에 있어서는 용기를 갖지 못하지요.”

그는 주디스를 보며 희미하게 미소를 지었다.

“당신 자신도 그러한 용기가 상당한 수준에 이르렀다고는 자만하지 마시오.”

주디스는 침착하게 말했다.

“누구도 확신할 수 없지요, 물론. 저도 그럴 거라고 생각해요.”

“당신이 다른 생각을 품고 있지 않았다면 그렇지도 않을 겁니다.”

주디스는 화가 나서 얼굴이 확 붉어졌다. 그녀가 날카롭게 말했다.

“그것은 바로 당신이 전혀 이해하지 못한다는 것을 보여 주는 거예요. 만일에 제가 개인적인 동기가 있었다면, 저는 아무것도 할 수 없을 거예요. 당신들은 그걸 모르시겠어요?”

그녀는 우리 모두에게 호소를 했다.

“그런 개인적인 문제와는 전혀 다른 거예요. 사람들은 한 생명을 종식시키는 데 책임감을 가져야 한다는 거예요. 그 동기에 대해서 완전히 확신할 수 있다면 말이지요. 그것은 틀림없이 이기적인 마음과는 다를 거예요.”

“그렇다고 해도 역시 당신은 그렇게 하지 못할 겁니다.” 노튼이 말했다.

주디스는 계속 고집을 세웠다.

“저는 할 거예요. 애초부터 저는 당신들처럼 모든 생명이 다 신성한 것이라고는 생각지 않고 있어요. 살기에 적당치 않은 목숨들과 무용지물인 생명들, 그런 사람들은 그런 식으로 제거되어야 해요. 세상은 너무 혼란스러워요. 오직 우리 사회에 뚜렷한 공헌을 할 수 있는 사람들만이 살아가도록 허용되어야 해요. 그 나머지 것들은 조용히 사라져야 합니다.”

그녀는 갑자기 보이드 캐링튼에게 호소하듯 물었다.

“당신도 저와 같은 생각을 하시지요, 아닌가요?”

그가 천천히 말했다.

“원칙적으로는 찬성합니다. 오직 가치가 있는 자만이 살아남을 수 있죠.”

“만일 필요한 경우에는 당신의 임의대로 처리하지 않으실 건가요?”

보이드 캐링튼이 천천히 말했다.

“글쎄, 나는 잘 모르겠는데……”

노튼이 조용하게 말했다.

“많은 사람들이 이론에 있어서는 당신에게 동의할 겁니다. 그러나 실제에 있어서는 문제가 다르지요.”

“그것은 논리적이지 못해요.”

노튼은 조바심을 내며 말했다.

“물론, 그렇지는 않아요. 그것은 사실 용기의 문제이지요. 누구나 다 강심장을 소유하고 있는 것은 아니랍니다. 속된 말로 하자면.”

주디스는 침묵을 지켰다. 노튼이 계속했다.

“솔직히 말해, 당신도 알다시피, 주디스, 당신도 전혀 다를 바가 없을 거요. 당신도 그런 상황에 처하게 될 경우, 용기를 내지 못할 겁니다.”

“당신은 그렇게 생각하지 않는 모양이군요?”

“나는 그것을 확신해요.”

보이드 캐링튼이 말했다.

"나는 당신이 틀렸다고 생각합니다, 노튼. 나는 주디스가 상당한 용기를 가졌다고 생각합니다. 다행스럽게도, 그러한 경우가 흔하게 나타나지는 않겠지만 말이오."

시간을 알리는 소리가 집 안에서 들려왔다.

주디스가 일어났다. 그녀는 아주 단호한 어조로 노튼에게 말했다.

"당신이 틀렸다는 것을 당신도 아실 거예요. 저는 당신이 생각하는 것보다 훨씬 더 강심장이에요."

그녀는 빠른 걸음으로 저택을 향해 걸어갔다.

보이드 캐링튼이 그녀를 쫓아가며 말했다.

"어이, 좀 기다려요, 주디스."

나는 무엇인지 알 것도 같은 당혹감을 느끼며 따라갔다.

늘 기분을 재빨리 바꿀 줄 아는 노튼은 나를 위로하려고 애썼다.

"따님이 그럴 마음이 없다는 것을 당신도 알 겁니다."

"누구나 젊었을 때는 한 번쯤 가져 보는 그런 설익은 사상 같은 것이지요. 하지만 다행스럽게도 누구도 그것을 실행에 옮기진 않지요. 단지 이야기로서만 남게 되는 겁니다."

나는 주디스가 어깨너머로 험악한 시선을 던지는 것을 보고 그녀가 엿들었나 보다고 생각했다.

노튼은 목소리를 낮추었다.

"이론이란 하나도 걱정할 필요가 없는 것이지요." 하고 그가 말했다.

"그런데, 헤이스팅스 씨."

"예?"

노튼은 다소 망설이는 것 같았다.

"나는 공연히 끼어들게 되는 것을 원치는 않지만, 혹시 앨러튼에 관해 무엇을 알고 있습니까?"

"앨러튼에 대해서?"

"그렇습니다. 내가 쓸데없이 참견하기 좋아하는 사람이 된다면 유감이지만,

그러나 솔직하게 말해서 만일에 내가 당신이었다면 당신의 딸이 그에게 아주 정신이 팔려 있도록 놔두지는 않을 겁니다. 그는 뭐라고 할까, 그의 평판은 아주 좋지 않아요."

"나도 그가 건달 같은 작자라는 것을 알고 있소." 나는 신랄하게 말했다.

"하지만, 오늘날에는 그런 것이 그리 쉽게 다룰 수 있는 문제는 아니더군요."

"오, 나도 알아요, 아가씨들은 스스로를 돌볼 수 있다고 하지요, 흔히들 하는 얘기에 따르면. 물론 대부분은 그렇게 할 수 있어요. 그러나 글쎄요, 앨러튼은 그 방면에 있어서는 다소 특별한 재능이 있습니다."

그는 잠시 주저하다가 말했다.

"이것 보십시오, 당신에게 꼭 알려 드려야만 할 것 같습니다. 저는 크게 떠벌리려는 것은 아닙니다, 물론. 하지만 우연히 그 사람에 관해서 아주 좋지 않은 것들을 알게 되었답니다."

그는 즉시 그 내용을 나에게 알려 주었는데 나는 나중에 그것을 아주 자세한 부분까지도 확인해 볼 수 있었다. 그것은 정말 끔찍한 이야기였다.

자신감에 넘치고 현대적이고 독립심이 강한 어떤 처녀가 있었는데, 앨러튼은 그녀에게 접근하기 위해 그의 '기술'들을 총동원했었다. 나중에 그자의 다른 일면이 밝혀지게 되자 절망에 빠진 그 아가씨가 베로날을 다량으로 먹고 생명을 끊었다는 것이다.

더욱이 소름이 끼치는 부분은, 바로 그 의문의 아가씨가 주디스, 독립심이 강하고 콧대가 높은 주디스와 아주 흡사한 타입이었다는 사실이다. 그런 종류의 아가씨들은 사랑에 빠졌다가, 그것을 잃고 나서 좌절과 자포자기에 쌓이게 될 때는 나약하고 초라하고 어설프기 짝이 없게 된다는 것을 결코 알지 못한다. 나는 아주 불길한 예감에 젖어서 점심식사를 하러 안으로 들어갔다.

1

“자네, 무엇인가를 걱정하고 있군, 이 친구야.”

포와로가 그날 오후에 물었다.

나는 대답하지 않고 단지 고개만 저었다. 나는 이런, 순전히 내 개인적인 문제로 포와로를 부담스럽게 할 권리가 전혀 없다고 생각했다. 게다가 그것은 그가 도와줄 수도 없는 문제 같았다. 주디스로서는 포와로의 입장에서 하는 어떤 충고든지, 지겨운 노인의 잔소리에 대해 젊은이의 초연한 듯한 미소를 지어 보임으로써 처리해 버릴 것 같았다.

주디스, 나의 주디스……

내가 무엇을 하며 그날 하루를 보냈는지를 지금 설명한다는 것은 대단히 어려운 일이다. 나중에 그것을 곰곰이 생각해 보니, 나는 스타일즈 저택의 어떤 분위기에 사로잡혀 가고 있던 것 같았다. 아마도 이곳에서는 불길한 상상들만 떠올랐던 모양이다.

이곳은 과거뿐만 아니라 현재에도 불길한 곳이었다. 살인의 그림자와 살인자가 이 저택에는 항상 떠나지 않고 붙어 다녔다. 그리고 내가 살인자로서 가장 확신하고 있는 자는 바로 앨러튼이었는데, 주디스는 그에게 홀딱 빠져 버린 것이다! 그것은 도저히 믿을 수가 없는 일이었다(터무니없는 일이었다). 나는 어찌해야 좋을지 알 수가 없었다.

보이드 캐링튼이 내 옆으로 온 것은 점심식사가 끝난 뒤였다. 그는 말을 꺼내기 전까지 한동안 망설였다.

이윽고 그가 좀 허둥거리며 말했다.

“내가 참견한다고는 생각하지 마십시오. 하지만 당신에게 따님에 관한 이야기를 좀 해야겠습니다. 그녀에게 한마디 경고를 한다고나 할까요. 당신도 그 앨러튼이란 작자에 대해 알 테지만 평판이 아주 나쁜 자더군요. 그리고 그녀는 글쎄요,. 좀 어리숙해 보인다고 할까."

자식도 없는 사람이 그런 말을 그토록 쉽게 할 수 있다니! 그녀에게 한마디 경고를 한다고? 그것이 아무렇게나 쓸 수 있는 말인가? 말 한 마디로 모든 잘못들을 간단히 고칠 수 있단 말인가? 신더스가 이곳에 있다면 그녀는 어떻게 해야 할지, 무슨 말을 해야 할지 알 텐데……

나도 내 자신이 침묵을 지키며 아무 말도 하지 않으려고 했다는 것을 인정한다. 하지만 잠시 뒤에 그것은 결국 비겁하다는 것밖에 안 된다는 생각이 들기 시작했다.

나는 주디스에게 다 털어놓음으로 해서 피차 불쾌해지는 것을 기피했던 것이다. 누구나 다 알다시피, 나는 키가 훤칠하고 아름다운 딸에게 두려움을 느끼고 있었던 것이다.

나는 걷잡을 수 없이 불어나는 혼란스러운 마음을 안고 정원을 이리저리 거닐었다. 내 발걸음은 이윽고 장미 정원에 닿았고, 거기에서 드디어 내 결심을 털어놓으려고 했다.

그것은 주디스가 내 일생을 통해서 결코 본 적이 없었던 그런 몹시 불행한 표정을 짓고 혼자 쓸쓸히 앉아 있었기 때문이었다. 가면은 벗겨져 있었다. 우유부단하고 깊은 불행감만이 너무도 분명하게 드러나 보이고 있었다.

나는 스스로 용기를 북돋우고 그녀에게로 다가갔다. 그녀는 내가 곁으로 갈 때까지 나를 알아차리지 못했다.

"주디스" 하고 내가 말했다.

"제발, 주디스, 그렇게 심히 괴로워하지 말거라."

그녀는 움찔하며 나를 돌아다보았다.

"아버지? 저는 오시는 줄도 몰랐어요."

나는 만일 그녀가 평범한 일상적인 대화를 꺼내게 되면 돌이킬 수 없게 되리란 것을 알고는 계속 말을 이었다.

"오, 애야, 내가 모른다거나, 또 알 수도 없다고 생각하지는 말거라. 그는 그럴 만한 가치가 없는 사람이란다. 오, 제발 나를 믿어다오. 그는 그럴 만한 가치가 없는 사람이란다.”

그녀는 근심스럽고 당황한 표정으로 나를 돌아보았다. 그녀가 조용하게 말했다.

“아버지, 대체 제게 무슨 말을 하시는 건지 정말 알고나 계세요?”

“알고말고. 너는 그 사람에 대해 근심하고 있는 게 아니냐? 하지만 얘야, 그것은 전혀 쓸모없는 짓이란다.”

그녀는 우울한 미소를 지었다. 애끓는 마음을 자아내는 미소였다.

“아마, 저도 아버지만큼은 알고 있을 거예요.”

“너는 몰라. 알 수가 없어. 오, 주디스, 대체 어떻게 하겠다는 게냐? 그는 결혼한 사람이야. 거기에는 네가 바라고 있는 미래라고는 전혀 있을 수가 없어. 오직 슬픔과 수치감만 있을 뿐. 그리고 모든 것이 결국 비통한 자기혐오로 끝나게 될 거야.”

그녀는 더욱 크게 미소 지었지만 더욱 처량해 보였다.

“참으로 유창하게 말씀을 잘하시는군요.”

“단념하거라, 주디스. 제발 그 모든 것을 그만 단념하려무나.”

“그럴 수 없어요!”

“그는 그럴 만한 가치가 없는 사람이란다, 얘야.”

그녀는 아주 조용하고 침착하게 말했다.

“그분은 저에게는 세상 무엇보다도 가치가 있어요.”

“아니야, 절대 그렇지 않단다, 주디스. 제발 내가 이렇게 빌겠다.”

미소가 사라졌다. 그녀는 복수의 여신처럼 나를 돌아보았다.

“어떻게 그럴 수가 있지요? 어떻게 그렇게 간섭할 수가 있나요? 저는 참을 수가 없어요. 다시는 이 문제를 저에게 거론하지 마세요. 저는 아버지를 미워해요. 정말 싫어요. 결코 아버지가 상관할 일이 아니란 말이에요. 그것은 바로 제 생활이에요. 제 자신의 소중한 사생활이란 말이에요!”

그녀는 일어섰다. 그러고는 한쪽 팔로 힘있게 나를 옆으로 밀어붙이고는 나를 스치며 지나가 버렸다. 마치 복수의 여신처럼.

나는 그녀를 당황해 하며 지켜보았다.

2

나는 그곳에서 넋을 잃고 절망에 가득 찬 채로, 다음에 어떤 행동을 해야 할지 도저히 알 수가 없어서 15분가량을 꼼짝 않고 있었다.

그러고 있던 나를 엘리자베스 콜과 노튼이 발견했다. 나중에 깨달은 것이지만, 그들은 나에게 매우 친절하게 대해 주었다. 그들은 내가 커다란 정신적인 갈등을 겪고 있는 상태라는 것을 알고 있었다.

하지만 그들은 눈치껏 나의 마음 상태에 대해서는 조금도 언급을 하지 않았다. 대신에 그들은 나를 자기들의 산책에 끼워 주었다. 그들은 둘 다 본바탕이 사랑스러운 사람들이었다. 엘리자베스 콜은 나에게 야생화들을 보여 주었고, 노튼은 자기 쌍안경을 통해서 새들을 보여 주었다.

그들의 이야기는 오로지 날아다니는 것과 숲의 식물들에 대한 유창하고, 쉽고, 이해심 많은 이야기들뿐이었다. 나는 비록 내부에는 아직도 극심한 갈등의 상태가 남아 있었지만, 차츰 정상적으로 되돌아왔다.

더욱이 여느 사람들과 마찬가지로 나 자신도 지금까지 일어난 일이 나의 갈등과 연관되어 있다고 생각하게 되었다.

그건 그렇다고 치고, 노튼이 눈을 쌍안경에 대고 소리쳤다.

"히야! 저게 그 얼룩딱따구리가 아닐까요. 나는 이제껏 한 번도……."

그가 말하다가 갑자기 멈추어서 나는 즉시 이상한 낌새를 눈치 챘다.

나는 그 쌍안경으로 손을 뻗었다.

"좀 봅시다." 내 목소리는 단호했다.

노튼은 쌍안경을 만지작거리고는 이상하고 주저하는 듯한 목소리로 말했다.

"내가 실수를 했습니다. 날아가 버렸어요. 저, 사실은 아주 평범한 새였습니다."

그의 얼굴은 창백하고 근심의 빛이 어렸다. 그는 우리들을 똑바로 쳐다보지 못했다. 갑자기 당황하고 의기소침해 보였다.

그 순간 나는 그가 쌍안경을 통해서 무엇인가를 보았고, 그것을 내가 보지 못하게 의도하고 있다는 결론에 도달했다. 그것이 결코 성급한 판단은 아니리라. 그가 본 것이 무엇이든지간에, 그는 우리들이 쉽게 눈치 채리 만큼 성급히 감추려 들었다.

그의 쌍안경은 숲 저 멀리로 초점이 맞추어져 있었다. 그는 거기에서 무엇을 본 것일까?

나는 단호하게 말했다.

"나도 좀 봅시다."

나는 쌍안경을 움켜잡았다. 나는 그가 어색한 동작으로 그것을 빼앗기지 않으려 했다는 것을 기억하고 있다. 나는 쌍안경을 거칠게 낚아챘다.

노튼이 힘없이 말했다.

"정말 아무것도 없었어요. 내 말은 그 새가 날아가 버렸다는 것……"

나는 손을 약간 떨면서 쌍안경을 눈에 갖다 댔다.

노튼이 보고 있었다고 생각되는 그 지점에 가능한 한 가깝게 쌍안경을 맞췄다. 하지만 아무것도 볼 수가 없었다. 숲 속으로 사라지는 희미한 하얀 옷자락(어떤 여인의 하얀 옷?) 밖에는 아무것도 없었다.

나는 쌍안경을 내렸다. 아무 말 없이 그것을 노튼에게 돌려주었다. 그는 내 눈과 마주치지 않으려고 했다.

그는 근심스러워하며 당황해 하고 있었던 것이다. 우리는 아무 말 없이 저택으로 돌아왔는데, 나는 노튼이 줄곧 침묵만 지키고 있었다는 것을 기억하고 있다.

3

프랭클린 부인과 보이드 캐링튼은 우리가 저택으로 돌아온 지 얼마 되지 않아 도착했다. 그는 그녀가 쇼핑을 하고 싶어 해서 자기 차에 그녀를 태우고 태드민스터에 갔었다.

그녀는 몹시 신났던 모양이다. 많은 물건들이 차에서 내려졌고 그녀는 아주 생기발랄해 보였는데, 그녀는 뺨에 온통 홍조를 띠고는 웃고 조잘거리고 있었다. 그녀가 보이드 캐링튼에게 특히 깨지기 쉬운 물건들을 안겨서 올려 보내자, 내가 용감하게 나머지 물건들을 받아들었다.

그녀의 말투는 평소보다 재빠르고 흥분되어 있었다.

"끔찍하게 더운 날씨에요, 그렇죠? 곧 폭풍이 몰아칠 것 같은 생각이 들어요. 이런 날씨는 그리 오래 가지 못하는 법이에요. 당신도 아시겠지만, 그동안 너무 가물었어요. 수년 이래 최악의 상태라는군요."

그녀는 계속해서 엘리자베스 콜을 돌아보며 말했다.

"당신들은 모두 무얼 하고 계셨나요? 존은 어디 갔죠? 그는 머리가 아프다면서 산책이나 해야겠다고 말했답니다. 당신도 알겠지만, 나는 그 양반이 실험에 대해서 걱정하고 있다는 생각이 들어요. 실험이 제대로 진행되지 않거나, 뭐 그런 것일 거예요. 그가 그런 일들에 대해서 좀더 많은 얘기를 해 주었으면 좋으련만."

그녀는 잠시 멈추었다가 이번에는 노튼에게 말했다.

"당신은 아주 조용하군요, 노튼 씨. 무슨 문제가 있나요? 당신은 어쩐지 겁을 집어먹고 있는 것처럼 보여요. 유령 할망구라도 본 것이 아닌가요?"

노튼은 깜짝 놀랐다.

"아니, 아닙니다. 유령 같은 걸 보다니요. 나, 나는 무언가를 좀 생각하고 있었습니다."

바로 그때 커티스가 휠체어에 앉아 있는 포와로를 밀며 현관으로 들어섰다. 그는 자기 주인을 끌어내어 2층으로 옮겨가기에 앞서서 휠체어를 홀에서 멈추었다.

포와로는 갑자기 경계의 눈빛을 띠고 우리들을 하나씩 훑어보았다.

그가 날카롭게 말했다.

"그게 무슨 말입니까? 무슨 문제가 있었습니까?"

잠시 아무도 대답이 없다가, 바바라 프랭클린이 억지로 웃으며 말했다.

"아니에요, 그런 것은 하나도 없답니다. 무슨 문제가 있을 수 있겠어요? 저, 곧 천둥이라도 칠 것 같지 않나요? 나는, 오, 이것 보세요. 나는 몹시 피로해요. 저 물건들을 올려다 주시겠어요, 헤이스팅스 대위님? 정말 고마워요."

나는 그녀를 따라 2층으로 올라가서 동쪽 익면으로 걸어갔다. 그녀의 방은 그쪽 끝에 있었다.

프랭클린 부인이 문을 열었다. 나는 팔 가득히 물건을 들고 그녀 뒤에 서 있었다. 그녀는 갑자기 문간에서 멈추어 섰다.

창가에서 보이드 캐링튼이 크레이븐 간호사한테 자기 손금에 대한 설명을 듣고 있었다.

그는 약간 어색한 미소를 띠며 쳐다보았다.

"오, 내 미래에 대해 듣고 있는 중이오. 간호사가 손금을 아주 잘 본다오."

"정말인가요? 나는 그것을 전혀 몰랐는데요."

바바라 프랭클린의 목소리는 뾰족했다.

나는 그녀가 크레이븐 간호사에 대해 화를 내고 있다는 생각이 들었다.

"이것 좀 받아 주겠어, 간호사? 그리고 에그 플립을 좀 만들어 줘요. 지금 아주 피로해. 더운 물병도 좀 갖다 주고 가능한 빨리 잠을 자야겠어."

"그렇게 하지요, 프랭클린 부인."

크레이븐 간호사가 앞으로 움직였다. 그녀는 직업적인 관심사 이외에는 아무런 내색도 보이지 않았다.

프랭클린 부인이 말했다.

"이제 그만 가보세요. 빌, 나는 너무도 지쳤어요."

보이드 캐링튼은 매우 걱정스러워하는 듯 보였다.

"오, 그럽시다, 밥스 당신에게 너무 무리가 되었나 보군. 내가 잘못했소. 나는 정말 생각이 전혀 없는 바보야. 당신을 지나치게 피로하게 만들지 말았어야 했는데."

프랭클린 부인은 그에게 마치 수난당한 천사 같은 미소를 지어 보였다.

"나는 아무런 말도 하고 싶지 않았어요. 성가시게 하는 것은 싫거든요."

우리 두 남자는 다소 겸연쩍어하면서 그 방을 나왔고, 두 여인이 함께 남았다.

보이드 캐링튼이 자책하는 듯이 말했다.

"나는 정말 지독히 명청이입니다. 바바라가 무척 밝고 명랑해 보이는 것 같

아서 그녀가 피로해 하는 줄은 까맣게 잊고 있었소. 앓아눕지나 말았으면 좋
겠는데……."

나는 기계적으로 말했다.

"오, 하룻밤 쉬고 나면 거뜬해질 거라고 생각합니다만."

그는 아래층으로 내려갔다.

나는 잠시 머뭇거리다가, 내 방과 포와로의 방이 있는 반대쪽 익면으로 걸
어갔다. 그 조그만 친구는 나를 기다리고 있을 것이다. 처음에 나는 그에게 간
다는 것이 썩 마음 내키지 않았다. 내 생각들만으로도 너무 가득 차 있었고,
아직도 위장 부위가 무디고 아픈 듯한 느낌을 받고 있었다.

나는 천천히 복도를 따라 걸어갔다. 앨러튼의 방 안에서 사람 소리가 들렸
다. 비록 잠시 그 방문 밖에서 자동적으로 멈춰 서기는 했지만, 의식적으로 엿
듣고 싶은 생각은 없었다.

그때, 갑자기 문이 열리고 내 딸 주디스가 나왔다.

그녀는 나를 보자 죽은 듯이 멈춰 섰다. 나는 그녀의 팔을 잡고 내 방으로
끌고 들어갔다. 갑자기 울화통이 참을 수 없이 치솟는 것이었다.

"도대체 무엇을 하려고 그자의 방에 들어가 있었니?"

그녀는 나를 딱딱한 눈초리로 쳐다보았다. 조금도 화를 내는 기색도 없이,
단지 냉랭하기만 할 뿐이었다. 그녀는 잠시 동안 대답을 하지 않았다.

나는 그녀를 붙잡고 흔들었다.

"내가 그럴 자격이 있는지는 모르겠다만, 너에게 한마디 해야겠구나. 너는
지금 무슨 짓을 하고 있는지 모르고 있어."

그녀는 그때서야 나지막하고도 날카로운 목소리로 말했다.

"저는 아버지가 아주 비열한 심보를 가졌다고 생각해요."

내가 말했다.

"그래, 그럴 거다. 너희 같은 세대가 나와 같은 세대의 사람들을 이해한다는
것은 힘든 일이겠지. 우리는 적어도 기준을 가지고 있어. 이것을 알아듣겠니,
주디스? 나는 네가 더 이상 그자와 어울려 지내는 것을 완전히 금한다!"

그녀는 딱딱한 눈초리로 나를 쳐다보았다. 그러고 나서 침착하게 말했다.

"알겠어요. 그렇다면 좋아요."

"그를 사랑하고 있다는 것을 부인하는 거냐?"

"아니에요."

"하지만 너는 그자가 어떤 사람인지 모르고 있어. 너로선 알 수가 없겠지."

나는 고의적으로 점잖은 말투를 쓰지 않고 그녀에게 앨러튼에 대해서 내가 주워들은 이야기를 해 주었다.

나는 이야기를 끝내며 말했다.

"너도 알겠지만, 그것은 그 작자가 짐승같이 더러운 종류의 인간이라는 것을 말해 주는 거야."

그녀는 전혀 흔들리지 않는 것 같았다. 그녀의 입술이 냉소적으로 위로 치켜 올라갔다.

"저도 결코 그가 성자라고 생각했던 적이 없다는 것을 분명히 말씀드릴 수 있어요."

"이런 사실이 너에게는 하등 달라질 것이 없다는 게냐? 주디스, 너는 자신을 그토록 타락시킬 수는 없어."

"아버지 좋을 대로 말씀하세요."

"주디스, 너는 안 된다, 너는 그렇지 않아."

말로써는 내 생각을 다 표현할 수가 없었다.

그녀는 나에게 꽉 잡혀 있는 팔을 빼려고 흔들었다.

"제 말 좀 들어 보세요, 아버지. 저는 제가 선택한 행동을 해요. 아버지가 제게 이래라 저래라 할 수는 없어요. 그리고 아무리 설교를 해도 소용없을 거예요. 저는 제가 하고 싶은 대로 생활할 테고, 아버지는 말릴 수 없어요."

말을 마치자마자 즉시 그녀는 방에서 나갔다.

나는 무릎이 떨리고 있는 것을 느꼈다. 나는 의자에 힘없이 주저앉았다. 좋지 않았다. 그 아이는 완전히 정신이 팔린 모양이다.

붙잡고 하소연할 만한 사람도 없었다. 그 애의 어머니라면 하소연을 들어 줄 수 있는 유일한 사람이겠지만, 지금은 죽고 없다. 모든 것이 나에게 달려 있는 것이다.

나는 그 당시 겪었던 고통을 그전에도 겪어 보지 못했고, 앞으로도 겪지 못
할 거라고 생각한다……

4

나는 벌떡 일어났다. 세수를 하고 면도를 하고는 옷을 갈아입었다. 나는 저
녁을 먹으러 아래층으로 내려갔다. 나는 아주 정상적인 태도로 생각하고 행동
했다. 아무도 이상한 점을 눈치 채지 못한 것 같았다.

한두 번 주디스가 나에게 묘한 시선을 던지는 것을 보았다. 아마도 내가 평
상시와 조금도 다를 바 없는 모습으로 나타난 것에 당황하고 있는 게 틀림없
었다.

시간이 가면 갈수록 나의 내부에서는 결심이 더욱 굳어져 갔다. 내게 필요
한 것은 용기, 용기와 두뇌였다.

저녁식사 후에 우리는 밖으로 나가서 하늘을 쳐다보며 우중충한 날씨에 대
해서 이야기를 나누고는, 폭풍우가 몰아닥칠 것 같다고들 했다.

언뜻 나는 주디스가 저택 모퉁이를 돌아 사라지는 것을 보았다. 이윽고 앨
러튼이 같은 방향으로 천천히 걸어갔다.

나도 보이드 캐링튼에게 하던 이야기를 끝내고 그쪽으로 걸어갔다. 노튼은
나를 제지하려고 애쓰는 것 같았다. 그가 내 팔을 잡았다. 그는 장미 정원에
가보는 것이 어떻겠느냐고 말했던 것 같다.

나는 전혀 주의를 기울이지 않았었다. 내가 저택 모퉁이로 돌아갈 때까지도
그는 나와 함께 있었다.

그들은 그곳에 있었다.

나는 주디스의 치켜세운 얼굴을 보았고, 앨러튼이 그 위로 얼굴을 기울이는
것을 보았다. 그가 그녀를 품에 안고 키스하는 모습까지도 보았다. 그러고 나
서 그들은 재빨리 떨어졌다.

나는 발걸음을 앞으로 내디뎠다. 노튼은 거의 강제로 나를 끌고 모퉁이로
다시 돌아 나왔다.

“나 좀 보세요, 그러면 안 돼요.”

나는 그의 말을 막고는 강경한 어조로 말했다.

“나는 할 수 있소이다. 하고 말 거요.”

“하나도 소용이 없는 짓이에요, 헤이스팅스. 정말로 괴로운 일이겠지만, 결국 그렇게 된다고 하더라도 당신이 할 수 있는 일은 하나도 없어요.”

나는 묵묵히 있었다. 그는 이미 그렇고 그렇게 되었다고 생각하는 것 같았지만, 나는 그래서는 안 된다는 것을 잘 알고 있었다.

노튼이 계속 말했다.

“나도 당신이 얼마나 허탈감과 분노를 느끼는지 알고 있지만, 패배를 인정하는 수밖에 없는 것 같습니다. 받아들이시죠, 남자답게!”

나는 그에게 반박하지 않았다. 조용히 그가 말을 끝낼 때까지 기다렸다. 그러고 나서 힘차게 다시 저택 모퉁이를 돌아 들어갔다.

이미 그들은 사라졌지만, 그들이 있을 만한 곳에 대해 문득 생각이 떠올랐다. 그곳에서 얼마 떨어지지 않은 곳에 작은 라일락 숲으로 감추어진 여름 별장이 있었다. 나는 그쪽으로 걸어갔다.

노튼이 아직도 함께 있는 것 같았지만 확신할 수는 없었다. 아주 가까이 다가갔을 때 나는 목소리를 듣고 멈추었다.

내가 들은 것은 앨러튼의 목소리였다.

“글쎄, 그렇다면 이 아가씨야, 이젠 된 거요. 더 이상 반대하지 말아요. 당신은 내일 런던으로 돌아가도록 해요. 나는 하룻밤이나 이틀쯤 친구와 함께 지내면서 입스위치를 돌아보겠다고 말할 테니까. 당신은 런던에서 내려올 수 없다고 전보를 치는 거요. 그렇게 한다면 누가 내 아파트에서 멋지고 아늑한 저녁식사를 즐기는지 알 수가 있겠소? 당신이 후회하지 않으리란 것을 내가 약속해요.”

노튼이 나를 잡아당기는 것을 느끼고 그냥 순순히 돌아섰다. 그의 걱정스럽고 염려스러워하는 표정을 보자 갑자기 웃음이 터져 나올 것만 같았다.

그가 나를 저택 쪽으로 다시 끌고 가는 대로 내버려 두었다. 나는 못 이기는 체했는데, 사실 그 순간 내가 무엇을 해야 할지 확실하게 알았기 때문이었다…….

나는 그에게 분명하고 확실하게 말했다.

"걱정하지 마시오, 친구. 아무 소용이 없다는 것을 이제 나도 깨달았소 '누구든 자식의 인생을 통제할 수 없다.'라는 것 말이오. 이제 완전히 깨달았소"

그는 어리석게도 마음을 놓은 모양이다.

잠시 뒤에 나는 일찍 잠자리에 들어야겠다고 말했다. 머리가 좀 아픈 것 같다고 하면서.

그는 내가 무슨 짓을 하려 하는지 조금도 의심을 품지 않았다.

5

나는 복도에서 잠시 멈춰 섰다. 아주 조용했다. 주위에는 아무도 없었다. 침실들은 밤이 되어서 모두 불빛을 낮추고 있었다. 이쪽에 방이 있는 노튼은 나와 아래층에서 헤어져 거기 남아 있었다. 엘리자베스 콜은 브리지 게임을 하고 있었다. 내가 알기로는 커티스는 아래층에서 식사를 하고 있을 것이다. 나는 2층에 혼자만 있게 된 것이다.

나는 포와로와 함께 지냈던 수많은 세월을 헛되이 보낸 게 아니라고 자부했다. 조심해야 한다는 것은 잘 알고 있었다.

앨러튼은 내일 런던으로 주디스를 만나러 가지 못하게 될 것이다.

앨러튼은 내일 아무 데도 가지 못할 것이다…….

모든 것이 따지고 보면 참으로 어리석을 정도로 간단한 것이었다.

나는 방으로 들어가서 아스피린 병을 집어들었다. 그러고 나서 앨러튼의 방으로 가 욕실로 들어갔다. 수면제 약병은 벽장 안에 있었다.

여덟 알, 내 생각에는 그 정도면 목적을 이룰 수 있을 것 같았다. 한 알이나 두 알이 정량이었다. 그러므로 여덟 알이라면 충분할 것 같았다. 앨러튼은 독성이 강한 약이 아니라고 말했었다.

나는 라벨을 읽어 보았다.

"규정된 양 이상을 복용하면 위험."

나는 자신에게 미소를 지었다.

나는 비단 손수건으로 손을 감싸고 조심스럽게 병뚜껑을 열었다. 그 위에 지문이 남아서는 안 되기 때문이었다.

나는 그 약병을 기울였다. 그렇다. 그 약은 아스피린과 크기가 거의 같았다. 수면제를 여덟 알 끄집어내고는 대신에 아스피린 여덟 알을 집어넣고 수면제와 함께 뒤섞었다. 약병은 이제 그전과 거의 다름없어 보였다.

앨러튼은 다른 점을 결코 알아차리지 못할 것이다.

나는 방으로 돌아왔다. 나는 위스키 한 병을 가지고 있었다. 스타일즈 저택에 있는 우리들 대부분이 그러했지만, 나는 잔 두 개와 사이펀 병 한 개를 꺼냈다. 나는 앨러튼이 아직 한 잔 하자는 것을 거절한 적이 없다는 사실을 잘 알고 있었다. 그가 오면 한 잔 하자고 할 작정이었다.

나는 술을 조금 따라서 알약을 시험해 보았다. 약은 아주 쉽게 녹았다. 나는 조심스럽게 그 혼합물을 맛보았다. 약간 쓴맛이 나는 것도 같았지만 거의 알아차릴 수가 없었다.

나는 계획을 세웠다. 앨러튼이 들어오면 나는 막 술을 따르고 있을 것이다. 그것을 그에게 넘겨주고 나는 다른 잔에 술을 따른다. 모든 것이 아주 쉽고 자연스러울 것이다.

그는 나의 감정에 대해서는 전혀 알 수가 없을 것이다. 물론 주디스가 그에게 말하지 않았다면. 나는 잠시 그것을 생각해 보았지만, 그 면에 있어서도 나는 아주 안전하다고 결론지었다. 왜냐하면, 주디스는 결코 아무에게나 무슨 얘기든 하는 적이 없었기 때문이었다.

그는 아마도 이러한 계획에 대해서 전혀 의심을 하지 못하고 나를 믿을 것이다.

내가 할 일이란 기다리는 것뿐이었다. 앨러튼이 잠자러 올라오기까지는 아마도 한두 시간 지나야 하겠지. 그것은 긴 시간이 될 것 같았다. 그는 언제나 늦게 잠자는 작자였으니까.

나는 조용히 기다리며 앉아 있었다.

그때 갑자기 노크 소리가 나서 나는 깜짝 놀랐다.

그것은 커티스였다. 포와로가 나를 찾고 있다는 것이다.

나는 순간적으로 정신을 차렸다.

포와로! 나는 저녁 내내 그를 한 번도 생각하지 않았었다. 그는 내가 어떻게 된 것인지 걱정하고 있는 게 틀림없었다. 그것이 나를 다소 걱정스럽게 만들었다. 첫 번째 이유는, 내가 그의 가까이에 있어 주지 못한 데 대해 부끄러움을 느꼈기 때문이고, 두 번째로 나는 그가 뭔가 상식 밖의 일이 일어난 것에 대해 의심을 품기를 원치 않았기 때문이었다.

나는 커티스를 따라 복도를 건너갔다.

"아니, 자네가 이렇게 나를 버려둘 수가 있는가, 응?"

포와로가 외쳤다.

나는 억지로 하품을 하며 미안스런 미소를 지었다.

"정말 미안하게 되었습니다, 포와로. 사실은 지금 몹시 골치가 아파서 거의 눈도 뜨지 못할 지경이랍니다. 아마 이 음산한 날씨 때문인 모양이지요. 아주 정신을 못 차릴 정도예요. 그것 때문에 당신에게 잘 자라는 인사조차 못할 정도로 정신이 없었습니다."

내가 바라던 대로 포와로는 걱정을 하기 시작했다. 그는 나를 좀 살펴보겠다며 법석을 떨었다. 내가 바깥바람을 쐬며 앉아 있었기 때문이라며 나를 나무랐다(사실은 가장 더운 여름날이었는데도 말이다!). 나는 벌써 몇 알 먹었다고 말해서 아스피린을 주겠다는 것을 거절했지만, 설탕물과 그 지긋지긋한 초콜릿 차까지는 차마 거절할 수가 없었다.

"이것이 신경 조직에 영양분을 공급해 준다는 것을 자네도 알 걸세."

포와로가 설명해 주었다.

나는 입씨름하기를 피하고 그것을 마신 다음에, 포와로의 걱정스럽고 애정이 깃든 탄성이 아직도 귀에 쟁쟁한 가운데 그에게 잘 자라고 말했다.

나는 방으로 돌아와서 보란 듯이 문을 소리 내어 닫았다. 그러고 나서, 극히 조심스럽게 문을 살짝 열어놓았다. 이제는 앨러튼이 돌아오는 소리를 듣지 못할 염려는 없었다. 하지만 그가 돌아오려면 아직도 상당한 시간이 남아 있는 것 같았다.

나는 기다리며 앉아 있었다. 죽은 아내를 생각했다. 그러다가 갑자기 숨을
죽이며 중얼거렸다.

"당신도 이해할 거요, 여보. 내가 그 애를 보호하려고 한다는 것을 말이야."

아내는 주디스를 나의 보호 아래 맡겨 두었다. 나는 그 아이를 보호하는 책
임을 소홀히 할 수가 없었다.

고요와 적막감 속에서 나는 갑자기 신더스가 아주 가까이에 있는 듯한 느
낌을 받았다.

나는 마치 그녀가 이 방에 있기라도 한 것처럼 느꼈다. 그리고 나는 조용히
앉아서 으스스하게 기다리고 있었다.

제13장

1

용두사미가 되어 버린 일을 냉정한 마음으로 써내려가는 것은 사실 자존심 상하는 일이다. 그 문제에 대해서 솔직히 말하자면, 알다시피 나는 앨러튼을 기다리며 앉아 있다가 그만 잠들어 버린 것이다!

사실, 그리 놀라운 일도 아니라고 생각한다. 나는 전날 밤에 몹시 잠을 설쳤었다. 게다가 어제 하루 종일을 밖에서 보냈었다. 내가 하고자 결심했던 일에 대해서 너무 신경을 곤두세우는 바람에 극심한 긴장과 걱정으로 나는 녹초가 되고 말았었다. 게다가 날씨마저 우중충하고 잔뜩 찌푸려 있었지. 보다 신중하게 노력을 기울였다면 어떻게 해 볼 수도 있었을 것을!

아무튼, 그 일은 그렇게 되고 말았다. 나는 의자에서 그대로 잠이 들어 버려, 잠에서 깨어나 보니 밖에서 새들이 지저귀고 태양이 높이 떠올라 있었다.

나는 야회복을 입은 채로 의자에 쭈그리고 앉아 잠을 잤기 때문에 입 안이 텁텁하고 머리가 쪼개질 듯이 아프며 온몸이 쑤시고 불편했다. 나는 마음이 당혹스럽고, 착잡하고, 언짢았지만 결국에는 나 자신도 믿기지 않을 정도로 불가항력적인 안도감을 느꼈다.

"가장 암울한 날도(내일까지 살아있다면) 결국엔 지나 버리게 될 것이다."라는 말을 한 사람이 누구였던가? 그래, 그건 정말 진실이야.

나는 그제야 내가 얼마나 지나치고 왜곡된 생각을 했었는지 명확하고 선명하게 깨닫게 되었다. 멜로드라마 같은, 완전히 균형 감각을 상실한 생각이었다. 나는 실제로 다른 인간을 살해하려고 마음을 먹었던 것이다.

바로 그때 내 눈이 내 앞에 놓여 있던 위스키 잔 위로 떨어졌다. 나는 흠칫하며 일어나서 커튼을 젖히고 그것을 창밖으로 쏟아 버렸다. 지난밤에는 내가 완전히 정신이 나갔던 게 틀림없어!

나는 면도를 하고 목욕을 한 다음 옷을 갈아입었다. 그러고 나자, 아주 기분이 좋아진 것을 느끼며 포와로에게로 건너갔다. 그가 늘 일찍 일어난다는 것을 알고 있었다. 나는 자리에 앉아 그에게 모든 것을 털어놓아 마음속을 깨끗이 비워 버렸다. 그것은 커다란 위안이 되었다고 할 수 있다.

그는 나에게 관대하게 머리를 흔들었다.

"아, 하지만 어리석은 것은 바로 자네가 그런 생각을 했다는 사실 그 자체라네. 자네의 그 잘못들을 나에게 고백하러 와 주어서 정말 기쁘구먼. 그런데 어째서, 이 친구야, 어젯밤에 내게 와서 자네 마음속에 있던 것을 나에게 털어놓지 않았나?"

나는 부끄러운 표정을 지으며 말했다.

"내 생각에는, 당신이 나를 말리려고 할 것 같아서 망설였던 것 같습니다."

"틀림없이 자네를 말렸을 걸세. 암, 그거야 틀림없지. 앨러튼 소령이라고 하는 그 불쾌하기 짝이 없는 악당 같은 작자 때문에 자네 목이 매달리는 것을 내가 보고 싶어 한다고 생각하나?"

"나는 잡히지 않았을 겁니다. 굉장히 조심했거든요."

내가 말했다.

"그것은 바로 모든 살인자들이 똑같이 생각하는 거라네. 자네는 정말 순진한 생각을 했었군! 하지만 내 자네에게 말해 주지, 이 친구야. 자네는 혼자 생각했던 것만큼 그렇게 현명하지가 못했어."

"나는 정말 조심했습니다. 그 병 위에 남은 내 지문을 모두 지워 버렸구요."

"그렇겠지. 자네는 앨러튼의 지문도 함께 지워 버렸던 거야. 그런 뒤에 그의 죽음이 발견된다면 어떤 일이 일어나겠는가? 검시를 하게 될 테고, 그러면 그가 수면제 과용으로 죽었다는 것이 밝혀지겠지. 그가 우연히 복용한 것일까, 아니면 누구의 의도에 의한 것일까? 그런데 그의 지문은 그 병에 없다. 그렇다면, 왜 없을까? 우연한 죽음이든 자살이든 간에, 그는 자기 지문을 지울 이유가 전혀 없지. 그다음에는 남아 있는 알약들을 분석해 보고, 그것이 반 이상 아스피린으로 바뀌어 있다는 사실을 발견하게 될 걸세."

"아니, 대개의 사람들이 다 아스피린 알약을 가지고 있지 않습니까?"

나는 힘없이 중얼거렸다.

"맞아, 하지만 모든 이들에게 다 앨러튼이 추악한 의도를 가지고 낡아빠진 멜로드라마 같은 말을 나불거리며 쫓아다니고 있는 딸이 있지는 않다네. 그리고 자네는 그 전날 그 문제를 가지고 딸과 다퉜잖나? 두 사람, 보이드 캐링튼과 노튼이 자네가 그자에 대해 가진 격렬한 감정에 대해서 증언할 수 있을 걸세. 아니, 헤이스팅스 그리 멋지게 보이지 않았을 거야. 모두 즉시 자네에게 초점을 맞추게 되고, 그로 인해 자네는 아마도 불안 상태, 아니면 자책감 따위를 겪게 되겠지. 그리고 노련하고 성실한 경찰이라면 자네가 범행을 저질렀으리라고 아주 확고하게 심증을 굳히게 될 걸세. 또한 누군가가 자네가 그 약병에 수작을 부리고 있는 것을 보았을 수도 있다는 것도 꽤 있을 법한 일이 아닌가, 그렇지 않나?"

"아무도 볼 수가 없었을 겁니다. 거기에는 아무도 없었거든요."

"그곳은 창문 밖에 발코니가 있지. 누군가가 그곳에서 들여다보고 있었을 수도 있고 아니면, 자네도 알겠지만 누군가가 열쇠구멍을 통해 엿보고 있었을 수도 있잖겠나."

"당신은 열쇠구멍밖에는 모르는군요, 포와로. 모든 사람들이 당신이 생각하는 것처럼 열쇠구멍을 통해 엿보는 일로 시간을 보내지는 않는답니다."

포와로는 눈을 지그시 감고는 내가 지나치게 사람을 신뢰하는 천성을 가지고 있다고 한마디 했다.

"그리고 자네에게 꼭 말해 줘야겠는데, 아주 웃기는 일이겠지만 이 집에는 열쇠구멍들이 많이 있다는 사실을 꼭 기억하게. 내 경우에 있어서는 문이 안쪽으로 잠겨 있어야 마음이 놓인다네, 비록 성실한 커티스가 바로 옆방에 있어도 말일세. 만일 내가 여기 가지고 있었는데 그 열쇠가 보이지 않는다. 그래도 전혀 걱정 없다네! 나는 여벌로 하나를 더 만들어 두었지."

나는 마음속에 아직도 나 자신의 문제들로 가득 차 있었지만 안도의 숨을 깊이 내쉬며 말했다.

"글쎄, 어떻든 간에 그것은 계획대로 실행되지 않았습니다. 사람들이 그런 짓을 기도할 수 있다는 것 자체가 끔찍한 일입니다."

나는 목소리를 낮추었다.

"포와로, 당신은 그것 때문이라고 생각하지 않습니까? 오래전에 있었던 살인이 이곳의 공기를 오염시키고 있기 때문이라고 말이에요?"

"살인의 병균 같은 것 말인가, 자네 말은? 글쎄, 그것도 상당히 흥미 있는 생각이로군."

"집이란 나름대로의 분위기를 갖고 있는 법이지요." 나는 신중하게 말했다.

"이 집은 나쁜 역사를 지니고 있어요."

포와로는 고개를 끄덕였다.

"그렇지. 이곳에 사람들이 있었지. 그들 중 몇 명은 다른 사람이 죽기를 무척이나 기다렸었지. 뭐, 충분히 그럴 법한 일이군."

"어찌 되었든 간에 나는 그러하리라고 생각합니다. 그건 그렇다고 치고, 포와로, 얘기 좀 해주시죠. 이 문제에 대해서 내가 어떻게 하면 좋겠습니까? 주디스와 앨러튼 말입니다. 어떻게 해서든지 막아야 하는데, 내가 어떻게 해야 되겠습니까?"

"아무것도 할 일이 없어."

포와로가 강조해서 말했다.

"오, 하지만……."

"나를 믿게, 자네가 간섭을 하지 않음으로써 잘못을 최소한으로 줄일 수가 있다네."

"만일에 내가 앨러튼을 만나서 한마디 하면……."

"자네가 무슨 말을 할 수 있겠나? 주디스는 21살이고 어엿한 숙녀일세."

"그러나 나로서는 할 수 있는 만큼은 해봐야 할 거라고 생각하는데……."

포와로가 내 말을 가로챘다.

"아니야, 헤이스팅스 자네의 성격이 그들 두 사람을 강제로 떼어 놓을 수 있을 만큼 현명하고 완강하거나, 아니면 능수능란하다고는 생각하지 말게나. 앨러튼은 화만 내지 아무 힘도 못 쓰는 아버지를 다루는데 능숙하고, 아마도 그것을 좋은 농담거리라도 되는 것처럼 즐길 걸세. 주디스는 호통친다고 굴복을 시킬 수 있는 그런 아이가 아니라네. 내가 자네에게 충고를 한다면(글자 그대로 자네에게 충고를 한다면 말일세) 이거야말로 정말 어려운 일이군! 나는 그녀를 믿겠네. 내가 자네라면 말일세."

나는 그를 쳐다보았다.

에르퀼 포와로가 말했다.

"주디스는……, 아주 훌륭한 아이일세. 나는 그녀에게 매우 탄복하고 있어."

나는 불안한 목소리로 말했다.

"나도 역시 그 아이에게 탄복하고 있습니다. 하지만 한편으로는 그 아이를 두려워하고 있기도 하죠."

포와로는 갑자기 힘있게 머리를 끄덕였다.

"나 역시 그녀를 두려워한다네. 하지만 자네가 두려워하는 그런 종류가 아니야. 나는 끔찍하게 두렵다네. 하지만 내게는 힘이 없네, 남아 있다고 해도 별것 아니지만. 그리고 날짜는 계속 지나가고 있네. 바로 거기에 위험이 도사리고 있어, 헤이스팅스 그리고 그것은 아주 가까이에 있다네."

2

나도 위험이 아주 가까이에 있다는 것을 포와로 만큼 잘 알고 있었다. 나는 포와로보다는 그것을 더 절실히 느끼고 있어야 할 이유가 있었는데, 왜냐하면 내가 전날 밤에 실제로 엿들은 것이 있었기 때문이었다.

그럼에도 나는 아침식사를 하러 내려가면서 포와로가 했던 말을 곰곰이 생각해 보았다.

"내가 자네라면 그녀를 믿겠네."

그것은 전혀 뜻밖의 말이었지만 그러나 그것은 나에게 기묘한 안도감을 주었다. 그리고 즉시 그 말의 진위가 판명되었다.

주디스는 분명히 그날 런던으로 올라가는 생각을 바꾼 게 틀림없었다. 대신에 그녀는 아침식사가 끝나자 평소와 전혀 다를 바 없이 프랭클린과 함께 실험실로 향했고, 그것은 그들이 여전히 그곳에서 힘들고 분주한 하루를 보내리란 것을 분명히 말해 주는 것이었다.

어떤 걷잡을 수 없는 감사의 마음이 나에게 몰려왔다. 지난밤에 나는 얼마나 정신이 나갔었고, 얼마나 크게 절망에 빠져 있었던가! 나는 억측했었다. 주디스가 앨러튼의 달콤한 혀에 굴복당한 게 거의 틀림없다고 억측했었다. 하지만 이제 곰곰이 생각해 보니 나는 결코 그녀가 실제로 승낙하는 말을 듣지 못했었다. 아니다, 그녀는 그 따위에 굴복 당하기에는 지나치게 똑똑하고 본질적으로 선량한 아이였다. 그녀는 그 밀회를 거절했던 것이다.

앨러튼은 일찍 아침을 먹고 입스위치로 떠났다는 것을 알았다. 그렇다면, 그는 약속된 밀회를 믿고 주디스가 예정대로 런던으로 올라갈 것이라고 생각한 게 틀림없으리라.

잘됐다, 아마도 그 작자는 실망하게 될 거라고 나는 잔인하게 생각했다.

보이드 캐링튼이 다가와서는 오늘 아침에 내가 매우 유쾌해 보인다고 다소 퉁명스럽게 말했다.

내가 말했다.

"맞습니다. 나는 몇 가지 좋은 소식들을 들었습니다."

그는 자기는 전혀 그렇지 못하다고 말했다. 그는 건축기사에게서 건축 상의 어려운 점, 이 지방의 감독관이 까다롭게 굴고 있다는 짜증스런 전화를 받았다고 했다. 또한, 걱정스러운 편지들도 받았다.

게다가 그는 전날 프랭클린 부인을 과로케 한 것에 대해서 걱정하고 있었다. 프랭클린 부인은 확실히 요 근래에 몸과 마음이 모두 건강해진 것 같았다.

내가 크레이븐 간호사에게서 들은 바에 의하면, 그녀는 자기를 거의 참을 수 없게 만든다는 것이다.

크레이븐 간호사는 나가서 친구들과 만나겠다고 약속했던 그녀의 비번 날을 포기해야 했던 것에 대해 상당히 기분이 언짢아했다.

이른 아침부터 프랭클린 부인은 탄산나트륨을 가져와라, 더운 물병을 가져와라, 여러 가지 특제 음식과 음료수들을 가져와라 하고 시키는 바람에 어쩔 수 없이 간호사가 방에 남아 있어야만 했던 것이다. 그녀는 신경통, 심장 부위의 통증, 발과 다리의 경련, 오한 등과 그밖에 내가 알지 못하는 여러 가지 고통을 겪고 있었다.

내가 여기에서 말하고 싶은 것은, 나와 그밖에 누구도 그런 사실을 그리 대수롭지 않게 생각했다는 사실이다. 우리 모두 그것을 프랭클린 부인의 우울증 증세의 일부라고 생각했다.

이것은 크레이븐 간호사와 프랭클린 박사도 마찬가지였다.

프랭클린 박사의 말은 실험실에서 나온 것인데, 그는 아내의 불평을 듣고는 그 지방 의사를 불러다 주겠다고 하고 나서(프랭클린 부인은 그것을 완강하게 반대했다), 그녀에게 진통제를 지어 주고는 최선을 다해 그녀를 달래고, 다시 연구를 하기 위해 돌아갔다.

크레이븐 간호사가 내게 말했다.

"그분도 잘 알고 있어요. 그녀가 순전히 즐기고 있다는 것을요."

"당신은 정말 그밖에 다른 문제가 있다고는 생각하지 않습니까?"

"그녀의 체온은 정상이고, 맥박도 아무 이상이 없어요. 말하자면, 순전히 꾀병을 부리고 있는 거라니까요."

그녀는 화를 내며 평소보다 훨씬 경망스럽게 말했다.

"그녀는 자기 이외에 어느 누구든 자기들끼리 즐기는 것을 훼방 놓고 싶어해요. 그녀는 남편이 몹시 당황하는 것을 즐기고, 나에게는 허둥지둥 자기만 보살피는데 매달리도록 하며, 심지어는 윌리엄 경에게마저도 '어제 자기를 과로케 했다'는 것 때문에 미안한 감을 느끼도록 했어요. 그녀는 그런 여자랍니다."

크레이븐 간호사는 오늘 분명히 자기 환자를 거의 참을 수 없어하고 있었다. 나는 프랭클린 부인이 정말 그녀에게 지극히 못되게 굴어 왔다는 것을 들어서 알고 있었다.

그녀는 간호사들이나 하인들이 본능적으로 싫어하는, 시중들기가 어려워서뿐만 아니라 그녀의 하는 짓거리조차도 싫어하는 그런 종류의 여자였다.

내가 이미 말했듯이 우리 중 누구도 그녀의 투정을 진지하게 받아들이지 않았다. 단지 보이드 캐링튼만이 예외로서, 그는 야단을 맞은 꼬마처럼 다소 풀죽은 모습으로 서성거리고 있었다.

그날 이후로 얼마나 많은 시간을 그토록 애썼던가. 그 사소한 일에서 거의 잊힌 사건에 이르기까지 무엇인가를 기억해 내기 위해, 모든 사람들의 태도를 정확하게 기억해 내기 위해.

다시 한 번 나는 모든 사람들에 대해서 기억하고 있는 그대로 이야기하고자 한다.

이미 말했듯이 보이드 캐링튼은 마치 죄라도 지은 것처럼 불안해 보였다. 그는 자신이 그 전날 지나치게 우쭐거리며 자기 동행자의 허약한 건강 상태에 대해 전혀 생각을 하지 못하고 자기중심적으로 행동했다고 느끼는 것 같았다.

그는 한두 번 바바라 프랭클린에 대해서 물어 보았지만, 기분이 몹시 상해 있는 크레이븐 간호사는 그에게 쌀쌀맞고 퉁명스럽게 대꾸했다. 그는 어제 마을에 들어가서 초콜릿 한 상자를 사왔었다. 그 상자가 도로 내려 보내졌다.

"프랭클린 부인이 초콜릿을 드실 수가 없답니다."

다소 서글픈 표정으로 그는 흡연실에서 그 상자를 뜯었고, 노튼과 나와 그가 모두 침울하게 그것을 나누어 먹었다.

이제 생각이 나는데, 노튼은 그날 아침 무엇인가를 마음속에 감추고 있던 것이 확실했다. 그는 멍한 표정으로 한두 번 눈썹을 한데 모으곤 하면서 무슨 심각한 문제를 풀려고 애쓰는 것 같았다.

그는 초콜릿을 좋아했는데, 멍한 태도로 그것을 상당히 많이 먹어치웠다.

바깥 날씨는 변덕스러웠다. 10시부터 비가 퍼붓기 시작했다. 비가 오는 날이 사람들의 마음을 우울하게 하지 않는 때도 가끔 있었다. 실제로 그 비는 우리들 모두에게 하나의 위안이었다.

정오경에 포와로가 커티스의 도움으로 아래층으로 내려와 거실에 자리를 잡았다. 이곳에 엘리자베스 콜이 그와 합석해서 그에게 피아노를 쳐 주었다. 그녀는 경쾌한 터치로 바하와 모차르트를 연주했는데 둘 다 내 친구가 좋아하는 작곡가였다.

프랭클린과 주디스가 한 25분쯤 뒤에 정원에서 들어왔다. 주디스는 창백하고 긴장되어 보였다. 그녀는 마치 꿈속에 빠져 있다가 깨어난 것처럼 조용하고 몽롱한 듯한 분위기를 자아냈다.

프랭클린은 우리와 함께 앉았다. 그 역시 피로하고 무엇엔가 열중해 있는 것처럼 보였는데, 그는 몹시 불안정한 듯한 분위기를 풍겼다.

내 기억으로는, 비가 오는 것이 하나의 위로가 되지 않겠느냐고 그에게 말했더니 그가 즉시 대꾸했다.

"맞습니다. 그럴 때가 있지요, 무엇인가가 빠져나오려고 할 때는……."

그런데 어쩐 일인지 나는 그가 말한 것이 단지 날씨에 관한 것뿐만이 아닌 것 같다는 인상을 받았다.

그의 동작이 늘 그러하듯이, 그가 꼴사납게 테이블을 건드려서 초콜릿의 반 가량이 엎질러졌다. 여느 때처럼 깜짝 놀란 태도로 그는 사과를 했다. 분명히 그 상자에 대해서.

"오, 미안합니다."

그것은 웃음이 나와야 당연했지만, 어쩐 일인지 그렇지가 않았다.

그는 재빨리 몸을 굽혀서 엎질러진 초콜릿을 집어들었다.

노튼이 그에게 아침에 무리를 한 것이 아니냐고 물었다.

그때 그의 얼굴에 진지하고 천진하고 아주 생동감 넘치는 미소가 반짝 떠올랐다.

"아니, 그게 아니오. 이제 막 생각났습니다. 내가 잘못된 길을 쫓고 있다는 것이 말이오. 오로지 아주 간단한 과정이 필요했습니다. 이제는 지름길로 갈 수가 있게 되었어요."

그는 아직 확신에 차지 않은 눈빛으로 발을 앞뒤로 흔들며 말했다.

"그렇지, 지름길입니다. 그게 최상의 방법이지요"

3

오전에는 짜증스럽고 무기력했다면, 오후에는 믿어지지 않을 정도로 유쾌했다. 햇빛이 나오고, 공기는 시원하고 신선했다.

루트렐 부인이 아래층으로 운반되어 베란다에 나가 앉아 있었다. 그녀는 상당히 보기 좋았는데 평소와 같은 과장된 매력이나 태도를 표현하려 들지 않았으며, 말 속에 깃들어 있던 신랄함도 전혀 보이지 않았다……

그녀는 남편을 놀려댔지만 그것은 상냥하고 애정이 깃든 것이었고, 그도 부인에게 밝은 미소를 보냈다. 그렇게 사이가 좋은 그들 부부를 볼 수 있다는 것은 정말 유쾌한 일이었다.

포와로는 혼자서 휠체어를 타고 나왔는데, 그도 역시 기분이 좋아 보였다. 그는 서로에게 다정하게 대하는 루트렐 부부의 모습을 보고 흐뭇해하는 것 같았다. 대령은 몇 년은 젊어 보였다.

그의 태도도 우유부단하던 것이 줄어들었고, 콧수염도 덜 잡아당겼다. 그는 그날 저녁에 브리지 게임을 하는 것이 어떻겠느냐고 제안하기까지 했다.

"데이지가 브리지 게임을 하지 못해 섭섭해 하고 있답니다."

"사실 그래요."

루트렐 부인이 말했다.

노튼은 그것이 그녀를 피로하게 하지 않겠느냐고 물었다.

"나는 한 판만 할 거예요."

루트렐 부인이 말하고는 눈을 찡긋하며 덧붙였다.

"그리고 얌전하게 행동할 거고, 가엾은 조지에게 화를 내지도 않겠어요."

"여보." 하고 그녀의 남편이 막았다.

"나도 내가 형편없이 게임을 한다는 걸 잘 알아요."

"그것이 어떻다는 거예요?" 하고 루트렐 부인이 말했다.

"그런 당신을 집적거리고 몰아붙이는 것이 나에겐 커다란 즐거움이 아니었던가요?"

그 말은 우리 모두를 웃지 않을 수 없게 만들었다.

루트렐 부인이 계속 말했다.

"오, 나도 내 결점들을 잘 알고 있어요. 하지만 내가 살아있는 동안은 그런 것을 버리지 못할 거예요. 조지가 나를 잘 참아 주어야 해요."

루트렐 대령은 아주 바보 같은 표정으로 그녀를 쳐다보았다.

나중에 있었던 결혼과 이혼에 대한 토론에 이를 때까지 그들의 그처럼 다정한 모습을 볼 수 있었던 것 같다.

남자와 여자가 이혼할 수 있는 권리가 지금보다 많다고 해서 더욱 행복해질 수 있을까, 아니면 일시적인 권태와 불화로, 또는 제3자로 인한 말썽이 한 동안 지난 뒤에 애정과 우정의 회복으로 수그러지는 경우가 많은 것일까?

사람들의 생각이 그들 나름대로의 개인적인 경험들에 따라 얼마나 많은 차이를 보이는가를 알게 된다는 것은 때로는 기묘한 일이다.

나 자신의 결혼은 믿을 수 없을 만큼 행복했고 성공적이었으며, 또한 나는 본질적으로 보수적인 인간인데도 이혼에 대한 내 입장은, 서로의 손실을 줄이고 새 출발을 하는 것이라는 생각이었다.

불행한 결혼생활을 했던 보이드 캐링튼은 결혼이란 결코 다시는 헤어질 수 없는 결속이라고 주장했다. 그가 말하기를, 자기는 결혼제도에 대해서 깊은 경외감을 가지고 있다고 했다. 그것이 질서의 근간이라는 것이다.

아무런 연고나 개인적인 입장이 전혀 없는 노튼은 나와 같은 식으로 생각하고 있었다. 현대적이고 과학적인 사고방식을 가진 프랭클린은 정말 희한하게도 이혼을 절대 반대했다. 그것은 겉으로 보기에는 그의 명쾌한 사고방식과 행동적인 이상과는 어긋나 보였다.

어떤 사람이든 일단 책임을 맡았다면, 그러한 책임은 끝까지 지켜야 하는 것이지 회피하거나 무시해서는 안 된다는 것이다. 그의 말에 따르면, 그것은 바로 계약이라는 것이다. 자신의 자유의지로 택한 것이라면, 반드시 지켜야 한다. 그렇게 하지 않는다면 혼란이라고 할 만한 결과가 초래된다고 했다. 무질서, 즉 풀리다 만 매듭이라는 것이다.

의자에 등을 기대고 앉아서 테이블을 긴 다리로 가볍게 툭툭 치며 그가 말했다.

"남자가 자기 아내를 선택했다면, 그녀가 죽거나 아니면 그가 죽을 때까지 그 여자는 그의 책임입니다."

노튼이 다소 코믹하게 말했다.

"그리고 때로는, 축복받은 죽음일 수도 있겠지, 안 그렇소?"

우리가 한바탕 웃은 뒤에 보이드 캐링튼이 말했다.

"말할 자격이 없잖소, 당신은. 결혼한 적이 없으니."

노튼이 고개를 설레설레 저으며 말했다.

"그리고 이제는 결혼하기에는 너무 늦었고 말이오."

"그런가?" 하며 보이드 캐링튼의 시선이 짓궂게 변했다.

"그렇다고 확신합니까?"

바로 그 순간에 엘리자베스 콜이 우리와 자리를 함께 했다. 그녀는 지금까지 프랭클린 부인과 함께 위층에 있었다.

나의 착각이었는지는 모르지만, 보이드 캐링튼의 의미심장한 시선이 그녀로부터 노튼에게로 옮겨 갔고, 그 때문에 노튼의 얼굴이 붉어지게 된 것 같았다.

그것 때문에 나의 머릿속에 새로운 생각이 떠올랐고, 나는 탐색하듯이 엘리자베스 콜을 살펴보았다. 그녀는 아직도 비교적 젊은 여성에 속하리라. 게다가 무척 아름다운 여인이었다. 사실, 그녀는 어떤 남자든지 행복하게 만들어 줄 수 있는 능력을 소유한 아주 매력적이고 인정이 많은 여자였다. 그리고 그녀와 노튼은 최근에 많은 시간을 함께 보내고 있었다. 야생화와 새들에 대한 공통의 관심으로 인해 그들은 친구가 되었고, 나는 그녀가 노튼을 친절한 사람이라고 말했던 사실도 기억하고 있었다.

글쎄, 만일 그렇다면 나는 그녀를 위해 기뻐해야 할 것이다. 그녀의 굶주리고 메말랐던 소녀 시절도 마지막에 찾아올 행복에는 장애가 되지 않는다. 그녀의 일생을 망쳐 놓았던 그 비극은 공연히 일어났던 것이 아니었으리라.

나는 그녀를 바라보며 생각에 잠겼다. 그녀는 확실히 무척이나 행복해 보였고, 그리고……, 그래, 내가 처음 이 스타일즈 저택에 왔을 때보다도 훨씬 명랑해 보였다.

엘리자베스 콜과 노튼, 맞았어, 분명히 가능한 일이지.

그런데 갑자기 어딘지 알 수도 없는 곳으로부터 막연한 걱정과 불안감이 나에게 엄습해 왔다. 그것은 안전치가 않았다(그것은 옳지가 않았다). 이곳에서 행복을 구상한다는 것 자체가 말이다.

스타일즈 저택의 분위기에는 어떤 불길한 것이 있었다. 나는 이제야 그것을 느꼈다. 바로 그 순간에. 갑자기 내가 늙고 피로해짐을 느꼈다. 맞았어, 그리고 두려움도 함께.

잠시 뒤에야 그러한 기분들이 사라졌다.

보이드 캐링튼을 제외하고는 아무도 눈치 채지 못한 것 같다. 그는 몇 분 뒤에 나지막한 어조로 나에게 말했다.

"무슨 걱정이라도 있습니까, 헤이스팅스?"

"아니, 그건 왜 묻습니까?"

"글쎄요, 당신 표정이 뭐라고 확실하게 설명할 수가 없지만……."

"막 어떤 기분을 느꼈습니다. 우려라고 할까요."

"불길한 징조 같은 거 말입니까?"

"맞아요, 당신이 그런 식으로 표현한다면. 어떤 기분, 무슨 일인가 일어날 것 같은 그런 기분이었지요."

"우습군요. 나도 그와 같은 기분을 한두 번 느꼈답니다. 그게 구체적으로 무엇이라고 생각합니까?"

그는 미간을 찌푸리고 나를 똑바로 쳐다보았다.

나는 머리를 흔들었다. 사실 어떤 특별한 것에 대한 우려라고 전혀 확신할 수가 없었기 때문이다. 단지 깊은 불안과 공포의 전율이었다고나 할까.

그때 주디스가 집에서 나왔다. 그녀는 천천히 머리를 높이 치켜들고 입술을 꼭 다문 채 엄숙하고도 아름다운 얼굴로 걸어 나왔다.

어쩐지 그녀가 나나 신더스와는 닮은 것 같지 않다고 생각했다. 그녀는 마치 어떤 젊은 여승 같아 보였다.

노튼 역시 그와 같은 느낌을 받았던 모양이다. 그가 그녀에게 말했다.

"당신은 마치 옛날에 앗시리아의 장군 홀로페르네스의 목을 자르고 유태를 구한 과부 주디스와 같아 보이는군요."

주디스는 미소를 지으며 눈썹을 불쑥 치켜 올렸다.

"그 옛날에 왜 그녀가 그런 짓을 했었는지 나로선 이해할 수가 없는데요."

"오, 엄밀하게 말하자면 공동사회를 위한 그 지고(至高)한 도덕적 기초를 마련코자 했던 것이지요!"

그의 어조에는 희미한 조롱기가 섞여 있어 주디스를 화나게 했다. 그녀는 얼굴을 확 붉히며 그를 지나쳐 프랭클린의 자리로 갔다.

"프랭클린 부인의 기분이 상당히 좋아졌어요. 부인이 오늘 저녁때 우리 모두 올라와서 함께 커피나 마시자고 하는군요.”

4

우리가 저녁식사 뒤에 2층으로 우르르 몰려갔을 때, 나는 프랭클린 부인은 확실히 변덕쟁이라고 생각했다. 온종일 모든 사람들의 생활을 불편하게 만들었던 그녀가 지금은 모든 사람들에게 상냥하게 대해 주고 있는 것이다.

그녀는 연초록색의 네글리제를 입고 긴 의자에 누워 있었다. 그녀 옆에는 커피세트가 놓인 조그만 회전서가(書架)가 있었다. 크레이븐 간호사에게서 약간의 도움을 받아 그녀는 맵시 있는 흰 손가락으로 조심스럽게 커피를 탔다.

우리는 모두 그곳에 모여 있었다. 다만 저녁식사 뒤에는 언제나 방에 들어가 쉬는 포와로와, 입스위치에서 아직 돌아오지 않은 앨러튼, 그리고 아래층에 남아 있는 루트렐 대령 부부를 제외하고는 말이다.

커피 향기가 우리의 코를 자극했다. 섬세한 그 향기. 이 저택의 커피는 투박하고 신통치 않으며 맛도 이상했기 때문에, 우리는 프랭클린 부인이 준비한 새로 빻은 원두로 끓인 커피를 관심을 가지고 바라보았다.

프랭클린은 자기 부인이 가득 따라준 잔을 들고 테이블 맞은편에 앉아 있었다. 보이드 캐링튼은 소파의 다리 옆에 서 있었다. 엘리자베스 콜과 노튼은 창가에 있었다. 크레이븐 간호사는 침대 머리맡에 쳐놓은 장막으로 다시 들어갔다. 나는 타임지에 실린 글자 맞추기 문제와 씨름을 하며 안락의자에 앉아 그 힌트들을 소리 내어 읽고 있었다.

“한결 같은 사랑(even love), 또는 제3자 위험(third party risk)?”

내가 소리 내어 읽었다.

“여덟 글자.”

“아마도 글자 바꾸기겠지요.” 프랭클린이 말했다.

우리는 잠시 생각에 잠겼다. 그리고 나서 내가 계속 읽었다.

“그 언덕 사이에 있는 친구들은 불친절하다.”

“괴롭히는 사람(tormentor).” 보이드 캐링튼이 재빨리 말했다.

"인용; '그리고 메아리는 뭐라고 묻든 ~라고만 대답한다.' 테니슨의 시 구절. 다섯 글자."

"어디에(Where)." 하고 프랭클린 부인이 말했다.

"틀림없이 그게 맞아요. '그리고 메아리는 뭐라고 묻든 '어디에'라고만 대답한다.'가 아닌가요?"

나는 의심스러웠다.

"그렇다면 'w'로 끝나는 단어를 만들어야 할 것 같은데요."

"글쎄요, 'w'로 끝나는 단어는 많아요. 어떻게(how), 이제(now), 눈(snow)."

엘리자베스 콜이 창가에서 말했다.

"테니슨의 시는 '그리고 메아리는 뭐라고 묻든 죽음이라고만 대답한다.'랍니다."

그때 내 뒤에서 갑자기 날카롭게 숨을 들이키는 소리가 들렸다.

돌아다보니 그것은 주디스였다. 그녀는 우리를 지나서 창으로 걸어가 발코니로 나갔다.

나는 마지막 실마리를 적으며 말했다.

"'한결 같은 사랑'은 글자 바꾸기가 될 수가 없어요. 두 번째 글자가 이제 'A'가 됐거든요."

"힌트가 무엇인지 다시 한 번 말씀해 주시죠."

"한결 같은 사랑, 또는 제3자 위험. 빈칸 'A', 그리고 빈칸 여섯 개."

"정부(情婦, paramour)." 보이드 캐링튼이 말했다.

나는 바바라 프랭클린의 받침접시 위에서 스푼이 딸그락거리는 소리를 들었다. 나는 다음 힌트를 계속해서 읽어 내려갔다.

"'질투는 기분 나쁜 눈을 가진 흉물이다'라고 이 사람이 말했다."

"셰익스피어." 보이드 캐링튼이 말했다.

"그것이 오델로였던가요, 아니면 이밀리아(이아고의 아내)였던가요?"

프랭클린 부인이 물었다.

"너무 길어요, 힌트는 단지 네 글자입니다."

"이아고(오델로의 부하)."

“나는 오델로라고 확신해요.”

“그것은 오델로에 나오는 말이 아니에요. 로미오가 줄리엣에게 한 말이에요.”

우리들은 제각기 자기 의견들을 내놓았다.

그때 갑자기 발코니에서 주디스가 외쳤다.

“저것 봐요, 유성이에요. 오, 저기 또 하나가 떨어져요.”

보이드 캐링튼이 말했다.

“어디? 우리, 소원을 빕시다.”

그는 발코니로 나가 엘리자베스 콜, 노튼, 주디스와 합류했다. 크레이븐 간호사도 나갔다. 곧이어 프랭클린도 일어나 그들과 합류했다. 그들은 어둠 속을 응시하며 탄성을 지르고 있었다.

나는 글자 맞추기를 들여다보며 남아 있었다. 왜 나는 유성들을 바라보며 소원을 빌지 않았을까? 나는 기원할 만한 소원이 전혀 없었던가…….

갑자기 보이드 캐링튼이 방 안으로 다시 들어왔다.

“바바라, 함께 밖으로 나갑시다.”

프랭클린 부인은 날카롭게 말했다.

“안 돼요, 나갈 수 없어요. 너무 피곤하거든요.”

“말도 안 되는 소리요, 밥스. 당신이야말로 나가서 소원을 빌어야 해요!” 하고 그는 웃으며 말했다.

“자, 안 된다고 하지는 맙시다. 내가 데려다 주겠소.”

그러고는 갑자기 몸을 굽혀 그녀를 안아 올렸다.

그녀는 웃으며 토닥거렸다.

“빌, 나를 내려놓으세요. 이렇게 부끄럽게 하지 마세요.”

“작은 아가씨들은 나가서 소원을 빌어야 해요.”

그는 그녀를 안고 창문을 통해 밖으로 나가 발코니에 내려놓았다.

나는 신문 위로 더욱더 머리를 숙였다. 내 기억 속에 한 장면이 떠올랐다.

어느 맑은 열대의 밤이었다. 개구리들이 울어대고, 그리고 유성이 떨어지고 있었다. 나는 창가에 서 있다가 돌아서서 신더스를 안고 밖으로 나가 그녀에게 별들을 보여 주며 소원을 빌라고 했다……

글자 맞추기의 줄들이 내 시야에서 사라져 희미해져 갔다.

한 사람이 발코니에서 방으로 들어왔다. 주디스였다.

주디스가 눈물을 흘리는 내 모습을 봐서는 결코 안 된다. 그것은 절대로 있을 수 없는 일이다.

나는 황급히 회전서가를 돌리며 책을 찾고 있는 체했다. 나는 그곳에서 셰익스피어의 낡은 책을 본 적이 있었던 것을 기억하고 있었다.

그렇다, 여기 그것이 있었다. 나는 오델로를 뒤적여 보았다.

"무얼 하고 계세요, 아버지?"

나는 손가락으로 페이지를 넘기며 그 힌트에 대해서 뭐라고 중얼거렸다.

'맞았어, 이아고였지.'

"오, 각하, 질투를 조심하십시오. 그놈은 아주 기분 나쁜 눈을 가진 흉물입니다. 사람의 마음을 삼키기 전에 실컷 즐기는 놈이지요."

주디스가 이어서 다음 몇 줄을 읽었다.

"양귀비꽃이건 맨드레이크건 이 세상의 별의별 수면제를 다 먹어도 이젠 어제 누렸던 그 달콤한 잠을 다시는 맛보지 못할 것이다."

그녀의 목소리는 아름답고 그윽한 여운을 남기며 울려 나왔다.

다른 사람들도 웃고 떠들며 다시 방으로 돌아왔다. 프랭클린 부인은 긴 의자에 다시 누웠다. 프랭클린은 자기 자리로 돌아가 앉아서 커피를 흔들어 저었다. 노튼과 엘리자베스 콜은 커피를 다 마시고 나서 루트렐 부부와 브리지 게임을 하기로 약속을 해 놓았다고 하며 양해를 구했다.

프랭클린 부인은 커피를 마신 다음에 자기 물약을 가져다 달라고 했다. 크레이븐 간호사가 막 밖으로 나가고 없어서 주디스가 욕실에서 약을 가져다주었다.

프랭클린은 하릴없이 방 안을 맴돌고 있었다. 그가 조그만 테이블에 걸려 넘어지자, 그의 아내가 날카롭게 말했다.

"제발 좀 꼴사납게 굴지 말아요, 존."

"미안해, 바바라. 생각 좀 하고 있었어."

프랭클린 부인이 다소 빈정거리며 말했다.

"그 위대한 콩에 대해서 생각하고 있었나요, 그렇죠, 여보?"

그는 다소 얼빠진 표정으로 그녀를 쳐다보았다. 그리고 나서 그가 말했다.

"멋진 밤이군, 산책이나 좀 해야겠어."

그가 밖으로 나갔다.

프랭클린 부인이 말했다.

"저분은 정말 천재예요. 당신도 아시겠지만, 저분의 행동으로부터 그것을 충분히 알 수가 있지요. 나는 사실이지 저분을 너무도 존경한답니다. 어떻게 자기의 연구에 대해 그토록 열정을 가질 수가 있겠어요?"

"그렇고말고, 정말 뛰어난 사람이오."

보이드 캐링튼이 말했다. 다소 기계적으로

주디스는 급히 방을 나가다가 문간에서 크레이븐 간호사와 부딪칠 뻔했다.

보이드 캐링튼이 말했다.

"피켓 게임을 하는 것이 어떻겠소, 밥스?"

"오, 정말 좋아요. 카드 좀 가져다주겠어요, 간호사?"

크레이븐 간호사가 카드를 가지러 나가자, 나는 그녀에게 커피 대접을 받아서 고맙다는 말과 잘 자라는 인사를 하고 밖으로 나왔다.

밖에서 나는 프랭클린과 주디스를 따라잡았다. 그들은 복도의 창으로 밖을 내다보고 있었다. 그들은 아무런 말도 나누지 않은 채 나란히 붙어 있었다.

프랭클린은 고개를 돌려 내가 다가가는 것을 보았다. 그는 한두 걸음 움직이고는 주저하다가 말했다.

"산책 좀 나가지 않겠소, 주디스?"

내 딸이 고개를 저었다.

"오늘 밤은 안 돼요." 그러고는 갑자기 이렇게 덧붙였다.

“자러 가야겠어요. 안녕히 주무세요.”

나는 프랭클린과 함께 아래층으로 내려갔다. 그는 싱글벙글 미소를 지으며 부드럽게 휘파람을 불었다. 나는 울적한 기분을 느끼고 있었기 때문에 다소 퉁명스럽게 한마디 했다.

“당신은 오늘 밤 상당히 기분이 좋은 것 같소.”

그도 내 말을 인정했다.

“그렇습니다. 오랫동안 밝혀내려고 연구해 왔던 것을 다소나마 알아내었습니다. 아주 만족스러운 것이었죠.”

나는 아래층에서 그와 헤어져서 잠시 브리지 게임을 하는 사람들을 들여다보았다. 노튼은 루트렐 부인이 알아차리지 못하는 사이에 나에게 한쪽 눈을 찡긋해 보였다. 그 판은 보기 드물게 재미있게 진행되고 있었다.

앨러튼은 그때까지도 돌아오지 않았다. 그가 없다는 사실은 나에게 중압감을 덜어 주어, 이 저택이 훨씬 행복해진 것 같다는 느낌이 들었다.

나는 포와로의 방으로 올라갔다. 그곳에서 주디스가 그와 함께 앉아 있는 것을 발견했다. 그녀는 내가 들어가서 말도 채 꺼내기도 전에 나에게 미소를 지었다.

“자네 딸이 자네를 용서했다네, 이 친구야.”

포와로가 말했는데 그렇게 무례한 말이 세상에 또 어디 있으랴!

나는 화를 내며 말했다.

“아니, 나는 거의 생각지도…….”

주디스가 일어났다. 그녀는 내 목에 팔을 두르고 키스를 했다.

그녀가 말했다.

“가엾은 아버지, 포와로 씨는 아버지의 자존심을 해칠 생각이 조금도 없었답니다. 용서를 받아야 할 사람은 바로 저예요. 저를 용서하신다고, 잘 자라고 말씀해 주세요.”

나는 도대체 영문을 알 수는 없었지만, 하여튼 그렇게 말했다.

“미안하구나, 주디스. 정말 미안하구나. 나는 그런 뜻이 아니었는데…….”

그녀가 내 말을 막았다.

"됐어요. 우리 이제 잊도록 해요. 이제 모든 게 다 잘되었어요."

그녀는 어딘지 꿈꾸는 듯한 미소를 지었다. 그녀가 다시 말했다.

"이제 모든 게 다 잘되었어요."

그리고 조용히 그 방을 떠났다.

그녀가 나가자 포와로가 나를 쳐다보았다.

"그건 그렇고, 오늘 저녁때 무슨 일이 있었나?"

나는 두 손을 펴 보였다.

"무슨 일이 일어났거나, 아니면 일어날 것 같은 기미도 전혀 없는걸요."

그러나 내 생각은 실제 상황과는 아주 거리가 먼 것이었다.

복잡한 일이 그날 밤에 일어났던 것이다. 프랭클린 부인이 극심한 고통을 겪었다. 의사가 두 명이나 다녀갔지만 소용없는 일이었다. 그리고 그녀는 다음 날 아침에 죽었다.

우리가 그녀의 죽음이 피조스티그민 중독으로 인한 것이었다는 사실을 듣게 된 것은 그로부터 24시간도 채 지나지 않아서였다.

제14장

1

심리는 그로부터 이틀 뒤에 열렸다. 내가 이 지방에서 심리에 참석한 것은 이것으로서 벌써 두 번째다. 검시관은 날카로운 눈매에 냉정한 말투를 쓰는 중년의 꽤나 똑똑한 친구였다.

의사의 증언이 제일 먼저 있었다. 사망은 피조스티그민 중독에 의한 결과였고, 칼라바르 콩의 다른 알칼로이드들도 역시 검출되었다는 사실이 확인되었다. 그 중독은 전날 저녁 7시 정각에서 자정 사이에 행해진 것이라고 추정되었다. 경찰의사 일행은 그 이상 정확한 시간을 알 수 없다고 했다.

다음 증인은 프랭클린 박사였다. 그는 대체로 좋은 인상을 남겼다. 그의 증언은 명료하고 간단했다. 아내가 죽은 뒤에 그는 실험실로 가서 자기 용액을 조사해 보았다. 그는 자기가 실험하고 있던 칼라바르 콩의 알칼로이드 농축액이 들어 있어야 할 병에 보통 물이 채워져 있고, 원래의 내용물은 흔적밖에 남아 있지 않았다는 사실을 발견했다. 그는 병에다가 특별히 관심을 기울여 날짜들을 기입하지는 않았기 때문에, 언제 그렇게 된 것인지 확실하게 말할 수는 없다고 했다.

그다음에 실험실 출입에 대한 질문이 있었다. 프랭클린 박사는 실험실이 평소에는 잠겨 있고, 대개는 그가 열쇠를 주머니에 넣어 둔다는 것을 인정했다. 그의 조수인 헤이스팅스 양도 그와 똑같은 열쇠를 가지고 있었다. 실험실에 들어가고 싶은 사람은 그 두 사람에게서 열쇠를 받아 갔었다.

그의 아내도 종종 그것을 빌려갔었는데, 그것은 실험실 안에다 자기 물건을 놓아두곤 했었기 때문이다. 프랭클린 박사는 결코 피조스티그민 용액을 집 안이나 아내의 방으로 가져간 적이 없었으며, 자기 아내가 그것을 우연히 먹게 되었을 가능성도 전혀 없다고 말했다.

검시관이 다음 질문을 하자, 그는 아내가 가끔 우울증에 빠져서 신경 불안 상태를 보였었다고 말했다. 육체적인 질병은 전혀 없었다. 그녀는 우울증과 감정 변화가 심한 증세를 겪었었다.

최근에 그녀가 명랑해 보여서, 그는 육체적으로나 정신적으로나 아내의 건강 상태가 호전된 모양이라고 생각했었다고 말했다. 그들 사이에는 전혀 불화가 없이 다정하게 지내 왔었다. 그 마지막 저녁때 아내는 전혀 우울해하지도 않고 기분이 좋은 것 같아 보였다고 했다.

그는 아내가 이따금씩 자기의 생명을 끝내겠다는 이야기를 했었지만, 그는 결코 그 말을 진지하게 받아들이지 않았다고 했다. 구체적으로 질문을 하자, 그는 자기 견해로 볼 때 아내는 결코 자살할 타입이 아니었다고 대답했다. 그 것은 그의 개인적인 견해일 뿐만 아니라, 그의 의학적인 견해이기도 했다.

프랭클린 다음에 크레이븐 간호사의 증언이 뒤따랐다. 그녀는 유니폼을 잘 손질해서 입고 있었고, 말쑥하고 유능해 보였으며, 대답은 시원시원하고 직업적이었다. 그녀는 두 달 이상 프랭클린 부인을 보살펴 왔었다.

프랭클린 부인은 심하게 우울증을 겪고 있었다. 증인은 그녀가 '모든 것을 끝내 버리고 싶다'고 말한 것과 자기의 생활이 전혀 무익하고 자기는 남편 목에 달려 있는 커다란 맷돌이라고 하던 부인의 말을 최소한 세 번은 들었다고 했다.

"왜 그녀가 그런 말을 했습니까? 그들 부부 사이에 무슨 언쟁 같은 것이 있었습니까?"

"오, 아니에요, 그런 것은 없었어요, 다만 그녀는 최근에 남편이 외국에 나가 일할 수 있는 제의를 받았던 사실을 알게 되었지요. 그분은 아내를 버려두고 갈 수가 없기 때문에 그 제의를 거절했었습니다."

"그래서 그 사실에 대해서 병적으로 자책감을 느끼곤 했었습니까?"

"예. 그녀는 자신의 불행한 건강에 대해 괴로워하는 것 같았고, 그로 인해 몹시 흥분하곤 했었습니다."

"프랭클린 박사도 이러한 사실을 알고 있었습니까?"

"저는 그 부인이 자주 남편에게 말하지는 않았으리라고 생각합니다."

“하지만 그녀는 가끔 우울증적인 발작을 일으키지 않았습니까?”

“오, 그것은 사실이지요.”

“그녀가 특별히 자살을 기도하겠다는 의도를 보인 적이 있었습니까?”

“‘나는 모든 것을 끝내 버리고 싶어요.’라는 말을 그녀가 종종 했었다고 생각합니다.”

“그녀가 자신의 목숨을 끊는 것에 대한 무슨 특별한 방법 같은 것을 언급했던 적은 없습니까?”

“아뇨. 그녀의 말은 아주 모호한 것이었습니다.”

“최근에 그녀의 우울증이 특별히 심해졌다거나 하는 일은 없었습니까?”

“아뇨. 그녀는 상당히 좋은 정신 상태였습니다.”

“당신은 그녀가 죽던 날 밤에 좋은 정신 상태였다는 프랭클린 박사의 말에 동의합니까?”

크레이븐 간호사는 머뭇거렸다.

“글쎄요, 그녀는 흥분해 있었어요. 그녀에게는 좋은 날이 아니었습니다. 고통과 현기증에 대해서 불평을 했거든요. 그녀는 저녁때에는 훨씬 좋아진 듯 보였지만 그 기분은 어쩐지 자연스럽지가 않았습니다. 그녀는 열에 들뜨고 다소 억지로 꾸민 듯이 보였습니다.”

“당신은 무슨 약병이라든가, 아니면 그 독약이 들어 있었을 만한 것을 본 적이 있습니까?”

“아뇨.”

“그녀가 먹었던 음식과 음료수는 어떤 것이었습니까?”

“수프와, 얇게 저민 송아지 고기, 푸른 완두콩, 그리고 으깬 감자와 체리 파이를 먹었고, 버건디산(産) 포도주를 한 잔 마셨습니다.”

“그 버건디산 포도주는 어디에서 가져왔습니까?”

“그녀의 방에 한 병 있었습니다. 나중까지 조금 남아 있었는데, 거기에는 전혀 이상이 없었다는 것을 확신합니다.”

“그녀가 당신이 보지 않는 틈을 이용해서 자기 잔 속에 그 약을 탈 수가 있었을까요?”

"오, 물론 쉬운 일이지요. 저는 물건들을 치우고 정돈하느라고 방 안을 왔다 갔다 했거든요. 줄곧 그녀만 지켜보지는 않았지요. 그녀 옆에는 조그만 편지 송달 상자가 있었고, 또한 핸드백도 있었습니다. 그녀는 포도주에 무엇인가를 타거나, 아니면 나중에 커피에 탈 수도 있었고, 또는 그녀가 마지막으로 마신 더운 우유에 넣을 수도 있었습니다."

"만일에 그렇게 했다면, 그 독약이 들었던 병이나 용기를 어떻게 처리했을 거라고 생각합니까?"

크레이븐 간호사는 잠시 생각에 잠겼다.

"글쎄요, 나중에 그것을 창밖으로 버릴 수도 있었을 거라고 생각합니다. 아니면 휴지통에 넣을 수도 있겠고, 욕실에서 씻어 버린 다음 약장에 다시 넣어 둘 수도 있었을 겁니다. 그곳에는 빈 병이 여러 개 있거든요. 그것이 여러 모로 쓰이는 데가 있기 때문에 제가 모아 두었습니다."

"당신이 프랭클린 부인을 마지막으로 보았던 것은 언제였습니까?"

"10시 30분이었습니다. 그녀의 잠자리를 봐 주었습니다. 그때 부인은 더운 우유를 마시고 아스피린 한 알을 먹어야겠다고 말했습니다."

"그 당시 그녀는 어떠했습니까?"

증인은 잠시 생각에 잠겼다.

"글쎄요, 평상시와 조금도 다름없이……, 아니, 어딘지 지나친 흥분 상태였던 것 같았어요."

"우울했던 것이 아닙니까?"

"글쎄요, 그렇지는 않았습니다. 좀 긴장되어 있었다고나 할까요, 뭐 그렇게 말할 수 있을 겁니다. 당신은 자살에 대해 긴장이 아니었을까 하고 생각하실는지 모르지만, 그녀는 그러한 태도를 꾸몄을 수도 있습니다. 그녀는 그런 태도를 고상하거나 품위 있는 것이라고 생각하는 것 같았거든요."

"당신은 그녀가 자신의 목숨을 끊을 수 있는 사람 같았다고 생각합니까?"

잠시 침묵이 흘렀다. 크레이븐 간호사는 마음을 정하기 위해 애를 쓰고 있는 것 같았다.

이윽고 그녀가 말했다.

"글쎄요. 그런 것 같기도 하고, 아닌 것 같기도 합니다만. 저는 그래요, 대체로 그렇다고 생각합니다. 그녀는 정신적으로 몹시 불안정한 상태였으니까요."

윌리엄 보이드 캐링튼 경이 다음에 나왔다. 그는 정말로 마음이 혼란스러운 것 같아 보였지만, 증언은 아주 명료했다.

그는 그녀가 죽던 날 밤에 고인과 피켓 게임을 했다. 그는 그 당시 의기소침한 기미를 조금도 눈치 채지 못했지만, 며칠 전의 대화에서 프랭클린 부인이 자신의 목숨을 끊는 문제에 대해 언급했던 적이 있었다고 했다.

그녀는 정말 이기적이지 않은 여성으로서, 자기가 남편의 출세에 방해가 되고 있다는 사실을 느낄 때는 몹시 우울해하곤 했었다. 그녀는 남편에게 헌신적이었고, 또한 그런 사실에 대해서 큰 자부심을 가지고 있었다. 그녀는 때때로 자신의 건강에 대해서 심한 좌절에 빠지곤 했었다.

주디스도 불려 나가서 간단하게 대답했다. 그녀는 실험실에서 피조스티그민이 어떻게 유출되었는지에 대해 전혀 아는 바가 없었다.

그 비극이 일어났던 밤에 프랭클린 부인은 비록 지나치게 흥분해 있었던 것 같긴 했지만, 평소와 그리 달라 보이지는 않았다. 그녀는 한 번도 프랭클린 부인이 자살에 대해 언급하는 것을 듣지 못했었다.

마지막 증인은 에르퀼 포와로였다. 그의 증언은 상당한 중요성이 부여되고 있었고, 깊이 생각해 볼만한 인상을 주었다. 그는 그녀가 죽기 전날 프랭클린 부인과 나누었던 대화를 자세하게 이야기했다.

그녀는 몹시 의기소침해 있었고, 모든 것을 끝내고 싶다는 말을 여러 번 했었다. 그녀는 자신의 건강 상태에 대해 걱정하고 있었고, 생명을 계속 유지하는 것이 조금도 가치가 없는 것처럼 생각될 때는 깊은 우울증적 발작을 일으키게 된다고 그에게 털어놓았다. 그녀는 가끔 잠이 든 채로 다시는 깨어나지 않는다면 참으로 신나는 일일 거라고 생각하곤 했다고 말했다.

그의 다음 답변은 더욱 큰 센세이션을 불러일으켰다.

"6월 10일 아침에 당신은 실험실의 문 밖에 앉아 있었습니까?"

"그렇소"

"당신은 프랭클린 부인이 실험실에서 나오는 것을 보았습니까?"

“보았습니다.”

“그녀는 손에 무엇인가를 들고 있었습니까?”

“그녀는 오른손에 어떤 조그만 병을 꽉 움켜쥐고 있었습니다.”

“그것을 확신합니까?”

“그렇소.”

“그녀는 당신을 보고 나서 당황해 하던가요?”

“그녀는 깜짝 놀라는 것 같았는데, 아마 거의 그게 확실할 겁니다.”

검시관은 그가 약술한 것을 읽어 내려갔다. 검시관이 이미 말했듯이, 그녀가 어떻게 죽은 것인지에 대해 의견을 정해야 했다. 의사의 증언을 사망 원인으로 채택하는 것에는 조금도 의문점이 없는 것 같았다. 사인은 황산 피조스티그민에 의한 중독이었다. 또한, 그녀가 그것을 우연히 복용한 것인지, 아니면 의도적으로 복용한 것인지, 아니면 누군가 다른 사람에 의해 강압적으로 복용된 것인지를 결정해야 했다.

증인들은 고인이 우울증 발작 증세를 보였고, 그녀가 육체적인 질병은 없었지만 몸이 허약했으며, 심한 신경쇠약 상태에 있었다는 사실을 들었다. 에르큘 포와로는, 그 이름만으로도 비중을 크게 두어야 할 그 증인도 프랭클린 부인이 손에 작은 병을 들고 실험실에서 나오는 것을 보았고, 그녀가 그를 보고는 깜짝 놀라는 것 같았다는 사실을 확실하게 증언했다. 따라서 그녀가 목숨을 끊을 생각으로 실험실에서 그 독약을 가지고 나온 것이라는 결론에 이르게 될 수밖에 없었다.

그녀는 자신이 남편의 출세를 가로막고, 그의 경력에 지장을 주고 있다는 망상으로 괴로워하고 있었던 것 같다. 프랭클린 박사는 친절하고 애정이 깊은 남편이었던 것 같고, 그는 한 번도 아내의 예민함에 대해서 화를 내거나 그녀가 자기의 경력에 지장이 된다고 불평했던 적이 없었던 것으로 봐서 공명정대했다고 말할 도리밖에 없다. 따라서 그런 생각은 순전히 그녀 혼자만의 갈등이었던 모양이다. 심한 신 쇠약 상태에 놓인 여인들은 이처럼 강한 감상에 사로잡힐 수도 있는 것이다. 약을 언제 먹었으며, 사용한 용기는 무엇이었는지를 보여주는 증거는 전혀 없다. 그 독약을 담았던 병이 발견되지 않았다는 것이 어쩐지 좀 이상한 일이긴 하지만, 크레이븐 간호사가 말한 것처럼, 프랭클린 부인이 그것을 씻어내어 욕실의 벽장에다 다시 갖다 놓았다고 생각하는 것도 가능했다. 그것이 배심을 위해 그들이 내린 결론이었다.

잠시 지체된 다음에 평결이 내려졌다. 배심원은 프랭클린 부인이 일시적으로 정신에 이상이 생겨서 스스로 자신의 생명을 끊었다고 평결을 내렸다.

2

30분 뒤에 나는 포와로의 방에 갔다. 그는 몹시 지친 것처럼 보였다. 커티스가 그를 침대에 눕히고는 기운을 차릴 수 있게 도와주고 있었다. 나는 말하고 싶어서 견딜 수가 없었지만, 하인이 일을 끝내고 그 방에서 떠날 때까지는 자신을 억제해야만 했다.

드디어 시간이 나자 나는 말문을 터뜨렸다.

"그게 사실이었습니까, 포와로, 당신이 말한 것 말이오? 프랭클린 부인이 실험실에서 나올 때 그녀의 손에 들린 병을 보았다는 것이?"

아주 희미한 미소가 포와로의 파리한 입술에 슬며시 떠올랐다.

그가 나지막하게 말했다.

"자네는 그것을 보지 못했었나, 이 친구야?"

"아니, 나는 보지 못했는데요."

"자네가 별달리 주의를 기울이지 않았을 수도 있지 않은가, 응?"

"글쎄, 그랬을지도 모르죠. 그녀가 그것을 가지고 있지 않았었다고 확실하게 장담할 수는 없습니다."

나는 그를 의심스럽게 바라보았다.

"문제는 말입니다. 당신이 진실을 말하고 있는가 하는 것이 아닌가요?"

"자네는 내가 거짓말을 하는 것 같다고 생각하는가, 이 친구야?"

"단지 당신답지 않다고 생각하고 있습니다."

"헤이스팅스, 자네는 나에게 충격을 받은 모양이군. 자네의 그 순수한 믿음은 지금 어디 갔나?"

"그런 얘긴 그만두시고, 나는 당신이 정말로 위증죄를 범하리라고는 생각하지 않습니다."

포와로는 부드럽게 말했다.

"그것은 위증죄가 될 수 없다네. 선서를 하지 않았거든."

"그렇다면, 거짓말이었습니까?"

포와로는 손을 기계적으로 흔들었다.

"내가 무엇을 말했든, 이 친구야, 말한 그대로일세. 그것을 가지고 논란할 필요는 없어."

"나는 정말이지 당신을 이해할 수 없습니다." 하고 내가 소리쳤다.

"무엇을 이해하지 못한다는 건가?"

"당신의 증언은 모두 프랭클린 부인이 자살에 대해 이야기했다는 둥, 그리고 그녀가 의기소침해 있었다는 둥 하는 것뿐이었습니다."

"요컨대, 자네도 그녀에게 그러한 이야기들을 들었다는 것이로군."

"물론이죠, 하지만 그것은 단지 변화무쌍한 감정들 중 하나에 지나지 않았습니다. 당신은 바로 그러한 사실은 밝히지 않았습니다."

"아마도 나는 그렇게 하기를 원치 않았던 모양일세."

나는 그를 쏘아보았다.

"당신은 자살로 평결이 내려지기를 원했다는 말입니까?"

포와로는 대답하기에 앞서 잠시 생각에 잠겼다. 그러고 나서 그가 말했다.

"나는 그렇게 생각하네, 헤이스팅스 자네가 그 상황의 심각성을 인식하지 못하고 있다고 말일세. 좋아, 자네가 원한다면야 굳이 말 못할 것도 없지. 나는 자살한 것으로 평결이 내려지기를 바랐어……."

"그러나 당신은 그렇게 생각하지 않는다. 즉, 그녀가 자살을 기도한 것이 아니라고 생각한다는 말입니까?"

포와로는 천천히 머리를 흔들었다.

"당신 생각은 그녀가 살해당했다는 겁니까?" 내가 말했다.

"그렇다네, 헤이스팅스 그녀는 살해당했어."

"그렇다면, 어째서 그것을 감추려고 노력하지요. 왜 자살로 간주하도록 애쓰는 겁니까? 그것으로 인해 수사가 중지될 텐데."

"그렇겠지."

"당신은 그것을 원하는 건가요?"

"그렇지."

"어째서죠?"

"자네, 정말 모르겠다는 건가? 신경 쓰지 말게. 그것은 논하지 말기로 하세, 그것이 살인이었다는 것을. 의도적이고 예상된 살인이었다는 내 말을 받아들여야만 하네. 내가 자네에게 말한 대로, 헤이스팅스, 범죄는 이곳에서 일어날 것이고, 우리는 그것을 예방할 수 있을 것 같지도 않아. 왜냐하면 그 살인자는 무자비한데다가 이미 마음먹고 있기 때문이라네."

나는 어깨를 움찔하며 말했다.

"그럼, 다음에는 무슨 일이 일어나겠습니까?"

포와로는 미소를 지었다.

"그 사건은 해결되었지……. 자살로 간주되어 버렸단 말일세. 하지만 자네와 나는, 헤이스팅스, 두더지처럼 숨어 있는 사실을 계속 조사해야 해. 그리고 머지않아 우리는 X를 잡게 될 걸세."

"그런데 만일 그 동안에 다른 사람이 또 살해당한다면?"

내가 말했다.

포와로는 고개를 저었다.

"나는 그렇게 생각하지 않아. 누군가가 무엇을 보거나 알고 있는 게 아니라면. 하지만 만일에 그렇다면, 틀림없이 그 사람은 증언하려고 나섰을 테고, 그렇게 되면……?"

1

프랭클린 부인의 심리가 열리고 나서 며칠 동안 일어났던 일들에 대해서는 잘 기억이 나지 않는다. 물론 장례식이 있었는데, 스타일즈 세인트 메리 마을의 관심이 온통 그리로 쏠려 버렸다.

얼음장 같은 눈과 어딘지 기분이 나쁘고 귀신같은 몰골을 한 어떤 노파가 나에게 말을 걸었던 것도 그러한 경우 중 하나였다. 우리가 무덤을 손질하고 있을 때 그 할망구가 나에게 다가와서 말을 걸었다.

"나를 기억하시겠수, 선생?"

"글쎄요. 저, 혹시……."

그녀는 내가 무슨 말을 하는지 듣지도 않고 계속 말했다.

"20년도 더 된 일이라우. 어떤 노부인이 그 저택에서 돌아가셨었지. 그것이 스타일즈 저택에서 일어났던 첫 번째 살인이었어. 마지막이 아니라는 거요, 내 말은 그 잉글소프 노부인은 남편이 죽인 것이라고 우리는 모두 말했다우. 그것은 확실해요, 우리는 그렇게 생각했지."

그녀는 나를 살피듯이 곁눈질로 흘끔흘끔 흘겨보았다.

"아마 이번 사건도 남편이 한 짓일 거유."

내가 날카롭게 말했다.

"무슨 말을 하시는 겁니까? 자살로 평결 났다는 사실도 듣지 못했습니까?"

"그것은 검시관이 말한 것이지. 하지만 그가 틀렸을 거유. 당신은 그렇게 생각하지 않수?"

그녀는 나를 팔꿈치로 슬쩍 찔렀다.

"의사들, 그 작자들은 자기 아내를 어떻게 해치우면 좋은지 잘 알고 있다우. 그리고 그 부인은 척 보기에도 남편과 썩 잘 어울리는 것 같지도 않던데 뭘."

내가 그녀에게 화를 내자 그녀는 천천히 물러가며 뜻도 모를 말을 중얼거렸는데, 그것을 단지 한때의 해프닝으로 보기에는 좀 이상하지 않았을까?

"그리고 두 번 다 당신이 그곳에 있었다는 사실도 좀 이상한 일이우, 그렇지 않수?"

한순간, 내가 정말로 그 범죄들에 모두 가담했을 거라고 그녀가 의심하는 것은 아닌가 하고 생각해 보았다.

그렇다면, 상당히 골치 아픈 일이었다. 그것은 확실히 그 지방 사람들이 아직도 잊지 않고 나를 수상하게 여기고 있다는 사실을 말해 주는 것이다. 그리고 그것은 그렇게 틀린 생각도 아니었다. 누군가에 의해 프랭클린 부인이 살해당한 것만은 사실이니까.

앞서도 밝혔듯이, 나는 그날에 대해서 기억나는 것이 별로 없다.

포와로의 건강, 그 한 가지 사실만이 나에게 심각한 근심을 던져 주고 있었다. 커티스가 그 목석같은 얼굴에 다소 근심스런 빛을 떠올리고 나에게 와서 포와로가 심장마비라도 일으킨 것 같다고 말했다.

"제가 보기에는, 선생님. 의사에게 보여야 할 것 같습니다만."

나는 서둘러 포와로한테 갔는데, 그는 아주 거칠게 그 말을 거부했다. 그것은 어쩐지 그답지가 않았다고 나는 생각했다.

그는 언제나 자신의 건강에 대해서 지나칠 정도로 법석을 떨고는 했었다. 창문 틈새로 들어오는 바람조차도 싫어해서 목에다가 실크와 울을 돌돌 감았고, 발바닥만 축축해도 몹시 겁을 내었으며, 단지 희미한 감기 기운만 있어도 체온을 재어보고 침대에 드러눕고는 "이렇게 하지 않으면 폐렴에 걸리고 말걸세!"라고 하며, 그는 극히 사소한 병일지라도 늘 즉시 의사의 진찰을 받곤 했었다.

이제, 그는 정말로 병든 것인데도 그 태도가 완전히 뒤바뀌어 있는 것 같았다. 그렇다면, 아마도 그것이 진짜 이유였을 것이다. 예전의 그러한 것들은 사소한 병이었다. 이제 그는 정말로 병자가 되었고, 아마도 그는 자신이 병들었다는 현실을 인정하기가 두려웠던 것이리라. 그는 두려웠기 때문에 외면하려 했던 것이다.

그는 내 반대에 강하고 격렬하게 대답했다.

"아, 의사에게 진찰받은 것이 벌써 한두 번이 아니었다네! 블랭크와 대쉬(그는 두 명의 전문의 이름을 들먹였다)에게 가보았는데, 그들이 무슨 짓을 했는 줄 아나? 그 작자들은 나를 이집트에 보냈는데, 내 건강은 더욱 나빠지고 말았단 말이야. 그리고 R에게도 갔었다네."

내가 알기로는 R은 심장병 전문의였다. 나는 급히 물어 보았다.

"그는 뭐라고 하던가요?"

포와로가 나를 흘끗 쳐다보자, 나는 갑자기 심장이 덜컥 내려앉는 것만 같았다.

그는 조용하게 말했다.

"그는 나에게 할 수 있는 모든 조치를 다 했다네. 나도 해볼 수 있는 모든 치료는 다 받았지. 그 이상은 도리가 없어. 그러므로 자네도 이해해야 하네. 더 이상 의사를 부른다는 것은 아무 소용도 없을 걸세. 기계란, 이 친구야, 녹슬게 마련이지. 누구도 마치 자동차처럼 새로운 엔진을 달고 예전처럼 달리게 할 수는 없을 것이 아닌가?"

"하지만 포와로, 틀림없이 문제가 있어요, 커티스는……."

포와로가 날카롭게 말했다.

"커티스?"

"그래요, 그가 나에게 왔었습니다. 그는 걱정하고 있더군요. 당신이 심장마비라도 일으킨 줄……."

포와로가 점잖게 고개를 끄덕였다.

"오, 그랬었군. 그러한 발작들이 이따금씩 아프다는 증거이지. 커티스는 아마 이러한 심장마비에 대해서는 익숙하지가 않은 것 같구먼."

"정말 의사에게 보이지 않을 겁니까?"

"전혀 쓸데없는 짓이라네, 이 친구야."

그는 아주 부드럽게 말했지만 단호한 어조였다. 나는 다시 심장에 죄어드는 듯한 아픔을 느꼈다.

포와로가 나에게 미소를 지으며 말했다.

“이것은, 헤이스팅스, 나의 마지막 사건이 될 걸세. 또한, 가장 흥미 있는 사건이지. 가장 관심 있는 범죄가 될 거야. 우리가 다루고 있는 X는 고도의 기술을 갖추고 있는 녀석이어서 나도 모르게 감탄하게 된다네. 그만큼이나, 이 친구야, 이 X는 나를 패배시킬 수 있는 충분한 능력을 발휘하고 있어. 이 에르큘 포와로를 말이야! 그는 내가 전혀 해답을 찾아낼 수 없는 공격법을 개발했다네.”

“당신이 건강했다면……”

나는 마음이 놓여 말했다. 그러나 분명히 해서는 안 될 말이었다.

에르큘 포와로는 바로 화를 냈다.

“아! 내가 자네에게 36번, 거기에다가 또다시 36번 정도는 말하지 않았나? 육체적인 노력은 전혀 필요가 없다고. 필요한 것은 오직 생각한다는 것, 바로 그것뿐일세.”

“글쎄, 물론 그렇죠. 당신은 그것을 잘해 낼 수 있을 겁니다.”

“잘이라고? 나는 그것을 최고로 완벽하게 해낼 수 있다네. 나의 사지가 못 쓰게 되었고 심장도 나를 농락하고 있지만, 그러나 이 두뇌만은, 헤이스팅스, 나의 두뇌는 고장 난 곳이 한 군데도 없이 그 기능을 다 발휘하고 있단 말이야. 아직도 최고로 우수하다고, 나의 두뇌는 말일세.”

“물론, 훌륭한 머리지요.” 하고 나는 달래듯 말했다.

그러나 나는 천천히 아래층으로 내려가면서 포와로의 두뇌가 예전처럼 빨리 돌아가지 않는 것 같다고 생각했다. 처음에는 루트렐 부인이 가까스로 죽음에서 탈출했고, 이제는 프랭클린 부인이 죽었다. 그런데 우리는 그것에 대해 무엇을 하고 있었던가? 실제로 한 일은 아무것도 없었다.

2

다음 날 포와로가 나에게 말했다.

“자네가 말했었지, 헤이스팅스 의사에게 보여야 한다고 말일세.”

나는 간절한 마음으로 말했다.

"물론이죠. 당신이 그래만 준다면야 더 이상 바랄 것이 없을 겁니다."

"그렇다면, 내 승낙하겠네. 나는 프랭클린에게 보일 걸세."

"프랭클린?" 하고 말하며 나는 의심스럽게 생각했다.

"그 사람도 의사야, 그렇지 않은가?"

"그렇죠, 하지만 그의 전공은 연구인데요, 안 그렇습니까?"

"틀림없지. 내 생각에는, 그는 일반적인 개업의로는 성공하지 못할 것 같네. 그는 확실히 자네가 말하는 '환자를 보살피는 소질'은 부족하지. 그러나 그 친구도 충분히 자격이 있다네. 정말로 나는 그렇게 말하겠어. 마치 영화 대사처럼. '그는 누구보다도 자신의 소질을 잘 알고 있다'고 말이지."

나는 그때까지도 아직 완전히 만족스럽지가 않았다. 비록 내가 프랭클린의 재능을 의심하는 것은 아니었지만, 그는 늘 나에게는 인간의 병에 대해서는 무관심하고, 또 거의 참을 수 없어 하는 사람처럼 생각되었다. 연구에 대한 태도만은 경탄할 만한 것이었지만, 아픈 사람들을 돌보는데 있어서는 그다지 훌륭할 것 같지 않았다.

어찌 되었든 포와로가 양보까지 했던 것이고, 또 포와로를 따로 돌봐 주는 의사가 있는 것도 아니어서 프랭클린도 그를 진찰하는 일을 쾌히 응낙했다. 그러나 그는 정규적인 의사의 진단이 요구될 경우에는 지방 개업의에게 진찰을 받아야 할 거라고 설명해 주었다. 그는 그러한 경우에는 진찰할 수가 없었다. 프랭클린은 포와로와 오랜 시간을 함께 있었다.

이윽고 그가 나왔을 때, 나는 그를 끌고 내 방으로 가서 문을 닫았다.

나는 염려스러워하며 물었다.

"어떻습니까?"

프랭클린은 신중하게 말했다.

"그분은 아주 놀라운 사람이더군요."

"오, 물론 그렇습니다."

나는 이런 당연한 사실이 궁금했던 것이 아니다.

"하지만 그의 건강은?"

"아, 건강 말입니까?"

프랭클린은 몹시 놀란 것 같았다. 마치 내가 전혀 중요하지도 않은 문제를 묻기라도 한 것처럼 말이다.

"아, 그의 건강은 형편없습니다, 물론이지요."

나는 그 말이 전문적인 표현 방법이 아닌 것 같다고 느꼈다. 그렇지만, 주디스에게서 프랭클린은 학교 시절에는 가장 우수한 학생에 속했었다는 말을 들은 적이 있었다.

"도대체 얼마나 나쁜 겁니까?" 나는 걱정스레 물었다.

"알고 싶습니까?"

"그야 물론이지요."

그는 대체 무슨 생각을 하는 것일까?

그는 거의 즉각적으로 나에게 대답했다.

"대부분의 사람들은 알고 싶어 하지 않는답니다. 그들은 달콤한 말로 위로 받기를 원하지요. 그들은 희망을 갖기를 원한답니다. 조그만 희망이라도 끄집어내서 다시 확인하고 싶어 하지요. 그리고 물론 놀랍게 회복되기도 합니다. 그러나 포와로 씨와 같은 경우에는 그렇지가 않을 겁니다."

"당신 말은……."

다시 차가운 손이 나의 심장을 내리누르는 것 같았다.

프랭클린은 고개를 끄덕였다.

"오, 물론이지요. 그분도 괜찮다고 했습니다. 다시 말씀드리지요. 만일에 그분이 그래도 좋다고 내게 말하지 않았다면 당신에게 말씀드리지도 않았을 겁니다."

"그렇다면 그도 알고 있겠군요?"

프랭클린이 말했다.

"그분도 잘 알고 있습니다. 그의 심장은 점점 쇠약해져 가다가 결국 멈추게 될 겁니다. 어느 순간엔 말이지요. 물론, 어느 누구도 정확한 시기를 말할 순 없습니다."

그는 잠시 멈추었다가 다시 천천히 이었다.

"그분이 말하는 것으로 봐서, 무슨 일인가를 마무리 짓는 것에 대해 걱정하고 있는 것 같던데. 그분이 일을 맡았기 때문에 그것을 결말지어야 한다고 말하는 것 같던데요? 당신도 그 일에 대해서 알고 있습니까?”

“물론이오.” 하고 내가 말했다.

“알고 있습니다.”

프랭클린은 나에게 관심어린 시선을 보냈다.

“그분은 그 일이 마무리되는 것을 확인하고 싶어 하시더군요.”

“나도 알고 있습니다.”

나는 혹시 프랭클린이 그 일이 무엇인지에 대해 의심하고 있는 것은 아닐까 하고 놀랐다!

그가 천천히 말했다.

“나도 그분이 그 일을 잘 처리하시기를 빕니다. 그분이 한 말로 미루어 봐서, 그분에게는 상당히 중요한 의미가 있는 일 같더군요.”

그는 잠시 생각하다가 다시 덧붙였다.

“그분은 정말로 조직적이고 방법론적인 두뇌를 가지고 있더군요.”

나는 걱정스럽게 물어 보았다.

“무언가 시도해 볼 수 있는 방법은 없겠습니까? 다른 치료 방법이라도.”

그는 고개를 저었다.

“전혀 없습니다. 그분은 심장마비가 일어난다고 느낄 때 사용하기 위한 아질산아밀 주사약을 가지고 있습니다.”

그러고 나서 좀 이상한 것을 물었다.

“그분은 인간의 생명에 대해서 대단한 경외심을 가지고 있던데, 맞습니까?”

“예, 저도 그렇게 생각합니다.”

‘나는 살인을 용납하지 않는다네.’라고 하던 포와로의 말을 얼마나 자주 들었던가. 그렇게 점잔을 빼면서 하는 말이 언제나 나를 웃기고는 했었지.

프랭클린은 계속해서 말했다.

“그것이 우리들과의 차이점이지요. 나는 별로 그렇지가 않습니다……!”

나는 그를 신기한 듯이 쳐다보았다.

그는 희미한 미소를 띠고 고개를 한쪽으로 기울였다.

“사실입니다. 어찌 되었든 죽음이 닥친 이상, 그것이 일찍 오든 늦게 오든 그게 무슨 문제가 됩니까? 거기에는 아주 작은 차이밖에는 없지요.”

“당신이 그처럼 생각한다면, 도대체 무엇 때문에 의사가 되었습니까?”

나는 약간 분노를 느끼며 물었다.

“오, 이것 보시오. 의술을 행한다는 것은 최종적인 결과를 피하게 하려는 게 아닙니다. 거기에는 보다 큰 문제가 있지요. 그것은 인간의 생활을 개선시키는 겁니다. 만일, 건강한 사람이 죽는다면, 그것은 문제가 되지 않습니다. 또 저능한 인간이 죽는다면, 그것은 바람직한 일이지요. 그러나 만일 정확한 생식선을 찾아 투약하는 방법을 개발해서 크레틴병(알프스 산지의 풍토병, 불구가 되는 백치증) 환자의 갑상선 결핍증을 치료해서 건강하고 정상적인 사람으로 돌아가게 한다면, 그거야말로 내 생각으로는 중요한 문제가 되는 것이지요.”

나는 더욱 큰 관심을 가지고 그를 쳐다보았다. 나는 아직도 내가 유행성 감기에 걸려 의사를 불러야 한다면 그것은 프랭클린 박사는 아닐 거라고 생각은 하고 있었지만, 그러나 인간으로서 그의 열정과 진실한 탐구력에는 찬사를 보내지 않을 수 없었다. 나는 그의 아내가 죽은 이후로 그에게서 어떤 변화가 일어났다는 것을 느꼈다.

그는 인습적인 비탄의 흔적들을 별로 보이지 않았다. 그 대신에 그는 더욱 생기 있어졌으며, 넋이 나간 듯한 표정도 줄어들고 새로운 활력과 정열로 가득 차 있는 것 같았다.

그는 내 상념들을 깨뜨리기라도 하듯 갑자기 말했다.

“당신과 주디스는 별로 닮은 것 같지 않습니다, 맞습니까?”

“맞소, 우리는 닮지 않았지요.”

“그녀는 어머니를 닮았습니까?”

나는 곰곰이 생각해 본 다음에 천천히 고개를 저었다.

“사실은 그렇지도 않습니다. 내 아내는 명랑하고 쾌활한 여자였습니다. 아내는 진지한 면이 좀 부족했던 것 같은데 나도 자기와 같이 만들려고 애썼지만 별로 실효를 거둔 것 같지는 않습니다.”

그는 희미하게 미소를 지었다.

"아닙니다, 당신은 엄격한 아버지 같은데요, 안 그런가요? 주디스가 그렇게 말하더군요. 주디스는 웃음이 많지는 않습니다만 진지한 아가씨이지요. 너무 지나치게 일에 몰두한다고나 할까요. 모두가 다 내 잘못입니다."

그는 깊은 생각에 잠겼다.

나는 그냥 의례적으로 말했다.

"당신이 하는 연구는 무척 흥미가 있을 것 같습니다."

"뭐라고 하셨지요?"

"당신의 연구가 흥미 있을 거라고 했습니다."

"그저 몇 사람만이 흥미가 있을 뿐이지요. 대부분의 사람들에게는 끔찍하게 지루한 일일 겁니다. 그리고 아마도 그들이 옳을 겁니다. 아무튼……."

그가 머리를 뒤로 젖히고 어깨를 죽 펴자, 갑자기 그는 남성적인 활력이 넘치는 사람처럼 보였다.

"나는 이제 기회를 잡았습니다! 신이여, 이제서야 마음껏 소리칠 수가 있습니다. 미니스타 연구소에서 오늘 중으로 나에게 사람을 보낸다는군요. 그 일은 아직까지 기회가 있고, 나는 그것을 수락했습니다. 열흘 안으로 출발하게 됩니다."

"아프리카로 말입니까?"

"그렇습니다. 정말 굉장한 일이지요."

"그렇게 빨리 가게 됩니까?"

나는 약간 충격을 받았다.

그가 나를 쏘아보았다.

"그게 무슨 말씀이신가요, 빨리라니? 오!"

그의 미간이 다시 펴졌다.

"당신 말은 바바라가 죽은 다음을 뜻하시는 거군요? 그게 무슨 이유가 됩니까? 그러니까, 바바라의 죽음이 나에게 지대한 구원이 아닌 체하지 않는다는 겁니까?"

그는 내 얼굴에 떠오른 표정을 살피며 재미있어하는 것 같았다.

"나는 인습적인 태도를 취할 시간은 없다고 생각합니다. 나는 바바라와 사랑에 빠졌었습니다. 그녀는 아주 예쁜 아가씨였지요. 그러나 결혼을 하고 한 1년가량 지나자 사이가 벌어지고 말았습니다. 그녀와의 사랑이 오래 지속되었다고는 생각하지 않습니다. 물론, 나는 그녀에게 실망했지요. 그녀는 나에게 영향력을 행사할 수 있다고 생각했습니다. 하지만 그녀는 할 수 없었습니다. 왜냐하면, 나는 이기적이고, 짐승처럼 고집이 세며, 내가 하고자 하는 것은 기어코 하는 사람이기 때문이지요.”

“하지만 당신은 부인을 위해서 아프리카로 가는 일까지 거절하지 않았습니까?”

나는 그의 기억을 상기시켜 주었다.

“그랬었지요. 비록, 그것이 순전히 재정적인 이유 때문이기는 했지만요. 나는 바바라에게 그녀가 지내 왔던 식으로 생활해 나갈 수 있도록 하겠다고 약속했었습니다. 만일에 내가 떠나게 된다면, 그녀는 무척이나 궁핍한 상태로 남게 되겠지요. 그러나 이제…….”

그는 아주 솔직한 어린애 같은 미소를 지으며 말했다.

“그것은 나에게 놀라운 행운으로 바뀌게 되었습니다.”

나는 혐오감을 느꼈다. 많은 남자들이 자기 아내가 죽는다고 모두 비탄에 젖는 것은 아니며, 누구나 대개 그 사실을 알고 있다고 나는 생각했다. 하지만 이것은 너무 속이 들여다보였다.

그가 내 표정을 살폈지만, 별로 알아차리지 못한 것 같았다.

“진실은, 알아보기가 결코 쉽지 않습니다. 하지만 진실은 많은 시간과 쓸데없는 말의 낭비를 절약해 주기도 하지요.”

내가 날카롭게 말했다.

“그렇다면, 당신은 부인이 자살한 것이라는 데 대해서는 전혀 의심하지 않습니까?”

그는 신중하게 말했다.

“사실 나도 그녀가 자살했으리라고는 믿지 않습니다. 도무지 그녀답지가 않은 일 같다고…….”

“만일 그렇다면, 당신은 어떤 일이 벌어졌을 것이라고 생각합니까?”

그가 나를 응시했다.

"나는 알지 못합니다. 그리고 나는 알고 싶다고 생각하지도 않습니다. 이해하시겠습니까?"

나도 그를 쏘아보았다. 그의 눈은 차고 무정했다.

그가 다시 말했다.

"나는 알고 싶지가 않습니다. 나는 관심이 전혀 없다는 말입니다, 아시겠습니까?"

나는 이해할 수 없었다. 그리고 기분이 나빠졌다.

3

나는 노튼이 마음속에 무엇인가를 감추고 있다는 사실을 주목하게 된 것이 언제였는지 알 수가 없다. 그는 심리가 있은 뒤부터 몹시 조용하게 지내고 있었고, 그 후 장례식을 치르고 나서도 땅만 쳐다보며 이마에 깊은 주름살을 지은 채 걸어 다녔다.

그는 자신의 짧은 회색 머리카락이 마치 스트러멜 피터처럼 꼿꼿하게 일어설 때까지 손으로 계속 빗어 넘기는 버릇을 갖고 있었다. 그것은 아주 무의식적인 습관이었지만 웃음을 자아내는 것이었고, 그의 마음속에 있는 갈등을 보여 주는 것이기도 했다. 사람들이 그에게 말을 걸면 그는 얼빠진 대답을 하곤 했는데, 그것이 이윽고 나에게 그가 확실히 무엇인가에 대해서 걱정하고 있다는 사실을 깨우쳐 주게 되었다.

내가 그에게 무슨 나쁜 소식이라도 들은 것이 아니냐고 묻자, 그는 즉시 그렇지 않다고 부인했다. 어떻든 그것은 당분간 덮어 둘 문제였다.

그러나 얼마 지나지 않아 그가 어떤 문제에 대해서 서투르고 간접적인 방법으로 나에게서 어떤 의견을 듣고자 애쓰고 있는 것 같다는 생각이 들게 되었다. 그가 어떤 일에 대해서 진지한 태도를 취할 때면 늘 그러하듯이, 약간 더듬거리며 윤리적인 문제에 대한 포괄적인 이야기를 중심으로 해서 말문을 열기 시작했다.

"당신도 아시겠지만, 헤이스팅스, 어떤 문제가 옳으냐 그르냐에 대해서는 말하기가 극히 간단할 것 같지만 그 문제가 실제로 닥치면 순풍에 돛 단 듯이 그렇게 간단하지만도 않습니다. 내 말은, 사람들이 무슨 문제에 봉착하게 되면 (당신에게는 별 의미가 없겠지만) 아주 우연한 일이어서 당신이 안다고 해도 별달리 이용할 만한 가치가 없는 일입니다. 하지만 그것은 대단히 중요한 문제가 될 수도 있는 그런 겁니다. 내가 무슨 말을 하는지 아시겠습니까?"

"글쎄요, 도무지 잘 알아들을 수가 없군요." 나는 사실대로 말했다.

노튼은 이마에 다시 주름살이 패었다. 그는 평소의 버릇처럼 우스꽝스러운 동작으로 자기 머리카락을 곤추세우느라 계속 손을 놀려댔다.

"정말로 설명하기가 어렵군요. 내 말이 무슨 뜻인가 하면, 가령 당신이 다른 사람의 개인적인 편지에서 무엇인가를 우연히 보게 되었다고 합시다. 실수나, 뭐 그런 것으로 개봉된 편지 말입니다. 당신 말고 누군가에게는 의미가 있는 편지를. 당신은 그것이 당신에게 온 편지라고 생각했기 때문에 읽기 시작했고, 그렇기 때문에 그것이 남의 편지라는 사실을 깨닫기 전까지는 아무런 생각도 없이 계속 읽어 내려가게 되겠지요. 그런 일이 일어날 수 있다는 것은 당신도 아실 겁니다."

"그렇지요. 물론 있을 수 있는 일입니다."

"그렇다면, 그 사람은 어떻게 해야 할까요?"

"글쎄요." 나는 곰곰이 생각해 보았다.

"내 생각에는 당신이 그 사람에게 가서 이렇게 말해야 할 겁니다. '정말 미안하게 되었습니다. 본의 아니게 뜯어보게 되었습니다.' 하고 말이지요."

노튼은 한숨을 쉬었다. 그는 그렇게 간단한 일이 결코 아니라고 했다.

"상당히 당황하게 될 그런 글을 읽었을 수도 있잖습니까, 헤이스팅스?"

"그것이 그 사람을 당황하게 할 거라는 말입니까? 그렇다면, 당신은 남의 편지라는 사실을 일찍 발견했기 때문에 내용을 보지 못한 체할 수도 있다고 생각하는데요."

"그렇군요."

노튼은 잠시 생각한 다음에 그렇게 말했는데, 아직 만족스러운 해답에는 도달하지 못했다고 생각하는 것 같았다.

그는 상당히 바라는 듯한 어조로 말했다.

"도대체 어떻게 해야 할지 알 수가 없으니."

나는 그가 할 수 있는 방법을 찾지 못했노라고 말했다.

노튼은 아직도 이마에 근심스런 주름살을 지우지 못한 채 말했다.

"다 아시겠습니다만, 헤이스팅스, 거기에는 상당히 큰 문제가 있습니다. 가령 당신이 읽었던 것이, 글쎄요, 누군가에게는 아주 중요한 사실이었다면 말입니다."

나는 인내심을 잃었다.

"아니, 노튼, 당신이 무슨 말을 하는지 도무지 알 수가 없군요. 당신이 다른 사람의 개인적인 편지를 읽는다는 것이 있을 수도 없으려니와, 또한 당신이 할 수……."

"아니, 아니에요, 물론 그렇지는 않습니다. 내 말은 그런 뜻이 아닙니다. 그리고 그것은 절대로 편지가 아니었습니다. 나는 단지 그런 일을 설명하기 위해 말했던 것이지요. 당신이 우연히 보거나 듣거나 읽은 것은 당신만이 알고 있으면 되지요. 하지만 만일에 그렇지 못할 경우라면……."

"그렇게 하지 못할 경우라니, 그게 무슨 말입니까?"

노튼은 천천히 말했다.

"그렇게 하지 못할 경우란, 당신이 꼭 털어놓아야만 하는 것이 있었을 경우를 말합니다."

나는 갑자기 무엇인가를 깨달아 관심을 가지고 그를 쳐다보았다.

그가 계속 말을 이었다.

"이것 보십시오, 이런 식으로 생각해 본다면, 가령 당신이 어떤, 어떤 열쇠구멍을 통해서 무엇인가를 보았다면……."

열쇠구멍이라는 말은 나에게 포와로를 생각나게 했다!

노튼은 더듬거리며 말을 이었다.

"내 말이 무슨 뜻인가 하면, 당신이 열쇠구멍을 들여다본 것이 자연스럽게 그렇게 된 것이라면 열쇠가 꽂혀 있는지 확인하고자 할 때처럼 아니면,

어찌 됐든 정말 선의의 이유로 들여다보았는데 전혀 예상치도 못했던 일을 보게 되었다면……."

잠시 동안 나는 그가 더듬거리며 말했던 문장들의 줄거리를 놓쳤다가, 갑자기 알게 되었다. 나는 언젠가 언덕 위에서 노튼이 얼룩딱따구리를 찾기 위해 쌍안경으로 이리저리 둘러보던 일을 기억하고 있었다. 그러다가 갑자기 당황하고 걱정스러운 표정으로, 내가 쌍안경을 보지 못하도록 애쓰던 모습도 기억하고 있었다.

그 당시 나는 그가 나와 관계가 있는 무엇인가를 보았을 거라는 결론을 내렸었다. 사실은 그것이 앨러튼과 주디스였을 거라고 생각했었다. 하지만 그런 경우가 아니었다면? 그가 본 것이 전혀 다른 것이었다면? 내가 그것이 앨러튼과 주디스에 관계가 있는 것이었으리라고 가정한 것은, 그 당시는 그들에 대한 생각으로 가득 차 있어서 그들밖에는 아무것도 생각할 수가 없었기 때문이었다.

나는 갑자기 말했다.

"저번에 당신은 쌍안경을 통해 무엇인가를 보았었지요?"

노튼은 놀라면서도 한편으로는 안심하는 것 같았다.

"이런, 헤이스팅스, 어떻게 그런 생각을 하셨습니까?"

"그것은 당신과 나, 그리고 엘리자베스 콜이 그 언덕 위로 올라갔던 그날이었지요, 그렇지 않습니까?"

"예, 맞아요."

"그리고 당신은 내가 보는 것을 바라지 않았고요?"

"아닙니다. 그렇지가 않았어요. 글쎄요, 내 말은 그것이 우리 중 누가 본다고 해도 아무런 의미가 없었다는 그런 뜻입니다."

"그게 무엇이었습니까?"

노튼은 다시 미간을 찌푸렸다.

"바로 그것이 문제입니다. 내가 말을 해야 할까요? 내 말은 그것이 뭐라고 할까요, 그것은 일종의 염탐꾼 노릇을 했던 결과가 되고 말았기 때문입니다. 나는 볼 생각이 전혀 없었던 것을 보았던 거지요. 나는 그것을 보려고 한 것이 아니라 거기에는 정말로 얼룩딱따구리가 한 마리 있었거든요. 아주 멋지게 생긴 놈이, 그런데 그때 바로 다른 것도 보았던 겁니다."

그는 말을 멈추었다. 호기심이, 격렬한 호기심이 일어났지만 그가 망설이는 것을 끝까지 참고 기다렸다.

내가 물었다.

"그것은 무슨 중대한 문제라도 되는 것이었습니까?"

그는 천천히 말했다.

"중대한 문제가 될 수도 있지요. 그것이 문제랍니다. 나는 도무지 모르겠습니다."

내가 다시 물었다.

"혹시 프랭클린 부인의 죽음과 어떤 관계가 있는 것은 아닙니까?"

그는 깜짝 놀랐다.

"당신이 그렇게 말씀하시다니 이상하군요."

"그렇다면, 관계가 있는 겁니까?"

"아니오, 그렇지는 않습니다. 꼭 그렇다고만은 할 수가 없어요. 하지만 관계가 있을 수도 있지요."

다시 그는 천천히 말했다.

"보는 각도에 따라서는 다르게 보일 수도 있습니다. 무슨 뜻이냐 하면, 오, 제기랄, 도대체 어떻게 해야 할지 전혀 모르겠습니다!"

나는 근질근질해졌다. 나는 호기심으로 온통 들떠 있었지만, 노튼이 자기가 본 것을 말하기가 그리 수월하지는 않을 것 같다고 생각했다. 그게 나 자신이었더라도 그렇게 되었을 것이다. 남이 보면 수상하다고 여길 그런 행동으로 알게 된 정보가 손에 들어오게 되면 언제나 불쾌한 법이다.

그때 나에게 한 가지 생각이 떠올랐다.

"어째서 포와로에게 의견을 물어 보지 않습니까?"

"포와로?"

노튼은 약간 의심하는 것 같아 보였다.

"그렇습니다, 그의 자문을 구해 보시지요."

노튼이 천천히 말했다.

"글쎄요. 그것도 좋은 생각이긴 합니다만. 그러나 외국인이어서……."

그는 말을 멈추고는 다소 당황하는 표정을 지었다.

나는 그가 무슨 말을 하는지 알았다. '공명정대한 행동'의 문제에 대한 포와로의 통렬한 비평은, 유감스럽지만 나에게만 적용이 되는 사실이었다. 나는 포와로가 새 관찰용 쌍안경을 구입할 생각을 전혀 하지 않았었다고 생각할 수밖에 없었다! 만일에 그가 그런 생각을 했었다면 벌써 구입하고도 남았으리라.

"그는 당신의 비밀을 존중해 줄 겁니다. 그리고 당신이 원치 않는다면 그의 충고에 따를 필요도 없지요."

나는 말했다.

"그거야 사실이지요." 노튼이 미간을 펴면서 말했다.

"당신도 잘 아시겠지만, 헤이스팅스, 그것이 바로 내가 해야 할 행동이라고 생각합니다."

4

내가 들려 준 정보에 대한 포와로의 즉각적인 반응에 나는 깜짝 놀라고 말았다.

"자네가 말하려는 뜻이 무엇인가, 헤이스팅스?"

그는 입으로 가져가던 얇은 토스트 조각을 떨어뜨렸다.

그는 머리를 앞으로 불쑥 내밀었다.

"내게 말하게나. 빨리 말하게."

나는 그 이야기를 반복했다.

"그가 그날 쌍안경을 통해서 무엇인가를 보았단 말이지?"

포와로는 내가 한 말을 신중하게 되풀이했다.

"무엇을 보았는지는 당신에게도 말해 주지 않을 겁니다."

그는 손을 내밀어 내 팔을 잡으며 말했다.

"그는 그 이야기를 자네 말고 다른 사람에게는 말하지 않았겠지?"

"말했을 거라고는 생각하지 않습니다. 아니, 말하지 않았으리라고 확신합니다."

"극히 조심해야 하네, 헤이스팅스. 그가 다른 누구에게 말하지 않아야 한다는 것은 매우 긴급한 일이라네. 그가 조그마한 암시일지라도 내비쳐서는 안 되네. 그렇게 하면 위험을 초래하게 될 걸세."

"위험이라고요?"

"몹시 위험한 일이지."

포와로의 표정이 엄숙해졌다.

"그와 약속을 해 주게나, 이 친구야. 오늘 저녁에 올라와서 나와 만나자고 말일세. 평범한 친구로서의 사소한 방문처럼 해야 한다는 것을 자네도 이해하겠지? 그의 방문에 특별한 이유가 있다는 것을 우리 이외에 그 누구도 의심하도록 해서는 안 돼. 그리고 조심하게나, 헤이스팅스. 아주 극히 조심해야 해. 그 당시 자네와 함께 있었던 사람이 또 누구라고 했었지?"

"엘리자베스 콜."

"그녀도 그의 태도에 무엇인가 이상한 점이 있었다는 것을 눈치 챘었나?"

나는 기억을 더듬어 보려고 애를 썼다.

"잘 모르겠는데요. 아마 그녀도 이상하다고 생각했을지도 모르죠. 그녀에게 한번 물어 보면……."

"아무것도 물어 봐서는 안 돼, 헤이스팅스. 절대로, 아무것도."

1

나는 노튼에게 포와로의 말을 전해 주었다.

"올라가서 그를 만나 보도록 하겠습니다. 나로서도 바라던 바지요. 하지만 헤이스팅스, 그런 문제로 당신을 번거롭게 해서 미안하게 됐습니다."

"그런데 그 일에 대해서 다른 사람에게 무슨 말이든 하지는 않았지요?"

"예, 물론 말하지 않았습니다."

"확신할 수 있습니까?"

"그야 물론이지요. 아무것도 말하지 않았습니다."

"어느 누구에게도 말하지 마십시오, 포와로를 만나기 전까지는 말입니다."

그가 첫 번째로 대답했을 때는 약간 주저하는 듯한 낌새를 느꼈으나, 그의 두 번째 확답은 아주 단호했다.

나는 나중에 가서야 비로소 그 미약한 망설임을 기억해 내게 되었다.

2

나는 지난번에 우리가 갔었던 그 작은 언덕으로 다시 올라가 보았다. 누군가가 이미 그곳에 와 있었다. 엘리자베스 콜이었다.

그녀는 고개를 돌려 내가 올라오는 것을 보았다. 그녀가 말했다.

"몹시 흥분해 있는 것 같군요, 헤이스팅스 대위님. 무슨 문제라도 있는지요?"

나는 마음을 가라앉히느라고 애를 썼다.

"아니오, 전혀 흥분할 일이 없습니다. 빨리 걷느라고 숨이 가빠져서 그런가 봅니다."

나는 평범하고 일상적인 목소리로 한마디 덧붙였다.

"비가 올 것 같군요."

그녀는 하늘을 쳐다보았다.

"그렇군요, 정말 그럴 것 같아요."

우리는 한동안 말없이 그곳에 서 있었다.

이 여자에게서는 내가 아주 공감을 느끼는 무엇인가가 있었다. 그녀가 나에게 자신의 생활을 무참히도 짓밟았던 그 비극에 대해서 이야기해 준 이후에는 더욱 그녀에게 관심을 가지고 있었다. 불행을 겪어 본 두 사람은 공통적으로 커다란 유대감을 갖게 되는 법이다. 하지만 그녀가 그곳에 있었다는 것은, 그렇게 의심을 해서인지는 몰라도 정말이지 뜻밖이었다.

나는 순간 충동적으로 말했다.

"흥분하고 있기는커녕 사실 오늘은 좀 우울하답니다. 내가 사랑하는 친구에 대해서 나쁜 소식을 들었습니다."

"포와로 씨에 대해서요?"

그녀의 온정어린 관심에 나는 속마음을 털어놓게 됐다.

내가 이야기를 마치자 그녀가 부드럽게 말했다.

"나도 알겠어요. 그렇다면 종말이 어느 때건 올 수 있다는 거로군요?"

나는 도저히 말을 할 수가 없어서 고개만 끄덕였다.

잠시 뒤에 내가 말했다.

"그도 가고 나면, 나는 정말이지 세상을 홀로 살아가야 할 겁니다."

"오, 그렇지 않아요. 당신에게는 주디스가 있잖아요. 그리고 다른 자식들도 있고요."

"자식들은 온 세계에 뿔뿔이 흩어져 있답니다. 그리고 주디스는 글쎄요, 그 애에게도 자신의 일이 있지요. 그 애는 나를 필요로 하지 않습니다."

"자식들이란 자신들이 곤란한 문제에 부딪치기 전까지는 부모를 결코 필요로 하지 않는 것이 아닌가 생각해요. 당신도 그런 기본적인 법칙에 따라 살아가도록 마음을 굳게 가지셔야 합니다. 나는 당신보다 훨씬 더 외롭답니다. 내 두 동생들은 아주 멀리 떨어져 있어요. 한 명은 미국에 있고, 한 명은 이탈리

아에서 살고 있지요.”

“이봐요, 아가씨, 당신의 생활은 이제부터 시작되고 있는 겁니다.”

“서른다섯에 말인가요?”

“서른다섯이면 어떻습니까? 내가 그 나이였다면······.”

나는 심술궂게 한마디 덧붙였다.

“내가 아주 장님은 아니란 사실을 당신도 알 텐데요.”

그녀는 고개를 돌려 나에게 묻는 듯한 시선을 던지다가 그만 얼굴을 붉혔다.

“그렇게 생각하시면 안 돼요. 오! 스티븐 노튼과 나는 단지 친구일 뿐입니다. 우리들은 많은 공통점을 가지고 있는걸요.”

“그 이상일 테지요.”

“그는, 그는 아주 친절한 분이에요.”

“오, 아가씨. 그것을 모두 친절이라고 믿진 마십시오. 우리 남자들이란 그런 식으로 만들어진 존재가 아니랍니다.”

엘리자베스 콜의 얼굴이 갑자기 창백해졌다. 그녀는 나지막하고도 긴장된 목소리로 말했다.

“당신은 잔인해요, 정말 욕을 퍼붓고 싶어요! 어떻게 내가 그런 생각을, 결혼할 생각을 할 수 있겠어요? 내 과거를 보세요. 언니는 살인자. 아니면, 정신 이상자였어요. 나는 그중 어느 것이 더 나쁜 건지도 모르겠어요.”

나는 강하게 말했다.

“그렇게 당신 마음을 스스로 해치면 안 됩니다. 기억하세요. 그것은 진실이 아닐 수도 있다는 것을.”

“무슨 말씀을 하시는 거죠? 그것은 진실이에요.”

“당신은 언젠가 나에게 이렇게 말했던 것을 잊었소? ‘그것은 매기가 아니었어요.’라고 한 말을?”

그녀는 놀라며 숨을 죽였다.

“누구든 그런 것 같다고 느낄 수 있잖겠어요?”

“누군가가 느끼는 것이 때로는 진실일 수도 있습니다.”

그녀는 나를 쏘아보았다.

"무슨 말씀을 하시는 거죠?"

"당신 언니는 아버지를 살해하지 않았습니다."

그녀의 손이 천천히 입으로 올라갔다. 그녀의 크고 겁먹은 눈이 내 눈 속을 들여다보았다.

"당신 미쳤군요." 하고 그녀가 말했다.

"당신은 정신이 나간 모양이에요. 도대체 누가 그런 말을 당신에게 했지요?"

"걱정하지 말아요. 그것은 진실입니다. 언젠가는 내가 당신에게 그것을 증명해 보이겠습니다."

3

저택 근처에서 나는 우연히 보이드 캐링튼을 만났다.

"오늘이 이곳에서 지내는 나의 마지막 저녁이 될 거요. 내일 이사 갑니다."

"내톤 저택으로 말입니까?"

"네."

"그것 때문에 당신이 그렇게 흥분하고 있군요?"

"그래요? 하긴 나도 그런 것 같습니다."

그는 한숨을 쉬었다.

"아무튼 헤이스팅스 당신에게 말해도 상관없을 테지만, 나는 이곳을 떠나게 되어 기쁘답니다."

"음식도 형편없고, 서비스도 좋지 않지요."

"그런 걸 말하는 게 아닙니다. 뭐 결국 싼 게 비지떡이니까요. 그리고 당신도 이런 여관에서는 많은 것을 기대할 수 없을 거예요. 하지만 그게 아닙니다, 헤이스팅스 내 말은 불편한 것 그 이상이랍니다. 나는 이 집을 좋아하지 않습니다. 뭔가 불길한 느낌 같은 것이 있어요. 많은 일들이 이곳에서 일어나고 있습니다."

"그것은 확실히 그렇습니다."

"나로선 그게 무엇인지 알 수가 없군요. 한 번 살인이 일어났던 집은 결코 이전과 같은 상태로 돌아가지 않는 모양인지……. 어쨌든 나는 그것이 싫습니다. 먼저는 루트렐 부인 사건이 있었고, 그때도 끔찍하게 불행한 사태가 일어날 뻔했지요. 그리고 그다음에는 가엾은 바바라였습니다.”

그는 잠시 멈추었다.

“자살한다는 것은 상상도 못할 그런 여자가 말이오.”

나는 잠시 주저했다.

“글쎄요, 나도 그 이상은 알 수가 없는데…….”

그가 내 말을 가로챘다.

“그건 나도 마찬가지요. 빌어먹을, 나는 그 이틀 전에 거의 온종일 그녀와 함께 쏘다녔잖소. 그녀는 상당히 좋아했고 우리의 외출을 즐거워했지요. 그녀가 걱정하고 있었던 것은, 존이 너무 지나치게 실험에 몰두해서 과로하지나 않을지, 아니면 자신을 잊고 혼미 속에서 어떤 나쁜 생각이나 품지 않을지에 대한 것뿐이었소. 당신은 내가 무슨 생각을 하고 있는지 알고 있소, 헤이스팅스?”

“전혀.”

“그녀의 죽음에 대해서 책임을 질 사람은 바로 그녀의 남편입니다. 그 작자가 그녀를 들볶았을 거라고 생각합니다. 그녀는 나와 함께 있을 때면 언제나 행복으로 가득 차 있었소. 그 남편이 그녀에게 자신의 소중한 출세(내가 그자를 출세시켜 줄걸!)에 지장이 된다는 사실을 깨닫도록 했고, 그것이 결국 그녀를 해쳤던 겁니다. 그 사람이 이제는 아프리카로 떠날 수 있게 되었다고 아주 냉정하게 나에게 말하더군요. 당신도 알겠지만, 나는 그 사람이 실제로 그녀를 살해했다고 해도 놀라지 않을 거요.”

“정말로 그런 생각을 하는 것은 아니겠지요?”

나는 날카롭게 말했다.

“오, 물론 정말로 그런 것은 아닙니다. 사실, 당신에게 이렇게 마음 놓고 말할 수 있는 것도 그 때문이 아니겠습니까? 그가 정말로 그녀를 살해했다면 그런 식으로는 행동하지 않을 거라는 사실을 내가 잘 알기 때문이지요. 내 말은 그가 그러한 물질(피조스티그민에 대해 연구를 하고 있다는 것은 잘 알려진 사실이기 때문에), 설혹 그가 살해했다고 하더라도 그런 독약을 사용하지는 않앞을 거라는 얘기가 이치상 맞지 않겠느냐 하는 거지요. 하지만 헤이스팅스, 프랭클린을 혐의가 있는 사람으로 생각하는 것은 나 혼자만이 아닙니다. 나도 그런 사실을 알고 있는 것 같은 다른 사람에게서 귀띔을 받았습니다.”

“그게 누구였습니까?” 나는 날카롭게 물었다.

보이드 캐링튼은 목소리를 낮추었다.

“크레이븐 간호사입니다.”

“뭐라고요?”

나는 극심하게 놀랐다.

“쉿! 소리치지 마시오. 크레이븐 간호사가 내 머릿속에 그런 생각을 집어넣었다고요. 잘 아시겠지만, 그녀는 상당히 똑똑한 아가씨지요. 그녀는 프랭클린을 싫어합니다. 처음부터 그를 싫어했다고 하더군요.”

나는 과연 그것이 사실일까 하고 생각해 보았다. 나는 크레이븐 간호사가 싫어한 사람은 그녀의 환자였다고 알고 있었다. 이 새로운 사실은 나에게 갑자기 크레이븐 간호사가 프랭클린 가족에 대해서 상당히 많은 것을 알고 있는 게 틀림없으리라는 생각을 불러일으켰다.

“그녀는 오늘 밤 이곳에서 지내겠다는군요.” 보이드 캐링튼이 말했다.

“뭐라고요?”

나는 상당히 놀랐다. 크레이븐 간호사는 장례식 직후에 이곳을 떠났었다.

“그럴 사정이 있어서 하룻밤 묵는다는군요.”

“알겠습니다.”

비록 이유를 말할 수는 없지만, 나는 크레이븐 간호사가 돌아온다는 사실만으로도 어쩐지 마음이 뒤숭숭해지는 것 같았다. 그녀가 돌아오는 데는 어떤 이유가 있을까? 그녀는 프랭클린을 좋아하지 않는다고 보이드 캐링튼이 말했는데……

나는 스스로에게 다짐이라도 하듯, 갑자기 격렬한 어조로 말했다.

“그녀가 프랭클린에 대한 암시를 한다는 자체가 옳은 행동이 아닙니다. 자살로 판명이 나는 데 큰 도움이 된 것은 바로 그녀의 증언이 아니었던가요? 그리고 포와로도 프랭클린 부인이 손에 어떤 병을 들고 실험실에서 나오는 것을 보았다고 했지요."

보이드 캐링튼이 딱딱하게 말했다.

"병이 어떻다는 말입니까? 여자들이란 늘 병을 가지고 다닙니다. 향수병, 헤어로션, 매니큐어 병 등등을. 당신의 딸이 그날 저녁에 손에 어떤 병을 들고 다녔었다고 해서 그녀가 자살할 생각을 하고 있었다는 것을 의미하지는 않잖습니까, 안 그렇습니까? 그건 말도 안 되는 소리요!"

그는 앨러튼이 우리 쪽으로 다가오자 입을 다물었다.

정말 때를 잘 맞추어서 멜로드라마의 한 장면처럼 멀리서 나지막하게 천둥치는 소리가 들렸다. 그전에도 생각한 것처럼 나는 앨러튼이 확실히 범인일 것이라고 생각해 보았다.

하지만 그는 바바라 프랭클린이 죽던 그날 밤에는 집에서 멀리 떨어진 곳에 있었다. 게다가 과연 그에게는 의심이 갈 만한 동기가 있을 수 있을까?

그렇다고 하더라도, X는 동기 따위는 전혀 가지고 있지 않을 수도 있다고 생각한다. 그것이 바로 그의 강점이 될 수도 있었다. 그렇다고 하면, 그것은 단지 우리를 방해하려는 수단에 지나지 않을 수도 있다. 하여간, 언젠가는 조그마한 불빛이 밝혀지게 되리라.

4

나는 결코 단 한 순간일지라도 포와로가 실패할 수도 있다고는 생각해 본 적이 없다는 사실을 바로 지금 이 자리에서 밝혀 두고 싶다. 포와로와 X와의 싸움에서 X가 승리자가 될 수도 있다는 가능성에 대해서는 조금도 생각해 본 적이 없었다.

포와로의 허약하고 형편없는 건강 상태에도 불구하고, 나는 보통 사람의 두 배 이상 강력한 잠재력을 그가 지니고 있다고 믿고 있었다. 여러분도 알다시피, 나는 포와로가 늘 성공하는 것에 익숙해 있었던 것이다.

나의 믿음에 의심이 생기도록 한 사람은 다름 아닌 포와로 바로 그 자신이었다. 나는 저녁식사를 하러 가는 도중에 그에게 들렀다. 그 말이 정확히 무슨 말을 의미하는지 지금은 거의 잊어버렸지만, 그는 갑자기 이런 말을 했다.

"만일에 나에게 무슨 일이 일어나면……"

나는 즉시 큰 소리로 그런 말을 하지 말라고 했다. 아무 일도 없을 것이다. 아무 일도 결코 일어날 수가 없다고 말이다.

"글쎄, 그렇다면 자네는 프랭클린 박사가 자네에게 일러주던 말을 주의해서 듣지 않았나 보군."

"프랭클린은 아무것도 모릅니다. 당신은 아직도 수십 년은 충분히 살 수 있어요, 포와로."

"그럴 수도 있겠지, 이 친구야. 비록 극히 보기 드문 일이겠지만. 하지만 나는 지금 자네에게 특수한 경우에 대해서 말하는 것이지 일반적인 경우에 대해서가 아닐세. 비록 내가 조만간 죽는다고 하더라도, 그것이 우리의 친구 X에게 유리하게 되지 않을 때까지는 살아있을 걸세."

"무슨 뜻입니까?"

내 얼굴이 내가 받은 충격을 대변해 주었다.

포와로가 고개를 끄덕였다.

"하지만 사실이라네, 헤이스팅스 X는 대단히 영리한 자라네. 정말로 머리가 뛰어나지. 그리고 X는 내가 사라지는 게, 단지 며칠 일찍 일어난 자연사였다고 하더라도 더할 나위 없이 좋은 기회가 되리란 것을 알아차리는 데 결코 실패할 리가 없네."

"정말로 그렇게 되면 어떻게 되는 거지요?"

나는 도무지 갈피를 잡을 수가 없었다.

"연대장이 쓰러지면 그다음 장교가 지휘권을 인계받게 되는 걸세, 이 친구야. 자네가 계속하게 되는 거지."

"내가 어떻게요? 나는 완전히 무지한 상태인데."

"그것을 위해 이미 준비해 놓았다네. 만일에 무슨 일이 나에게 일어나면, 여보게, 자네는 여기에서 그걸 찾아가게."

그는 옆에 놓여 있는 송달 상자를 톡톡 치고는 말했다.

"자네에게 필요한 모든 단서들일세. 자네가 보다시피 나는 모든 돌발 사태에 대해서도 만반의 준비를 해 놓았다네."

"그런 것은 전혀 필요가 없을 겁니다. 지금 여기서 내가 알아야 할 모든 것을 말해 주시죠."

"그건 안 되네, 이 친구야. 내가 말할 수 있는 것은, 자네가 모르는 게 약이라는 사실이야."

"그럼, 거기에다가 모든 것에 대해서 명확하게 써 놓았습니까?"

"물론 그렇지는 않아. X도 그것을 손에 넣을 수가 있기 때문이지."

"그렇다면, 무엇을 남겨 놓았단 말입니까?"

"일종의 지시 같은 것일세. 그것은 X에게는 아무런 의미도 없겠지만(이것은 장담할 수 있지) 그러나 자네에게는 진실을 발견하도록 이끌어 줄 걸세."

"나로서는 그렇게 장담할 수가 없습니다. 어째서 그처럼 비뚤어진 마음을 가지고 있습니까, 포와로? 당신은 언제나 모든 것을 어렵게 만들어 놓기를 좋아하는 모양이죠? 당신은 늘 그 모양이라고요!"

"그리고 그것이 지금 나에게는 하나의 음흉한 도락이라 이거지? 그것이 자네가 말하려던 것인가? 아마도 그럴 테지. 하지만 틀림없이 나의 지시들은 자네를 진실로 이끌어 줄 걸세."

그는 잠시 멈추었다가 다시 말했다.

"그리고 아마도 그때가 되면 그 지시들이 자네를 더 이상 이끌어 주지 말기를 바라게 될 걸세. 자네는 이렇게 말하고 싶을 걸세. '종을 울려서 막을 내리자' 하고."

그의 목소리에 담겨 있는 그 무엇인가가 이미 내가 한두 번 등골이 오싹해지도록 느꼈었던 정체를 알 수 없는 막연한 공포를 다시 불러일으켰다.

그것은 마치 어느 구석에선가 막 고개를 내밀려고 하는, 나로서는 알고 싶지도 않고 도저히 인정할 수도 없는 어떤 사실 같은 것이었다. 아니, 그것은 벌써 깊숙한 내면까지 모습을 드러내고 있는 마물(魔物)이란 것을 나는 알고 있었다……. 나는 그러한 기분을 떨쳐 버리고 저녁식사를 하러 내려갔다.

1

그런대로 유쾌한 저녁식사였다. 루트렐 부인도 다시 내려와서는 일부러 꾸민 아일랜드식 사투리를 아주 기분 좋게 구사했다. 프랭클린은 전에 없이 생기가 넘치고 즐거워했다. 크레이븐 간호사가 간호사 유니폼 대신에 평상복을 입은 모습을 나는 처음 보았다. 그녀는 확실히 직업적인 면을 내던져 버린 지금, 아주 매력적인 젊은 여성이었다.

저녁식사가 끝나고 루트렐 부인이 브리지 게임을 하자고 제안했지만, 결국에는 여러 가지 게임을 번갈아 가며 즐기게 되었다. 9시 반경에 노튼이 자기는 포와로를 만나러 올라가 봐야겠다고 말했다.

보이드 캐링튼이 말했다.

"좋은 생각이오. 요사이 날씨가 궂어서 그분에게는 유감스러운 일이었겠군. 나도 함께 올라갑시다."

나는 재빨리 행동해야 했다.

"잠깐." 하고 내가 나섰다.

"당신은 어떻게 생각할지 모르지만 한 번에 한 사람 이상과 이야기를 나누는 것은 그분을 지나치게 피로하게 만드는 결과가 될 겁니다."

노튼이 눈치를 채고는 즉시 말했다.

"나는 그분에게 새에 관한 책을 빌려 주기로 약속을 했답니다."

보이드 캐링튼이 말했다.

"그래요? 당신은 다시 돌아올 거요, 헤이스팅스?"

"물론이죠."

나는 노튼과 함께 올라갔다. 포와로는 기다리고 있었다.

한두 마디 나눈 다음에 나는 다시 내려왔다. 우리는 라미(트럼프 놀이의 일종)

게임을 하기 시작했다.

보이드 캐링튼은 오늘 밤 스타일즈 저택의 즐거운 분위기가 마음에 들지 않는 모양이었다. 아마도 그는 비극이 일어난 다음에 모든 사람들이 그것을 너무도 빨리 잊어버린다고 생각하는 것 같았다. 그는 정신을 딴 데다 팔고 있었는지, 자주 자기가 무엇을 하고 있는지도 잊어버리곤 하더니, 결국 더 이상 게임을 하지 못하겠다고 하며 스스로 물러났다.

그는 창가로 가서 창문을 열었다. 천둥소리가 멀리서 들려오고 있었다. 폭풍우가 치고 있었지만, 아직 우리가 있는 곳까지는 오지 않았다. 그는 창문을 닫고 다시 돌아왔다. 그러고는 잠시 우리들의 게임을 지켜보고 섰다가 방에서 나갔다.

나는 10시 45분에 자러 갔다. 포와로에게 들르지는 않았다. 그가 잠이 들었으리라고 생각했기 때문이다. 게다가 나는 스타일즈 저택과 이 내부의 문제들에 대해서 더 이상 아무것도 생각할 기분이 내키지 않았었다.

나는 잠을 자고 싶었다. 다 잊어버리고 잠이나 자자.

어떤 소리에 놀라서 내가 잠이 깨었을 때는 그 소리가 막 사라지고 있는 중이었다. 나는 그것이 내 방문을 두드리는 소리였던 것 같다고 생각했다.

"들어오십시오" 하고 말했지만 아무런 대답도 들리지 않아서 나는 전등 스위치를 올리고는 일어나서 복도를 내다보았다.

나는 노튼이 막 욕실에서 나와 자기 방으로 가고 있는 것을 보았다. 그는 그 유별나게 끔찍스런 색깔의 체크무늬 잠옷을 입고 있었고, 그의 머리는 평상시처럼 잔뜩 치켜 올려져 있었다. 그는 방으로 들어가서 문을 닫았는데, 그 직후에 그가 열쇠를 돌리는 소리가 들렸다.

나지막하게 천둥치는 소리가 들렸다. 폭풍우가 더욱 가까이 다가오고 있었다.

나는 그 열쇠 돌리는 소리 때문에 어쩐지 불안한 기분에 사로잡힌 채로 다시 침대로 돌아갔다.

그러자 아주 희미하게 불길한 가능성들이 생각나기 시작했다. 노튼이 평소에도 밤에 그의 문을 잠갔었나? 나는 생각해 보았다. 포와로가 그렇게 하라고 경고한 것일까? 나는 포와로의 열쇠가 신비스럽게 사라졌던 일을 갑자기 불안한 마음으로 기억해 냈다.

나는 침대에 누워 있었는데, 폭풍우 소리가 내 짜증스런 기분을 부채질해서 나의 불안감은 더욱 커졌다. 결국 나는 일어나서 문을 잠그게 되었다. 그러고 나서야 다시 침대로 돌아와 잠이 들었다.

2

나는 아침식사를 하기 전에 포와로에게로 갔다.

그는 침대에 누워 있었는데, 그가 얼마나 아픈지 다시 한 번 생각나게 했다. 피로와 노쇠의 깊은 주름살들이 그의 얼굴에 새겨져 있었다.

"좀 어떻습니까?"

그는 나에게 억지로 미소를 지었다.

"나는 살아있다네, 이 친구야. 나는 아직 건재해."

"아프지는 않습니까?"

"아프지 않다네, 단지 피로했을 뿐이라네." 하고 말하고는 한숨을 쉬며 말을 이었다.

"몹시 피로하다네."

나는 고개를 끄덕였다.

"지난밤에 무슨 소득이 있었습니까? 노튼이 당신에게 그날 보았던 것을 말해 주었나요?"

"물론, 나에게 말해 주었지."

"그래, 그게 무엇이었다고 하던가요?"

포와로는 대답하기에 앞서 한참 동안 신중하게 나를 바라보았다.

"나는 확신을 못 하겠네, 헤이스팅스 자네에게 말해 주는 것이 좋을지에 대해서 말일세. 자네가 오해할지도 모르기 때문이야."

"도대체 무슨 말을 하려는 겁니까?"

"노튼은 자기가 두 사람을 보았다고 하더군."

"주디스와 앨러튼이로군. 나도 그때 그럴 거라고 생각했었지!"

내가 소리쳤다.

"글쎄, 그렇지가 않다니까. 주디스와 앨러튼이 아니었다네. 내가 자네에게 오해할 수도 있다고 말하지 않았나? 도대체 자네는 오로지 한 가지 생각밖에는 없는 사람이로군!"

"미안합니다." 나는 좀 쑥스러워하며 말했다.

"말해 주시죠."

"내일 자네에게 말해 주지. 곰곰이 생각해 보고 싶은 것이 많아서."

"그것이, 그것이 그 사건에 도움이 됩니까?"

포와로는 고개를 끄덕였다. 그는 베개에 머리를 기대며 눈을 감았다.

"그 사건은 이제 끝났네. 그래, 그것은 이제 끝났어. 내려가서 아침식사를 하게, 이 친구야. 그리고 가는 길에 커티스를 내게 보내 주게."

나는 커티스를 그에게 보내고 아래층으로 내려왔다. 나는 노튼을 만나고 싶었다. 그가 포와로에게 해준 이야기가 무엇이었는지 좀이 쑤셔서 견딜 수가 없었다.

어쩐지 나는 아직 만족스럽지가 않았다. 포와로의 태도에 의기양양한 것이 부족했다는 사실이 마음에 걸렸다. 어째서 그토록 끈질기게 비밀을 지키려고 하는 것일까? 그 깊이를 도저히 알 수 없는 슬픔은 무슨 이유 때문이었을까? 그러한 모든 사실들 중에 진실은 어디 있는 것일까?

노튼은 아침식사를 하러 내려오지 않았다.

나는 정원 쪽으로 산책을 나갔다. 폭풍우가 지난 다음이라 공기는 차고 신선했다. 나는 비가 무척 많이 왔었다는 것을 알았다. 보이드 캐링튼이 잔디 위에 있었다. 나는 그를 보게 되어 마음이 편안해져서, 그에게 나의 비밀을 모두 털어놓을 수 있었으면 싶었다. 사실 처음부터 그에게 털어놓고 싶었다. 지금은 몹시도 그리고 싶다는 충동을 느꼈다. 포와로는 사실, 부당하게 혼자서만 사건을 처리해 왔다.

오늘 아침 보이드 캐링튼은 그토록 활기에 가득 차고 자신감에 넘쳐 보여서, 나는 온정과 안도의 감정을 느끼게 되었다.

“당신은 오늘 아침 늦게 일어난 것 같군요.” 그가 말했다.

나는 고개를 끄덕였다.

“어제 늦게 잠을 잤답니다.”

“지난밤에는 폭풍우가 상당히 몰아치더군요. 그것을 들었습니까?”

나는 그때서야 내가 잠을 자면서 천둥이 울리는 소리를 의식하고 있었다는 사실을 기억해 냈다.

“지난밤과 같은 날씨는 별로 겪어 보지 못했습니다.”

보이드 캐링튼이 말했다.

“오늘은 정말 기분이 상쾌하군요.”

그는 팔을 쭉 피며 하품을 했다.

“노튼은 어디 있습니까?” 하고 내가 물었다.

“그가 벌써 일어났으리라고는 생각하지 마십시오. 게으른 악마인걸요.”

우리는 서로가 뜻이 통해 위를 올려다보았다. 우리가 서 있는 곳의 바로 위에 노튼의 방 창문이 나 있었다. 건물 전면의 창문 중에서 단 하나, 노튼의 창문만이 그때까지도 닫혀 있었다.

내가 말했다.

“어째 좀 이상한데요. 이 집 사람들이 그 친구를 깨우는 걸 잊었다고 생각합니까?”

“이상하군요. 혹시 어디 아픈 것은 아니겠죠. 올라가서 살펴봅시다.”

우리는 함께 올라갔다. 다소 둔하게 생긴 하녀 하나가 복도에 있었다.

어찌 된 일이냐고 물어 보니, 그녀는 노튼의 방을 노크했지만 아무런 대답이 없었노라고 했다. 그녀가 한두 번밖에 노크를 하지 않았으나, 그가 듣지 못한 것 같지는 않았다. 그의 문은 잠겨 있었다.

어떤 불길한 예감이 나를 엄습해 왔다. 나는 크게 문을 두드리며, 내가 할 수 있는 만큼 큰 소리로 불렀다.

“노튼, 노튼! 일어나시오!”

그리고 다시 더욱 크게 불안해져서 소리쳤다.

“일어나시오……!”

분명히 더 이상 대답이 없을 것 같아서 우리는 루트렐 대령을 찾으러 내려 갔다. 그는 자기의 퇴색된 푸른 눈에 막연한 놀라움을 띠면서 우리의 이야기를 들었다. 그는 콧수염을 불안스레 잡아당겼다.

언제나 신속한 결정을 내리는 루트렐 부인은 그것에 개의치 않았다.

"어서 가서 그 문을 어떻게든 열어 보세요. 그밖에는 달리 아무런 방도가 없어요."

내가 스타일즈 저택에서 부서진 문을 본 것은, 내 일생 중에서 그것이 두 번째였다. 그 문 뒤에도 첫 번째 사건 때 잠긴 문 뒤에 있었던 상황과 똑같은 상황이 벌어져 있었다.

끔찍한 죽음이!

노튼은 잠옷을 입은 채로 침대에 누워 있었다. 방문 열쇠는 주머니 속에 있었다. 그의 손에는 작고 장난감 같지만, 충분히 위력을 발휘할 수 있는 권총이 쥐어져 있었다. 그리고 이마 한가운데는 조그만 구멍이 뚫려 있었다.

잠시 동안 나는 마음속에 무슨 생각이 떠올랐는지 생각할 수가 없었다. 무엇인가, 확실히 아주 오래된······.

나는 기억해 내려고 하다 그만 지쳐 버렸다.

내가 포와로의 방으로 들어가자 그는 내 얼굴을 살폈다.

그가 급히 말했다.

"무슨 일이 일어났는가, 노튼에게?"

"죽었습니다!"

나는 간단하게 말했다.

"어떻게? 언제?"

나는 지긋지긋해하며 말을 끝냈다.

"자살이라고 하는군요. 그밖에 달리 무슨 말을 할 수 있겠습니까? 문은 잠겨 있었고, 창문들도 닫혀 있었죠. 열쇠는 그의 주머니에 있었고 빌어먹을! 나는 실제로 그가 방으로 들어가는 것을 보았고, 문을 잠그는 소리도 들었거든요."

"자네가 그를 보았다고, 헤이스팅스?"

"물론이죠, 지난밤에."

나는 설명을 했다.

"자네는 그것이 노튼이었다는 것을 확신할 수 있나?"

"물론입니다. 나는 그 끔찍한 낡은 잠옷은 어디에서건 알아볼 수 있답니다."

잠시 동안 포와로는 그의 옛날 모습으로 되돌아갔다.

"아! 그러나 자네가 확인해야 하는 것은 사람이지 잠옷이 아니야, 바로 그 걸세! 누구나 잠옷을 입을 수 있지."

나는 천천히 말했다.

"그건 맞는 말입니다. 그의 얼굴은 보지 못했거든요. 하지만 그건 틀림없이 그의 머리였습니다. 그리고 그 약간 절름거리는 걸음걸이……."

"누구라도 절름거릴 수 있어, 그렇지 않은가!"

나는 깜짝 놀라며 그를 쳐다보았다.

"당신은 그런 뜻으로 하는 말입니까, 포와로, 내가 본 것이 노튼이 아니었다고?"

"나는 그런 말은 전혀 하지 않았네. 단지 그것이 노튼이었다고 하는 자네의 말의 근거가 비과학적인 것에 짜증이 났을 뿐이지. 아니야, 그렇지가 않아. 나는 그것이 노튼이 아니었다는 말을 할 의도는 조금도 없다네. 그 사람 말고 다른 사람이 그 친구처럼 보이게 하기는 어려운 일일 거야. 왜냐하면, 이곳에 있는 다른 사람들은 모두 키가 크기 때문이지. 그 친구보다는 훨씬 큰 사람들 이거든. 어느 누구라도 키는 속일 수 없어. 그것은 불가능하지. 노튼은 겨우 5 피트 반(약 168cm)밖에 되지 않았다고 생각하네. 그렇다면, 그것은 마치 요술이 라도 부린 듯한 트릭이지, 그렇지 않은가? 그는 방으로 들어가서 문을 잠그고 열쇠를 자기 주머니에 넣었는데, 그가 손에 총을 든 채로 총에 맞은 것이 발견되었고, 또 열쇠는 여전히 그의 주머니 속에 남아 있다니!"

"그래도 당신은 믿지 않는다는 말이군요." 하고 내가 말했다.

"그가 자신을 쏘았다는 것 말입니다."

천천히 포와로는 고개를 저었다.

"그렇지가 않아." 하고 그가 말했다.

"노튼은 자신을 쏘지 않았어. 그는 의도적으로 살해된 것이라네."

5

나는 혼미한 채로 아래층으로 내려갔다. 그 사건이 그토록 이해할 수 없는 것이었기 때문에, 내가 미처 그다음의 피할 수 없는 운명의 발길을 알아차리지 못했던 것이라고 위로한다고 해서 나 스스로가 용서받을 수 있는 것일까?

나는 갈피를 잡을 수가 없었다. 나의 두뇌가 제대로 돌아가지 않았다. 아무튼 그것은 확고부동한 사실이었다. 노튼은 살해당한 것이다. 무엇 때문에? 그것은 그가 본 것을 누설하지 못하게 하기 위해서라고 생각할 수밖에 없었다.

하지만 그는 그러한 사실을 이미 다른 사람에게 털어놓았다.

그렇다면, 그 사람 역시 위험에 빠져 있다……

아니, 단지 위험에 처한 정도가 아니라 절망적인 상황인 것이다!

나는 알아차려야 했다. 미리 알고 있어야 했는데……

"사랑하는 친구!"

내가 그 방을 떠날 때 포와로가 나에게 한 말이었다.

그 말이 내가 그에게서 들은 마지막 말이었다.

커티스가 자기 주인의 시중을 들러 들어갔을 때, 그는 주인이 죽었다는 사실을 발견했다……

1

나는 그 일에 관해서는 전혀 쓰고 싶은 마음이 없다.

모두들 이해하겠지만, 나는 그 일에 관해서는 가능한 한 조금도 생각하고 싶지가 않았다. 에르큘 포와로가 죽었다. 그리고 그의 죽음과 함께 아더 헤이스팅스의 상당한 부분도 죽었다.

나는 과장없이 숨김없는 그대로의 사실들을 여러분에게 알리고자 한다. 그것이 내가 할 수 있는 전부인 것이다. 그는 죽었고, 그것은 자연사였다고 판정되었다. 다시 말하자면, 그는 심장마비로 죽었다는 것이다.

프랭클린이 이미 그렇게 될 거라고 말했듯이, 그는 그렇게 죽은 것이다. 의심할 것도 없이 노튼의 죽음으로 인한 쇼크가 커다란 원인이 되었다는 것이다. 그의 침대 옆에 아질산아밀 주사약이 없었던 것으로 봐서 과실에 의한 것으로 여겨진다.

과연 그것이 과실이었을까? 누군가 고의로 주사약을 치워놓은 것은 아니었을까? 아니, 그것보다는 더 큰 무엇인가가 있었으리라. X는 포와로가 심장마비 증세를 겪고 있었다는 사실을 계산에 넣을 수가 있었다.

알다시피, 나는 포와로의 죽음이 자연적이었다는 사실을 믿지 않는다. 그는 노튼이 살해된 것처럼, 바바라 프랭클린이 살해된 것처럼 살해되었다. 그런데 나는 그들이 무슨 이유로 살해되었는지 알지 못한다. 그리고 그들을 살해한 자가 누구인지도 모르는 것이다!

노튼에 대한 심리가 열렸고 자살로 평결이 났다. 단지 경찰의사에 의해 의문점이 제기되긴 했는데, 그는 자살하는 사람이 자기 이마 한가운데를 정확하게 쏜다는 것은 드문 일이라고 말했다. 그러나 그것은 단지 의심의 희미한 그림자에 지나지 않았다.

대체로 모든 사실이 아주 명백했다. 문이 안쪽에서 잠겨 있었고, 열쇠는 죽은 사람의 주머니에 들어 있었으며, 창문도 완전히 닫혀 있었다. 그의 손에는 권총이 쥐어져 있었고, 노튼은 두통 때문에 불평하곤 했는데, 그가 투자한 재산들이 최근에 경기가 나빠지고 있는 탓으로 여겨졌다.

그렇다손 치더라도 그가 자살할 만한 이유는 거의 없었지만, 아무튼 무엇인가 결정을 내리긴 내려야 했다. 권총은 분명히 그의 것이었다. 그가 스타일즈 저택에 머무는 동안 하녀가 두 번이나 그 총이 옷장 위에 놓여 있었던 것을 목격했다. 그래서 그것도 그렇고 그렇게 되고 말았다. 또 다른 범죄가 멋지게 연출되었고, 여느 사건들처럼 전혀 다른 대안이 없었던 것이다.

포와로와 X의 싸움에서 X가 이겼던 것이다.

이제 그 일은 나에게 맡겨졌다.

나는 포와로의 방으로 가서 그 송달 상자를 끄집어냈다. 그가 나를 유언 집행인으로 지정해 놓았다는 사실을 알고 있었기 때문에, 나만이 그렇게 할 수 있는 유일한 권리를 가지고 있었다. 열쇠는 그의 목에 걸려 있었다.

내 방으로 와서 나는 그 상자를 열었다.

그리고 그 즉시 나는 충격을 받았다. 그 X 사건에 대한 문서들이 없어진 것이다. 나는 불과 하루 이틀 전 그가 그 상자를 열었을 때 문서들을 보았었다.

내가 그것을 필요로 하게 될지 어떻게 될지는 몰라도, 그것은 바로 X가 저질러 온 행적에 대한 증거였다. 포와로가 그 서류를 파기했거나(거의 있을 수 없는 일이지만), 그게 아니라면 X가 그렇게 했을 것이다.

X, X, 그 빌어먹을 악마 같은 X.

그러나 상자는 텅 비어 있지는 않았다. 나는 X는 알지 못할 다른 지시들을 발견할 수 있을 거라는 포와로의 말을 기억해 냈다.

이것이 그 지시들인가?

거기에는 셰익스피어 희곡 중의 하나인 오델로의 작은 싸구려판이 한 권 들어 있었다. 그밖에 존 어빙(1883~1971, 영국의 극작가)이 쓴 희곡 '존 퍼거슨'도 있었다. 거기에는 제3막이라는 표지가 붙어 있었다.

나는 멍하니 그 두 권의 책을 바라보았다.

여기에 포와로가 나를 위해 남겨둔 단서들이 있었는데 이것들은 나에게 전혀 아무런 의미도 주지 못하고 있지 않은가!

도대체 이 책들이 나에게 무슨 의미를 줄 수 있단 말인가?

내가 생각해 낼 수 있는 것이라고는 고작 어떤 종류의 암호가 아닐까 하는 것뿐이었다. 그 희곡들에 기초를 둔 암호문.

하지만 정말로 그렇다면 어떻게 그것을 알아내야 하지? 거기에는 아무런 말도, 문자도, 밑줄 친 곳도 전혀 없었다.

나는 아무런 결과도 얻지 못하고 헛수고만 했다. 나는 존 퍼거슨의 제3막을 주의 깊게 처음부터 끝까지 읽어 내려갔다.

'머리가 나쁜' 쿨루티 존이 앉아서 이야기하다가 결국에는 젊은 퍼거슨이 부정한 그의 누이를 데리고 있는 사람을 찾기 위해 나가는 대단히 놀랍고 스릴이 넘치는 장면이었다. 아주 개성 있게 성격을 묘사하고 있었다.

그러나 포와로가 나의 문학적인 소양을 높여 주기 위해 그것을 남겨 두었으리라고는 도저히 생각할 수가 없었! 그런데 책장을 넘기다 보니 종이쪽지 한 장이 떨어졌다.

포와로의 필체로 겨우 한마디 적혀 있었다.

'나의 시종 조지에게 물을 것.'

아무튼 여기에 무엇인가가 있을 게다. 만일 그것이 암호였다면, 아마도 그 암호의 열쇠는 조지에게 맡겨 두었을 것이다. 나는 그의 주소를 알아내어 그를 만나러 가야 한다.

그러나 우선 할 일은 나의 사랑하는 친구를 매장하는 슬픈 일이었다.

이곳은 그가 처음 이 나라에 와서 살았던 곳이다. 그는 마침내 이곳에 눕게 되었다.

주디스는 요 며칠 동안 나에게 아주 상냥하게 대해 주었다. 그녀는 많은 시간을 나와 함께 보내며 모든 일들을 처리하는 데 도움이 되어 주었다. 그녀는 부드럽고 온정이 있었다.

엘리자베스 콜과 보이드 캐링튼 역시 매우 친절했다. 엘리자베스 콜은 내가 생각했던 것보다는 노튼의 죽음으로 인한 충격을 덜 받았다. 설사 그녀가 어떤 깊은 슬픔을 느꼈다고 하더라도, 그것을 남에게 나타내지는 않았으리라.

그리고 그렇게 해서 모든 것이 끝나 버렸다……

2

그렇다, 나는 그것을 써 넣어야 한다. 그것은 알려져야 한다.

장례식이 끝났다. 나는 주디스와 앞날에 대한 몇 가지 대략적인 계획들을 의논하며 앉아 있었다.

그때 그녀가 말했다.

"그러나 아시겠지만, 아버지. 저는 이곳에 있지 않을 거예요."

"이곳에 있지 않을 거라니?"

"저는 영국에 있지 않을 거예요."

나는 그녀를 바라보았다.

"미리 알려 드리고 싶지는 않았어요, 아버지. 그런 일들로 아버지를 괴롭혀 드리고 싶지는 않았거든요. 하지만 이제는 아버지도 아셔야 해요. 너무 걱정하지 말았으면 싶어요. 저는 아프리카로 갈 거예요. 아시겠지만 프랭클린 박사님과 함께."

나는 그만 참지를 못하고 말문을 터뜨렸다. 그것은 있을 수 없는 일이었다. 그 애가 그런 거친 말을 할 수는 없었다. 누구라도 그렇게 말했을 것이다.

영국에서, 또한 특히 그의 아내가 살아있을 때는 조수로서 그를 도울 수는 있겠지만, 이제 와서 그와 함께 아프리카로 간다는 것은 다른 문제였다. 그것은 도저히 있을 수 없는 일이었고, 나는 그 일을 끝까지 못 하게 할 작정이었다. 주디스는 절대로 그런 짓을 해서는 안 된다!

그녀는 참견을 하지 않고 내가 말을 마칠 때까지 기다렸다. 그녀는 아주 희미하게 미소를 지었다.

그녀가 말했다.

"그러나 아버지, 저는 조수로서 가려는 것이 아니에요. 그분의 아내로서 가려는 거예요."

나는 한 대 얻어터진 것 같았다.

나는 말했다, 아니 몹시 더듬거렸다.

"앨, 앨러튼은?"

그녀는 보일 듯 말 듯 재미있다는 듯한 표정을 지었다.

"그와는 결코 아무런 일도 없었답니다. 아버지가 저를 그렇게 화나게 하지만 않았어도, 그 일을 말씀드렸을 거예요. 게다가 저는 아버지가 그렇게 생각하시길 원했답니다. 뭐라고 할까, 아버지가 생각했던 대로 말이죠. 저는 아버지가 그것이 존이라는 사실을 모르길 바랐거든요."

"하지만 나는 어느 날 밤엔가 그 작자가 너에게 키스하는 걸 보았는데, 테라스에서 말이다."

그녀는 조바심을 내며 말했다.

"오, 정말 아무 일도 아니었어요. 그날 밤은 제정신이 아니었거든요. 그런 일은 흔히 있을 수 있는 일이에요. 이젠 분명히 그것을 아시겠지요?"

내가 말했다.

"너는 아직 프랭클린과 결혼할 수 없다. 그렇게 빨리는"

"아니에요, 할 수 있어요. 저는 그분과 함께 나가고 싶고, 아버지도 그렇게 되는 것이 보다 편하게 되는 일이라고 말씀하셨잖아요. 우리는 더 이상 기다릴 수가 없어요. 이제는"

주디스와 프랭클린, 프랭클린과 주디스

여러분은 내 마음 속에 떠오른 생각들. 오랫동안 표면에 머물러 있었던 생각들을 이해할 수 있겠습니까?

한 손에 병을 들고 있는 주디스, 젊고 열정적인 목소리로 쓸모없는 생명들은 유용한 생명들을 위해서 제거되어야 한다고 역설하던 주디스

나도 주디스를 사랑했고, 포와로 역시 사랑했던 주디스. 노튼이 목격했던 그 두 사람. 그들은 주디스와 프랭클린은 아니었을까? 만일에 정말로 그렇다면, 그렇다면……

아니야, 그럴 리가 없어. 주디스는 아니야. 프랭클린이라면 몰라도 특이하고도 냉혹한 사람인 그는 살인을 하기로 마음을 정했다면, 몇 번이라도 되풀

이해서 살인을 저지를 사람 같았다.

포와로는 기꺼이 프랭클린에게 진찰을 받았었다.

왜 그랬을까? 그는 그날 아침 그에게 무슨 말을 했을까?

하지만 주디스는 아니다. 나의 사랑스럽고 의젓한 어린 주디스는 아니다.

그런데도 포와로는 정말로 이상하게 표현했었다. 어째서 그런 말을 한 것일까?

"자네는 이렇게 말하고 싶을 걸세. '종을 울려서 막을 내리자…….'"

그러자 갑자기 새로운 생각이 나에게 떠올랐다.

터무니없는 일이야! 불가능한 일이야! X에 대한 모든 이야기가 거짓말은 아닐까? 포와로는 프랭클린 가족의 비극을 염려했기 때문에 스타일즈 저택에 온 것은 아니었을까? 그는 주디스를 감시하기 위해 온 것은 아니었을까? 그가 그토록 완강하게 나에게 아무런 사실도 말해 주지 않은 이유가 바로 그것 때문은 아니었을까? 그것 때문에 그는 X에 대한 모든 이야기를 꾸미고, 연막을 친 것은 아니었을까?

주디스, 나의 딸이 모든 비극의 중심이었단 말인가?

오델로! 내가 프랭클린 부인이 죽던 날 밤에 서가에서 꺼냈던 책이 오델로였다. 그것이 단서였을까?

그날 밤 주디스는, 누군가가 말했던 것처럼 그 아이와 이름이 같은 그 옛날에 홀로페르네스의 목을 자른 그 여인처럼 보였다.

주디스, 그녀의 마음속에 죽음을 간직하고 있었던 것이란 말인가?

나는 이스트본에서 이 글을 쓰고 있다. 나는 전에 포와로의 시종이었던 조지를 만나기 위해 이스트본에 왔다.

조지는 포와로와 함께 오랜 세월을 지내 왔었다. 그는 유능하지만, 상상력이라고는 전혀 없는 현실적인 사람이었다. 그는 항상 사물을 있는 그대로만 보고 표면적인 가치에서 그들을 평가했다.

아무튼 나는 그를 만나러 왔다. 내가 그에게 포와로의 죽음에 대해 이야기를 해 주자 조지는 그답게 반응을 보였다. 그는 비탄과 슬픔에 빠졌지만, 그 사실이 거의 드러나지 않도록 자제했다.

그러고 나서 내가 말했다.

"그분이 나에게 전해 줄 메시지를 자네에게 맡겨 놓지는 않았는가?"

조지는 즉시 대답했다.

"선생님에게요? 아닙니다, 저는 아는 바가 전혀 없습니다."

나는 놀랐다. 그를 다그쳤지만, 그는 아주 확실했다.

이윽고 내가 말했다.

"내가 잘못 알았나 보군. 그건 그렇다 치세. 나는 자네가 그분과 끝까지 함께 있어 주었으면 싶었는데."

"저도 역시 그러고 싶었습니다, 선생님."

"여지껏 나는 자네 부친이 병이 나서, 자네가 부친을 보살피러 온 것이라고 알고 있네만."

조지는 아주 이상한 표정으로 나를 바라보았다.

"죄송합니다만, 선생님. 저는 무슨 말씀을 하시는 건지 전혀 이해할 수가 없는데요."

"자네가 부친을 간호하기 위해 떠났다고 들었네만, 내 말이 틀렸는가?"

"저는 떠나고 싶지 않았습니다, 선생님. 포와로 씨께서 저를 보냈답니다."

"자네를 보냈다니?"

나는 그를 쏘아보았다.

"제 말은, 선생님, 그분이 저를 해고했다는 것이 아닙니다. 나중에 그분을 다시 모실 수 있도록 약속이 되어 있었습지요. 저는 그분의 말씀대로 떠나긴 했지만, 제가 이곳에서 아버지와 함께 있는 동안에도 적당한 급료를 지불하시 겠다고 약속하셨습니다."

"이유가 뭔가? 조지. 그 이유가 뭐냔 말일세."

"사실은 말씀드릴 만한 것이 없습니다, 선생님."

"자네는 묻지 않았었나?"

"어떻게 제가 물어 보겠습니까, 선생님. 그렇게 하는 것은 제 신분에 어긋난 다고 생각했거든요. 포와로 씨께서는 늘 그분 나름대로의 생각을 가지고 계셨 습지요. 대단히 현명하신 신사분이라는 것을 저는 항상 알고 있었고, 또한 몹 시 존경했었지요."

"그래, 그건 그렇지." 하고 나는 멍하니 중얼거렸다.

"그분의 옷차림새는 매우 독특했습니다. 그분은 비록 상당히 이국적이고 기 묘한 느낌을 주기는 했지만요, 제 말뜻을 아실지 모르겠습니다. 하지만 물론 이해할 수는 있었습니다. 그분이 외국인이었기 때문이라는 것을요. 그분의 머 리카락, 그리고 그의 콧수염."

"아! 그 유명한 콧수염."

포와로가 그것을 자랑하던 일이 생각나자, 나는 가슴이 송곳으로 찔리는 듯 한 아픔을 느꼈다.

"콧수염에 대해서는 매우 유별나셨지요." 하고 조지가 계속 말을 이었다.

"최신 유행에 따르지는 않으셨지만, 늘 그분에게 잘 어울렸지요. 제 말이 무 슨 뜻인지 아신다면 말입니다."

나도 알고 있다고 대답했다. 그러고 나서 나는 미묘하게 중얼거렸다.

"나는 그 수염도 머리카락처럼 염색을 한 것이 아닌가 하네만?"

"그분은 저, 그 콧수염은 약간 손질하셨지만 머리카락은 지난 몇 년간은 염색을 하지 않았습니다."

"말도 안 되는 소리." 하고 내가 말했다.

"그것은 너무나 검어서 마치 가발이라도 쓴 것처럼 자연스럽지가 않았다네."

조지는 죄송하다는 듯이 헛기침을 했다.

"죄송합니다만, 선생님. 그것은 가발이었습지요. 포와로 씨는 머리가 최근에 거의 다 빠져서 가발을 쓰게 되었던 겁니다."

나는 한 인간에 대해서 그의 시종이 그의 가장 절친한 친구보다도 더 많은 것을 알고 있다는 것이 정말 희한한 일이라고 생각했다.

나는 나를 괴롭히던 그 문제로 다시 돌아갔다.

"정말 포와로가 그때 자네를 왜 보냈는지 전혀 모르겠나? 생각을 해 보게, 이 사람아, 생각을."

조지는 생각하려고 애를 썼지만, 역시 생각하는 일에 있어서는 확실히 그가 우수하지가 못했다.

이윽고 그가 말했다.

"제가 단지 말씀드릴 수 있는 것은, 선생님. 그분이 저를 내보낸 것은, 커티스를 고용하고자 하셨기 때문인 것 같습니다요."

"커티스? 왜 그는 커티스를 고용하고 싶어 했을까?"

조지는 다시 기침을 했다.

"글쎄요, 선생님, 저도 사실 말씀드릴 만한 것이 없습니다. 그는 제가 보기에는 그렇게 생각되지 않았습니다. 그는(죄송합니다) 특별히 똑똑한 녀석 같지는 않았단 뜻입니다, 선생님. 물론 그가 육체적으로는 튼튼했지만, 저는 그가 포와로 씨께서 좋아하실 그런 타입이었을 거라는 생각은 거의 들지 않습니다. 그는 한때 정신요양소에서 조수로 있었던 것 같습니다."

나는 조지를 쏘아보았다.

커티스! 그것이 바로 포와로가 그토록이나 나에게 알려 주지 않으려고 했던 이유였을까? 커티스는 내가 전혀 고려해 본 적이 없었던 단 한 사람이었다!

그렇다, 포와로는 그런 이유가 있었기 때문에 내가 그 신비스러운 X를 찾기 위해 스타일즈 저택의 손님들을 샅샅이 수색하고 다녀도 안심하고 있었던 것이다. 아무튼 X는 손님이 아니었다.

커티스!

한때의 정신 요양소 조수. 정신 요양소와 정신병자 수용소에서 환자로 지냈던 사람들이 가끔 조수로 남아 있거나 그곳으로 다시 돌아간다는 사실을 어디선가 듣지 않았던가?

어딘지 이상하고도 말이 없으며 둔하게 보이는 사람. 그런 사람이 어떤 기묘한 동기에 사로잡히게 된다면 살인을 저지를 수도……. 그리고 만일에 그게 사실이라면, 그렇다면…….

무슨 이유에서인지 그때 어떤 커다란 의혹의 먹구름이 내게서 걷혀져 가는 것 같았는데!

커티스……?

주 : 아더 헤이스팅스 대위

　다음 사본은 나의 친구 에르큘 포와로가 죽은 지 네 달 뒤에 내 손에 들어왔다. 나는 어떤 변호사 사무실로부터 와 달라는 편지를 받았다. 그들은 나에게, '의뢰인, 고(故) 무슈 에르큘 포와로의 지시에 따라' 봉인된 봉투 하나를 넘겨주었다. 나는 여기에 그 내용을 다시 옮겨 적는다.

　에르큘 포와로가 쓴 편지의 내용.

　나의 사랑하는 친구,
　자네가 이 글을 읽을 때면 나는 죽은 지 4개월이 되었을 걸세. 나는 여기에 적힌 글을 써야 할지 말아야 할지에 대해서 오랫동안 숙고한 끝에, 두 번째의 '스타일즈 사건'에 대한 진상을 누군가는 알아야 할 필요가 있다고 결정하게 되었다네. 또한, 나는 자네가 이것을 읽게 될 때 자네가 전혀 터무니없는 이론들을 전개시켜 나가느라고 아마도 자네 자신을 무척이나 괴롭히고 있을 거라고 대충 짐작할 수 있다네.
　하지만 이것만은 말해야겠네. 자네는, 이 친구야, 쉽게 진실에 도달할 수도 있었다네. 나는 자네가 모든 지시에 따랐다면 그렇게 되리라는 것을 알고 있었지. 만일에 자네가 그렇게 하지 못했다면, 물론 자네는 언제나 그러했지만, 지나칠 정도로 아름답고 사람을 신뢰하는 천성을 지니고 있기 때문일 걸세. 끝과 시작은 일맥상통하는 게 아닌가!
　하지만 자네는 최소한 누가 노튼을 살해했는지에 대해서는 알고 있을 걸세. 비록 자네가 아직은 누가 바바라 프랭클린을 살해했는가에 대해서는 모르고 있을 테지만 말일세. 후자에 대한 것은 자네에게 하나의 충격이 될 걸세.

우선, 자네도 알고 있듯이 나는 자네를 스타일즈 저택으로 불렀지. 나는 자네가 필요하다고 말했었지. 그것은 사실이었다네. 자네에게 내 귀가 되고 눈이 되어 주기를 바란다고 말했지. 그것 또한 사실, 정말 사실이었네. 그렇지 않았다면 자네는 그것을 감각적으로 깨달았을 걸세! 자네는 내가 원하는 것을 보고 들어야 했지.

자네는 불평을 했지. 사랑하는 친구여, 내가 이번 사건의 연출에 있어서 '불공정'했다고 말일세. 나는 나 혼자만이 알고 있던 지식을 자네에게 알려 주지 않으려고 했다네. 다시 말하자면, 자네에게 X의 정체에 대해 알려 주지 않으려 한 것이지. 그것은 정말 사실이라네. 나는 그렇게 해야만 했네. 비록 내세울 만한 이유가 별로 없었지만 말이지. 자네는 곧 그 이유를 알게 될 걸세.

그렇다면, 이제 우리는 이 X에 대한 문제를 검토하기로 하세. 나는 자네에게 여러 가지 다양한 사건들의 개요를 보여 주었지. 나는 각각의 분리된 사건에서 누가 체포되었거나 의심받았으며 실제로 범행을 저질렀는지가 아주 분명한 것 같았으며, 또한 다른 대안은 전혀 없었다는 사실을 자네에게 지적해 주었네. 그리고 이어서 두 번째로 중요한 사실. 즉, 각 사건에 있어서 X가 현장에 있었거나 밀접하게 연루되어 있었다는 것도 설명했었네.

그러자 자네는 역설적으로 진실과 거짓이 함께 공존하고 있다는 추론을 성급하게 끌어냈었지. 자네는 X가 모든 살인을 저질렀다고 말했네. 그러나 이 친구야, 상황은 이런 것이었네, 즉 각각의 분리된(아니면, 아주 밀접하게 연결된) 사건에 있어서 오직 고발당한 사람만이 그 범죄를 저지를 수 있었다네.

만일에 그렇다고 한다면 X에 대해서 어떻게 생각할 수가 있겠나? 말하자면 경찰이나 아니면 형사 사건 변호사들과 연관된 사람들을 제쳐놓고라도, 그것은 다섯 개의 살인사건에 연루된 남녀들에 대해서는 설명하기가 적합하지 않다네. 그것은, 자네도 이해하겠지만, 도저히 있을 수 없는 일이라네! 결코, 결코 누구에게라도 믿게끔 설명하기는 정말이지 불가능한 일이지.

"글쎄요, 사실 나는 실제로는 살인자가 다섯 명 있었다는 것으로 알고 있었습니다만."

이렇게 말들을 할 걸세! 아니야, 안 돼, 그것은 불가능해, 이 친구야. 그러므로 우리는 미묘한 결론에 이른 걸세. 마치 촉매 작용의 경우와 같은 것을 여기서 볼 수 있는데, 즉, 두 물질간의 반응은 오직 제3의 물질이 있음으로 해서만 일어나고, 그 제3의 물질은 표면적으로는 그 반응에 전혀 참여하지 않으며 변하지 않은 상태로 남아 있는 것이지.

이것이 바로 지금의 상황이라네. 그것은 X가 존재했고, 범죄들이 발생했지만 그러나 X는 적극적으로 이들 범죄에 참여하지 않았다는 것을 뜻한다네. 극히 예외적이고 비정상적인 상황이었지!

결국 나는 내 경력에 종지부를 찍는, 유죄를 결코 입증할 수 없는 그러한 기술을 개발해 낸 기막힌 범인의 완전범죄에 부딪히게 되었다는 사실을 깨달았다네. 그것은 놀라웠지만, 그러나 새로운 것은 아니었지. 그와 유사한 것들이 있었네. 여기 내가 자네에게 남겨준 첫 번째의 '단서'가 있네.

희곡 오델로지. 그것은 대단히 훌륭하게 묘사된 것으로서, 우리는 X의 원본을 가지고 있는 것이라네. 이아고는 완벽한 살인자일세. 데스데모나(오델로의 아내)의 죽음, 캐시오 부관이 부상당한 건 물론 오델로 자신의 죽음도 모두 이아고의 소행으로서, 그에 의해 계획되고, 실행된 것이지. 그리고 그는 혐의가 미치지 않는 곳에 있었던 것이라네. 자네의 위대한 셰익스피어는, 여보게, 자신의 예술이 빚어낸 진퇴양난에 빠지게 되었지. 결국 이아고의 가면을 벗기기 위해서 그는 해결 방안들 중에서도 가장 서투른 방법, 즉 손수건을 사용했네. 그것은 이아고가 늘상 쓰는 수법을 전혀 고려하지 않은 방법이며, 누군가는 그가 죄를 범하지 않았을 거라고 확신하게 될지도 모르는 커다란 실수였다네.

바로 그거야, 거기에 완벽한 살인 기법이 있다네. 비록 직접적인 암시의 말이 없기는 하지만 그는 늘 격렬한 감정으로부터 다른 것들을 숨기고, 그가 언급하기 전까지는 아무도 꿈에도 생각지 못했던 그 무서운 의심에 대해서 줄다리기를 한다네!

그리고 그와 똑같은 기술은 '존 퍼거슨'의 뛰어난 제3막에서도 볼 수 있지. 거기에서 '멍청한' 클루티 존은 자기가 증오하는 자를 다른 사람들이 살해하도록 유도하고 있지. 그것은 정말 놀라운 심리학적인 암시라네.

이제 자네는 이것을 깨달아야 하네, 헤이스팅스. 모든 사람들은 다 잠재적인 살인자라는 것을 말일세. 모든 사람들에게는 시시각각으로 살해하고자 하는 욕망이 일어나고 있다네. 비록 살인하고자 하는 의지는 없지만 말이지. 자네는 종종 사람들이 이렇게 말하는 것을 듣거나 느꼈을 걸세.

"그녀는 죽이고 싶을 정도로 나에게 지독하게 군단 말이야."

"나는 B를 죽일지도 몰라. 그 따위로 말을 하고 있다니 말이야!"

"나는 그자를 죽이고 싶을 정도로 화가 났었지!"

그리고 그 모든 말들은 문자 그대로 진실이라네. 그러한 순간에 자네의 마음은 아주 명백한 걸세. 자네는 그 아무개를 죽이고 싶은 것이지.

그러나 자네는 그렇게 하지 않네. 자네의 의지가 자네의 욕망을 승인해야만 행동으로 옮길 수 있는 것이지. 어린애들에게 있어서는 그 제동장치(의지)가 아직은 불완전하게 작동한다네. 나는 어떤 어린애가 자기의 고양이 새끼에게 화가 나서 이렇게 말하는 것을 보았다네.

"좀 얌전하게 굴어. 그렇지 않으면 머리통을 때려서 죽일 테야."

그리고 실제로 그렇게 했다네. 잠시 뒤에 그 고양이 새끼의 생명이 다시는 돌아오지 않을 거라는 사실을 깨닫고는 공포에 젖어 어쩔 줄 몰라 하게 되는 거지. 왜냐하면, 자네도 알다시피, 그 어린애는 고양이 새끼를 진정으로 사랑했기 때문이라네. 그렇다면, 우리는 모두 잠재적인 살인자들이지.

X의 기술은 바로 이런 것이었다네. 살인에 대한 욕망은 전혀 드러내지 않았으나 정상적이고 제 기능을 제대로 발휘하는 억제력(의지)은 상실하고 있었던 것이지. 그것은 오랜 훈련으로 완성된 기술이었다네. X는 취약점에 대해서 더욱 압력이 가해질 수 있는 정확한 단어와 정확한 문장, 그리고 억양까지도 잘 알고 있었지! 그것은 가능한 일이었다네. 그 희생자가 전혀 의심도 못하게 한 것이지. 그것은 최면술이 아니었다네. 최면술은 실패할 수도 있기 때문일세.

그것은 보다 교활하고, 보다 치명적인 것이었다네. 그것은 갈라진 틈을 메우기는커녕 그 틈이 더욱 벌어지도록 인간의 힘을 집중시키는 것이었지. 그것은 인간으로서 가장 선한 사람으로 불리면서도, 동시에 가장 악한 것과도 결탁되어 있었던 것이라네.

자네는 알게 되었을 걸세, 헤이스팅스. 그것이 자네에게도 일어났었다는 것을 말이야……. 그러므로 이제는 아마도 내가 자네에게 사실대로 밝히기를 거부하며 자네를 화나게 했던 내 말의 의미를 깨닫기 시작했을 걸세.

발생할 가능성이 있는 범죄에 대해서 말할 때, 나는 언제나 같은 범죄를 언급하지는 않았다네. 나는 하나의 목적 때문에 스타일즈 저택에 있는 것이라고 자네에게 말했지. 내가 그곳에 있는 것은, 어떤 범죄가 일어나려 하기 때문이라고 내가 말했었지. 자네는 그 점에 대해서 내가 확신하고 있는 것에 놀랐었지. 그러나 나는 확신할 수 있었다네. 왜냐하면 그 범죄는, 자네도 이해하리라 믿네만, 나 자신에 의해서 저질러질 것이기 때문이었지…….

그렇다네, 나의 친구여, 그것은 이상하고 그리고 어처구니없고 또한 끔찍한 사실이지! 내가, 살인을 용납지 않는 내가, 인간의 생명을 가치 있게 여기는 내가, 살인을 저지르는 것으로 내 경력에 종지부를 찍게 되다니. 아마도 내가 지나치게 독선적이고, 지나치게 정직을 의식했기 때문에 이처럼 끔찍한 딜레마에 빠지게 되었던 건지도 모르네. 자네도 알다시피, 헤이스팅스, 그 일에는 두 가지 측면이 있다네. 무고한 사람을 구해 내는 것. 살인을 막는 것이 나의 일생을 통한 임무이고, 그리고 그것이 내가 할 수 있는 유일한 방법이었다네! X는 법으로는 어쩌지 못했을 걸세. 그는 안전했지. 다른 어떤 방법으로도 결코 그를 파멸시킬 수 없다고 판단했지.

하지만 여보게, 나는 마음이 내키지 않았다네. 어떻게 해야 할지는 알고 있었지만, 그러나 어떻게 하든 나 자신을 끌어들이고 싶지는 않았어. 나는 마치 햄릿 같았지. 영원히 그 끔찍한 날을 연기시키려고 하면서……. 그런데 그때 사건이 일어났던 것일세. 루트렐 부인에 대한 살인 기도가.

헤이스팅스, 나는 자네의 그 유명한 육감이 확실히 제대로 움직였던 것이 아닌가 하고 놀랐다네. 그것은 맞았다네. 자네의 최초의 반응은 노튼에 대한 조심스러운 의심이었지. 맞았어, 자네가 아주 옳았던 것일세.

노튼이 바로 그 작자였지. 하지만 자네는 신념에 대한 확고한 근거가 전혀 없었네. 그가 미약한 존재였다는 사실에 대해 약간이나마 반신반의했던 것만 제외하고는 말이지. 그렇다네, 자네는 진실에 아주 접근해 있었던 것이라고 생각하네.

나는 그가 살아온 내력을 상당히 관심을 가지고 조사해 보았지. 그는 남을 잘 부려먹고 다스릴 줄 아는 여인의 외아들이었다네. 그는 사람들에게 자신의 주장을 내세우거나, 자신의 성격을 부각시킬 재능은 전혀 타고난 것 같지 않게 보였다네. 그는 항상 다리를 약간 절었고, 학교에서는 어떤 놀이에도 가담할 수가 없었지. 자네가 나에게 들려 준 말 중에서 가장 만족스러웠던 것은 그가 학창 시절에 죽은 토끼를 보고는 거의 병에 걸릴 정도여서 비웃음을 받았었다는 사실에 대한 것이었다네.

그렇다네, 그것은 그에게 깊은 상처를 남겨 주었을지도 모르는 사건이었을 거라고 나는 생각했지. 그는 피와 폭력을 싫어했고, 그 결과 그의 위신이 수모를 당했던 것이라네. 그래서 반 의식적으로 그는 대담함과 잔혹함으로 자신의 손상된 위신을 되찾으려 했을 거라고 추측할 수 있지.

나는 그가 아주 어려서부터 사람들에게 영향을 줄 수 있는 자기 나름대로의 능력을 계발하기 시작했으리라고 생각하네. 그는 남의 이야기를 즐겨 듣고, 조용하고 온정적인 성격을 가지고 있었지. 사람들은 그를 좋아했지만, 동시에 그를 아주 무시했다네. 그는 그것에 분개했지만 또한, 그것을 이용했던 것이지.

그는 그것이 얼마나 터무니없을 정도로 쉬운 일인지를 발견했다네. 자기 친구들을 좌지우지하는 데는 단지 적절한 말과 적절한 자극들을 주기만 하면 된다는 사실을 말이지. 오직 필요한 것은 그들의 사고, 그들의 비밀스런 반응과 욕망들을 꿰뚫어보는 것, 즉, 그들 내면을 들여다보는 것뿐이었지.

자네도 알 수 있겠나, 헤이스팅스, 그러한 발견이 얼마나 감각적인 능력을 키울 수 있는지를? 스티븐 노튼. 모든 사람들이 좋아하면서도 경멸했던 그는 남들로 하여금 그들이 원치 않은 행동을 하도록 만들 수 있었고 혹은(이쪽을 주목하게), 그들이 하고 싶지 않던 생각을 하도록 유도할 수도 있었을 걸세.

나는 그가 이러한 취미를 발전시켜 나가고 있는 모습을 눈앞에 그려볼 수 있다네……. 그리고 조금씩 발전되어서 간접적으로 포악함을 경험하게 되는 병적인 단계에 이르게 되었지. 그 포악함은 그가 육체적인 힘이 부족했기 때문에 결핍되었던 것이고, 이러한 결핍 때문에 그는 조롱을 받았던 것이었네.

그렇다네, 그의 취미는 점점 자라나서 나중에는 하나의 열정으로, 없어서는 안 될 지경에 이르기까지 되었다네! 그것은 일종의 마약이었지, 헤이스팅스. 아편이나 코카인과 마찬가지로 끊임없이 갈망하게 되는 마약이었다네. 천성적으로 친절하고 정이 많은 사람인 노튼은 은밀한 사디스트였지. 그는 고통, 즉 정신적인 자학감을 즐겼다네. 요즈음의 세상에서는 그것이 하나의 전염병처럼 퍼져 있다네. 먹다 보면 식욕이 나게 마련 아닌가, 응?

그것은 두 가지 욕망을 채워 주었지. 사디스트적인 욕망과 권력적인 욕망을. 노튼은 생명과 죽음의 열쇠들을 함께 쥐고 있었다네. 마약에 중독된 여느 사람들처럼, 그도 자신의 약을 공급해 주어야 했다네. 그는 계속 희생자를 찾아냈지. 내가 실제로 추적했던 다섯 개의 사건보다 훨씬 많은 사건들을 그가 저질렀으리라는 것은 믿어 의심치 않네. 그 각각의 사건에서 그는 같은 역할을 했었지.

그는 이더링튼을 잘 알고 있었고, 리그스가 살았던 마을에서 한 여름을 지내며 그 지방 선술집에서 리그스와 함께 술을 마셨지. 산책길에서 그는 프레다 클레이라는 처녀를 만나서, 그녀가 자기의 늙은 아주머니를 죽여서 아주머니를 고통에서 해방시키고, 자기 자신도 재정적으로 편안한 생활을 하며 즐기는 것이 옳은 일인지에 대해 확고한 결단을 내리지 못하고 있었던 것을 격려하고 그렇게 하도록 자극했다네. 그는 리치필드 집안의 친구였고, 그와 이야기를 나누면서 마거리트 리치필드가 그녀의 여동생들을 억압된 생활로부터 벗어나게 해주는 여주인공역으로 자신을 알고 있다는 사실을 들었지.

하지만 나는 믿지 않는다네, 헤이스팅스, 이 사람들 중 그 누구도 노튼의 영향이 없이 그런 행동을 저질렀으리라고는 말이야.

이제 우리는 스타일즈 저택에서 일어났던 사건들을 보기로 하세. 나는 오랫동안 노튼의 뒤를 쫓고 있었다네. 그는 프랭클린 부부와 사귀게 되었고, 즉시 나는 위험을 감지했지. 자네는 노튼이 항상 일을 벌이는 데 있어서 중심이 되어야 한다는 것을 이해해야 하네. 씨앗이 이미 뿌려져 있다면 자네는 오직 한 가지 사실만을 전개할 수 있지.

예를 들자면, 나는 오델로의 마음속에는 이미 자신에 대한 데스데모나의 사랑이 유명한 전사에 대한 어린 소녀의 열정적이고 불균형적인 영웅 숭배 같은 것이고, 결코 오델로라는 남성에 대한 한 여성으로서의 정상적인 사랑이 아니라는 확신(아마 정확할 걸세)이 서 있다는 것을 언제나 믿어 왔다네. 그는 아마도 캐시오가 그녀의 진정한 상대자이며, 적당한 시기에 그녀도 그 사실을 깨닫게 되리라고 생각했을 걸세.

프랭클린 부부는 우리의 노튼에게는 더없이 훌륭한 고객이었다네. 모든 가능성들을 구비하고 있는 고객! 자네는 이제 아무 의심 없이 깨닫게 되었을 걸세, 헤이스팅스(지각이 있는 사람이라면 처음부터 완전히 명백하게 깨달았을 걸세만). 프랭클린은 주디스를 사랑했고, 그녀도 그를 사랑했다네. 그의 퉁명스러움, 그녀를 결코 쳐다보지 않는 태도, 친절히 대해 주지 않는 행동 등이 모두 그가 주디스에게 몰두해 있다는 사실을 말해 주는 것이라네. 하지만 프랭클린은 아주 강한 성격의 소유자이고, 또한 대단히 정직한 사람이지. 그의 말투는 지독하게 이성적이지만, 아주 확실한 기준을 가지고 있는 사람이라네. 그의 말에 따르면, 남자란 자기가 선택한 아내를 책임져야 하지.

주디스는, 나도 자네가 알고 있으리라고 생각하네만, 그에게 깊고 불행한 사랑에 빠져 있었다네. 그녀는 자네가 장미 정원에서 자기를 발견했던 그날, 자네가 그 사실을 알고 있다고 생각했었지. 그렇기 때문에 그녀의 분노가 폭발했던 것일세. 그녀와 같은 성격은 어떤 동정이나 온정의 표현들을 참지 못한다네. 그것은 쓰라린 상처를 건드리는 것과 마찬가지였지.

그때 그녀는 자기가 관심을 쏟았던 것이 앨러튼이라고 자네가 생각한다는 사실을 발견했지. 그녀는 자네가 그렇게 생각하도록 놔두었는데, 그럼으로 해서 그녀는 서투른 동정과 더 나아가서는 상처를 드러내지 않고 자기 자신을 숨길 수 있었다네. 그녀가 앨러튼과 시시덕거린 것은 일종의 절망에 대한 위안 같은 것이었지. 그는 그녀를 즐겁게 해주고 기분을 풀어 주었지만, 그녀는 결코 그에게 일말의 감정도 느끼지 않았다네.

노튼은 물론 얼마나 심각한 상태인지 정확하게 알고 있었네. 그는 프랭클린 부부의 삼각관계에서 가능성을 보았던 것이지. 그는 우선 프랭클린에게 시도를 했지만, 완전히 실패로 끝났다고 할 수 있지. 프랭클린은 노튼의 음흉한 암시

같은 것에는 철저히 면역이 되어 있는 그런 종류의 사람이라네. 프랭클린은 명확하고 흑백이 분명한 마음을 가지고 있지. 자신의 감정에 대한 정확한 판단력을 소유하고 있다네. 그래서 외부의 압력에 대해서 철저히 초연할 수 있었다네. 더욱이나 그의 생활에서 대단히 중요한 열정은 그의 연구라네. 일에 대한 그의 전념은, 공격을 받을 만한 약점에서 보다 많이 그를 보호해 준 셈일세.

노튼은 주디스에게서는 다소 성공할 수 있었다네. 그는 아주 교묘하게 쓸모 없는 생명들에 대한 주제를 이용했지. 그것은 주디스의 일종의 신념이었지. 그는 그 점을 이용하는데 매우 교묘했다네. 자신은 반대의 견해를 표시하면서, 그녀가 결단력 있는 행동으로 그런 일을 할 만한 용기를 가지고 있지 않을 거라고 하며 조소를 했던 것이지.

"그것은 모든 젊은이들이 한번 해보는 그런 말에 지나지 않습니다. 하지만 결코 실행하는 일은 없지요!"

이러한 케케묵은 싸구려 조롱이 가끔 어떻게 작용하는지 알고 있나, 헤이스팅스! 그런 젊은이들은 상당히 충동질당하기 쉽지! 이런 식으로, 무슨 행동인지도 깨닫지 못하면서 그러한 도전에 응하게 되는 것일세!

쓸모없는 바바라를 없애버리면, 그때는 프랭클린과 주디스에게는 길이 훤히 뚫리게 되는 것이지. 그것은 결코 누가 말하지도 않았고, 들어오라고 문을 열어 준 것도 아니었네. 그런 짓을 하는 데는 개인적인 입장이 전혀 필요치 않다고 자꾸 느끼게 된 것이라네. 일단 주디스가 그러한 사실을 인식하게 되면, 그녀는 격렬하게 반응하게 되겠지.

하지만 노튼처럼 살인에 깊이 탐닉하는 한, 마치 쇠가 불 속에서 쉽게 달구어지지 않는 것과 마찬가지로 뜸을 들였겠지. 그는 도처에서 자기만족을 위한 기회를 포착할 수 있었어. 그는 루트렐 부부에게서 또 하나를 발견했다네.

기억을 더듬어 보게, 헤이스팅스. 맨 처음 자네가 브리지 게임을 하던 저녁을 생각해 보게. 노튼은 나중에 자네가 루트렐 대령이 들을까 해서 걱정했을 정도로 큰 소리로 자네에게 말했지. 바로 그거야! 노튼은 그에게 들으라고 하며 말했던 것이지! 그는 한 번 포착한 기회는 절대로 놓치지 않고 계속해서 몰아붙였다네. 그리고 결국 그의 노력은 성공하게 되었지.

그것은 바로 자네의 코 아래에서 일어났다네, 헤이스팅스. 그런데 자네는 그 일이 어떻게 일어나게 된 것인지 전혀 깨닫지 못했지. 기초는 이미 마련되어 있었다네. 자기 부인이 견딜 수 없는 짐이 되고 있다는 자각과 다른 사람들 앞에서 그의 체면이 손상된 데 대한 부끄러움 등이 아내에 대한 커져 가는 깊은 증오 속에서 증대하고 있었던 걸세.

어떤 일이 있었는지 정확하게 생각해 보게. 노튼은 목이 마르다고 했지(그는 루트렐 부인이 집 안에 있고, 다음에 어떤 장면이 벌어질지 알고 있지 않았을까?) 대령은 천성적으로 소탈한 사람이어서 즉시 반응을 할 걸세. 그는 한 잔씩 하자고 제의를 하지. 그러고는 술을 가지러 안으로 들어간다네. 자네들은 내내 창문 밖에 앉아 있고. 그의 아내가 나타나서 필연적인 장면이 벌어지는 것이지. 그는 사람들이 엿듣고 있다는 것을 알고 있었다네.

그가 밖으로 나왔네. 그럴 듯한 변명을 꾸며댈 수밖에 없었고, 보이드 캐링튼은 그것을 잘 받아넘길 수 있었지(그는 확실히 언변이 능하며, 상황에 알맞게 처신할 줄 알지. 비록 한편으로는 형편없는 거드름이나 피우고 진절머리나게 하는 사람에 속한다는 생각이 내게 들긴 했지만. 그와 같은 자를 자네는 몹시도 떠받들더군!). 자네 자신도 그리 잘못 처신하지는 않았을 걸세. 하지만 노튼은 마치 하늘이라도 무너진 듯이 상황이 더욱 나빠질 때까지 교활하게 그 사실을 강조하며, 암울하고 얼빠진 소리들을 지껄여댔지.

그는 브리지 게임에 대해서도 지껄였고(이거야말로 더욱 굴욕감을 느끼게 하는 거지만), 아무런 목적도 없는 듯이 사냥 중에 일어나는 사건들에 대해서 이야기를 했다네. 그리고 그의 암시에 대해 즉시 노튼이 의도했던 바로 그대로 늙은 고수머리 멍청이 보이드 캐링튼이 자기 동생을 쏜 에이레 말 당번에 대한 이야기를 꺼냈네. 그 이야기는, 헤이스팅스, 그 늙은 멍청이를 적당히 부추겨만 주면 언제든지 그 이야기를 끄집어 낼 거라는 사실을 잘 알고 있던 노튼이 보이드 캐링튼에게 들려주었던 이야기일세. 자네도 알다시피, 가장 중요한 암시는 노튼에게서 나오지가 않았다네. 빌어먹을! 그렇지가 않았어!

그렇다네, 모든 것이 갖추어져 있었던 것이지. 누적 효과. 파열점. 주인으로서의 그의 자존심에 대한 모욕. 그가 배알도 없이 순순하게 들볶는 대로 순종하고 있다는 걸 손님들이 확신할 거라는 사실을 알고 있음으로 인한 괴로움과 손님들 앞에 서기가 부끄러운 자존심. 바로 그때 도피구가 열린 거지. 사냥총, 우연한 사건들. 자기 동생을 쏘았던 사람. 그래서 그는 갑자기 벌떡 일어나 아내의 머리를…….

"아주 안전해. 우연한 사고……. 이 친구들에게 보여 줄 테야, 저 여편네에게도 보여 줘야지. 망할 놈의 여편네! 콱 죽어 버려라. 뒈져 버려라!"

그는 그녀를 살해하지 않았지. 헤이스팅스, 나는 비록 그가 총을 쏘긴 했지만 본능적으로 빗나가기를 바랐기 때문에 빗맞힌 것이라고 생각하네. 그리고 나중에, 나중에 가서야 그 악마의 주문이 깨졌던 것이지. 그녀는 그의 아내였고, 어쩌니저쩌니해도 그가 사랑했던 여인일세.

노튼의 범죄 중에도 완전히 성공하지 못한 것 중 하나였지.

아, 하지만 그다음 시도는! 자네는 알겠나, 헤이스팅스. 다음 차례가 바로 자네였다는 것을?

자네의 마음을 돌이켜 보게. 모든 일을 다시 곰곰이 생각해 보란 말일세. 나의 정직하고 친절한 헤이스팅스! 그는 자네 마음속의 모든 취약점을 간파했다네. 그렇지, 모든 품격과 양심적인 면들도 역시.

앨러튼은 자네가 본능적으로 싫어하고 기피하는 타입의 사람이지. 그는 자네에게는 제거되어야만 한다고 생각되는 그런 타입의 사람일세. 그리고 자네는 그에 대한 모든 것을 들었고, 그에 대한 생각도 사실이었지.

노튼은 자네에게 그에 관한 어떤 이야기를 들려주었네. 어느 정도까지는 진실인 이야기를(다만, 실제로 그 아가씨는 근심이 많은 신경질적인 타입이었고 경제적으로도 궁핍한 지경에 빠져 있었지만). 그것은 자네의 인습적이고 다소 고리타분한 본능에 강하게 호소했지. 그 자식은 처녀들을 타락시키고 결국 자살하도록 몰고 가는 악한이고 색마다!

노튼은 역시 보이드 캐링튼도 자네를 흥분시키도록 유도했다네. 자네는 어쩔 수 없이 '주디스에게 그렇게 말하게' 되었지. 주디스 역시 예상하고 있었으므로 즉시 그녀는 자신의 생활은 자신이 선택하는 것이고, 그녀 자신이 살아가는 것이라고 말함으로써 반응을 보인 것이라네. 그것은 자네에게 가장 나쁜 생각을 갖도록 만들었지.

이제 노튼이 꾸민 다른 음모를 살펴보세. 딸에 대한 자네의 사랑. 자네 같은 사람이 자식에 대해서 느끼는 것은 극진하고 고리타분한 책임감이지. 자네의 본성에는 약간의 강한 자존심이 있다네.

"나는 어떻게든 결정을 내려야만 해. 그것은 모두 나에게 달려 있지."

자네 아내의 현명한 판단력의 부재로 자네는 절망감을 느꼈지.

자네의 권위. 딸을 망가지게 내버려두어서는 안 된다는 관념. 게다가 더욱 기본적인 측면인 자네의 허영심. 나와 함께 일을 함으로써 자네는 상당히 많은 교묘한 트릭들을 배웠던 것이지! 그리고 마지막으로, 대부분의 남자들이 자기 딸에 대해서 가지고 있는 내부적인 감정들. 즉, 아버지로서 자신의 딸을 빼앗아 가려는 남자에 대한 이유 없는 질투심과 미움이지.

노튼은, 헤이스팅스, 이러한 모든 상황들을 마치 노련한 거장처럼 이용했다네.

자네는 표면적인 가치를 보고 너무 쉽게 그것들을 받아들인다네. 자네는 늘 그러했지. 앨러튼이 여름 별장에서 이야기를 나누고 있는 상대가 주디스였다는 사실을 자네는 아주 쉽게 받아들였지. 자네는 그녀를 보지도 못했고, 더구나 그녀가 말하는 것을 듣지도 못했으면서 말일세. 그리고 놀랍게도 자네는 다음 날 아침까지도 그것이 주디스였다고 생각했지. 자네는 그녀가 '마음을 바꾸었기' 때문에 즐거워했다네.

하지만 만일 자네가 그 사실을 조금이라도 검토해 보았다면, 자네는 즉시 주디스가 그날 런던으로 갈 이유가 전혀 없었다는 사실을 알 수 있었을 걸세. 그리고 자네는 아주 명백한 추론을 내리는 데에도 실패했지. 그날 떠나지 못한 누군가가 있었네. 그리고 그 사람은 그렇게 할 수 없었음에 대해서 분노를 느끼고 있었지. 바로 크레이븐 간호사일세. 앨러튼은 한 여자를 추구하는 것으로 만족할 그런 사내가 아니야! 크레이븐 간호사에 대한 그의 감정은 주디스와 즐기던 단순한 희롱보다는 훨씬 발전된 것이지.

아니, 다시 노튼에 대한 문제를 다루기로 하세. 자네는 앨러튼과 주디스가 키스를 하는 것을 보았네. 그때 노튼은 자네를 다시 모퉁이로 돌아 끌고 갔지. 그는 의심할 것도 없이 앨러튼이 여름 별장으로 크레이븐 간호사를 만나러 갈

것이라는 사실을 잘 알고 있었던 것일세.

잠시 뒤에 그는 자네가 가도록 놓아두고는 말없이 자네를 따라갔다네. 그 말은, 자네가 앨러튼이 말하는 것을 듣게 되는 것만으로도 그의 목적을 위해서는 충분했고, 또한 자네가 그 여인이 주디스가 아니라는 사실을 알아차리기 전에 신속히 자네를 끌고 가야 했다는 것을 뜻하네!

그렇다네, 정말로 훌륭한 솜씨였어! 그리고 그런 문제들에 대한 자네의 반응은 신속하고도 완전한 것이었다네! 자네는 반응했지. 마음속으로 살인을 결심하게 되었던 것이라네.

하지만 다행스럽게도, 헤이스팅스, 자네에게는 아직도 기능을 제대로 발휘하는 두뇌를 가지고 있는 친구가 있었다네. 아니, 두뇌뿐만이 아니었지!

나는 자네가 지나치게 남을 믿는 천성을 지녔기 때문에 아직도 진실에 이르지 못했을 거라고 생각하고, 그러한 말을 시작함으로 해서 자네와 이야기를 나누었네. 자네는 남이 말하는 것을 그대로 믿지. 자네는 내가 말하는 것도 믿었다네……. 하지만 진실을 발견하기란 자네에게도 무척 쉬운 일이었다네.

나는 조지를 내보냈다네. 무엇 때문이었을까? 그 대신에 경험도 적고 분명히 별로 똑똑하지 않은 사람으로 대체했지. 왜 그래야 했을까? 나는 의사의 보호를 받지 않았네. 나 자신의 건강에 대해서 지나치리만큼 신경을 쓰던 내가, 아마 나는 어느 누구의 권유도 마다했을 걸세.

그런 내가 무슨 이유로 그랬을까? 이제 자네는 왜 스타일즈 저택에서 내가 자네를 필요로 했었는지를 알겠나? 즉, 내가 하는 말을 아무런 의심 없이 받아들일 사람이 필요했던 것일세. 내가 이집트로 가기 전보다 더 나빠져서 돌아왔다는 나의 말을 자네는 그대로 받아들였지. 사실은 그렇지가 않았다네. 아주 건강해져서 돌아왔단 말일세! 자네가 좀더 생각을 했었다면 그 사실을 알아낼 수 있었을 걸세. 하지만 그러지 않았지.

자네는 내 말을 믿었던 거야. 내가 갑자기 사지를 전혀 못 쓰게 되었다는 사실을 조지가 믿지 않으리라는 걸 알고 있었기 때문에 그를 내보냈던 것일세. 조지는 자신이 보고 있는 사물에 대해서는 극히 뛰어난 안목을 가지고 있지. 그는 내가 꾸미고 있었다는 사실을 알아차릴 수 있었을 걸세.

이해하겠는가, 헤이스팅스? 나는 줄곧 무기력한 체하며 커티스를 속이고 있었지만, 전혀 무기력하지 않았다네. 나는 걸을 수 있었다네. 조금도 절름거리지 않고 말일세.

나는 그날 밤 자네가 올라오는 소리를 들었지. 그리고 자네가 망설이다가 앨러튼의 방으로 들어가는 것도 들었네. 커티스는 식사를 하러 내려갔었지. 나는 살짝 방에서 빠져 나와 복도를 가로질러 갔다네. 나는 자네가 앨러튼의 욕실에 있는 소리를 들었지. 그리고 이 친구야, 자네가 그토록 경멸하는 태도로 신속히 무릎을 꿇고 욕실 열쇠구멍을 통해 들여다보았다네.

누구도 그런 식으로 들여다볼 수 있도록, 다행스럽게도 안쪽에는 빗장만 걸려 있었지 열쇠가 없었다네. 나는 자네가 수면제에 교묘한 수작을 부리고 있다는 것을 눈치 챘다네. 그러고는 자네의 의도가 무엇인지 깨달았지.

그러니 여보게, 나는 행동을 개시했다네. 내 방으로 돌아와서는 나름대로 준비를 했지. 커티스가 올라오자, 나는 그에게 자네를 불러오라고 보냈다네. 자네는 들어와서 하품을 하고는 머리가 아프다고 말했지. 나는 즉시 큰 소란을 피우며 자네를 보살펴 주겠다고 억지를 부렸지. 자네는 말다툼하기 싫어서 초콜릿 차를 마시겠다고 했다네. 조금이라도 빨리 벗어나기 위해서 자네는 그것을 단숨에 꿀꺽 마셨지.

하지만 여보게, 나도 역시 수면제를 가지고 있었단 말일세. 그래서 자네는 곯아떨어졌지. 아침까지 푹 자고는 정상적인 자아를 되찾아, 자네는 자신이 거의 저지를 뻔했던 일에 대해서 몸서리를 쳤던 것일세.

자네는 이제 안전했지. 그런 일을 다시 시도할 사람은 없거든. 누구든 정상에 역행하고 싶어 하지 않기 때문이지. 하지만 그런 일 때문에 나는 결심하게 된 것이라네. 헤이스팅스! 앞으로도 다른 사람들이 자네를 이용해서 무슨 짓을 할지 나로서는 알 도리가 없잖은가?

자네는 살인자는 결코 아니라네, 헤이스팅스! 하지만 자네는 누군가로 인해, 법적으로 보면 유죄가 될 수 있는 누군가가 저지른 살인으로 교수대에 목을 매게 될 수도 있었다네. 자네, 나의 선량하고 정직하고 더할 나위 없이 고결한 헤이스팅스. 그토록 친절하고, 그토록 양심적이며 조금도 티가 없고 순결한 자네가!

그렇다네, 나는 행동을 해야 했다네. 시간이 별로 없다는 것을 나는 알고 있었지. 그리고 기꺼운 마음으로 받아들였네. 살인이란 대체로 가장 나쁜 것이지만, 헤이스팅스, 그것은 살인자에게는 효과적일세.

나, 에르큘 포와로는 사람들에게 죽음을 나누어 주는 성스러운 임무를 띠고 있다고 스스로 믿어 왔었는지도 모르네. 하지만 그런 일은 다행스럽게도 별로 없었던 것 같아. 이제 그 마지막이 다가오고 있다네.

나는 노튼이 우리 모두가 끔찍이도 사랑하는 누군가에게 성공을 거둘지도 모른다고 생각했지. 자네의 딸을 말하는 걸세……. 그러면 이제 바바라 프랭클린의 죽음으로 넘어가세. 그 문제에 대해서 자네가 무슨 생각들을 가지고 있는지는 몰라도, 헤이스팅스. 자네가 그 사실을 한 번이라도 의심했으리라고는 생각지 않네.

자네도 알겠지만, 헤이스팅스. 바바라 프랭클린을 살해한 것은 바로 자네일세. 그렇고말고, 틀림없이 자네였다네! 알다시피, 삼각관계의 또 다른 양상이 이루어져 있었지. 하나는 내가 전혀 고려하지 못했던 것일세. 그러므로 그것은 우리가 보지도 듣지도 못하는 사이에 노튼의 전술에 의해 일어났던 것이지.

노튼이 그들을 이용했다는 것도 믿어 의심치 않네……. 자네는 속으로 이상하다고 생각해 본 적이 있나, 헤이스팅스, 왜 프랭클린 부인이 기꺼이 스타일즈 저택으로 왔는지? 자네가 생각하듯이, 스타일즈 지방은 결코 그녀에게 어울리는 고장이 아닐세.

그녀는 안락하고, 좋은 음식과 상류 사회의 사람들과 어울리는 것들을 좋아하지. 스타일즈는 유쾌한 곳이 아닐세(그리 번창하지도 않은). 즉, 시들어 가는 고장일세. 그런데도 이곳에서 여름을 보내자고 한 것은 바로 프랭클린 부인이었다네. 그렇다네, 거기에는 제3의 인물이 있었지. 보이드 캐링튼.

프랭클린 부인은 자신의 기대가 좌절된 여인이었네. 그것이 그녀의 신경 쇠약 증세의 근원이었던 것이지. 그녀는 사회적으로, 또 재정적으로도 야망이 있었네. 그녀는 프랭클린이 굉장히 출세하리라고 기대했기 때문에 그와 결혼을 했었지. 그는 뛰어나긴 했지만, 그녀가 바라던 식이 아니었다네.

그의 뛰어난 두뇌는 결코 그를 신문지상에 오르내리게 하거나 할리가(런던의 일류 의사들의 거리)에서 명성을 날리도록 해주진 않았지. 그는 자기 전공 분야와 관계있는 몇몇 사람들에게만 알려져 있고, 학술 잡지에 몇 편의 논문이 실린 정도였다네. 외부 세계에서는 그의 이름도 거의 들어 보지 못했을 테고……. 또한, 그는 확실히 재산도 모으지 못했지.

그런데 여기 보이드 캐링튼은 동부 출신에다 준남작 지위와 재산까지 얻게 되었고, 게다가 그는 자기와 거의 결혼할 뻔했던 예쁜 열일곱 살의 소녀에 대해서 언제나 애틋한 감상을 느끼고 있었다네. 그가 스타일즈 저택에 와서 프랭클린 부부에게도 그리로 오라고 제안했고, 그래서 바바라가 오게 되었던 것이지. 그녀에게는 얼마나 흥분되는 일이었겠나? 분명히 그녀는 이 돈 많고 매력적인 사내에 대한 그녀의 옛 연정을 조금도 잊지 않았던 것이지. 그러나 그는 보수적이어서 그녀에게 이혼하라고 부추기는 그런 남자는 아니었다네. 그리고 존 프랭클린 역시 이혼할 생각은 전혀 없었다네. 만일 존 프랭클린이 죽게 된다면 그다음에 그녀는 보이드 캐링튼 부인이 될 수도 있을 테고 그렇다면, 오, 그렇게 된다면 얼마나 멋진 인생이 되겠나!

노튼은, 유감스러운 일이었지만 이미 그녀에 대한 수단을 찾아내었던 것 같았네. 그것은 아주 명백한 사실로, 헤이스팅스, 자네도 곧 생각해 낼 수 있을 걸세. 그녀가 남편에게 호감을 가지고 있는지를 확인하기 위해서 몇 가지 시험적인 시도들을 해보는 것이지. 그녀는 좀 지나칠 정도로 반응했다네. 그녀는 남편에게 부담이 되기 때문에 '모든 것을 끝낼' 거라고 중얼거렸던 것이지. 그러고 나서는 전혀 새로운 양상을 보였지.

그녀는 프랭클린이 자기 자신을 실험 대상으로 삼을지도 모른다며 걱정했던 것일세. 그것은 우리에게 너무도 분명하게 보였던 것이라네, 헤이스팅스! 그녀는 프랭클린이 피조스티그민 중독으로 죽게 될 거라는 사실을 예고하고 있었던 것이지. 잘 알겠지만, 그를 중독 시키는 데는 아무 문제도 없었다네. 전혀, 순전히 과학적인 방법으로 말일세. 그는 해롭지 않은 알칼로이드를 복용했는데, 그것이 결국 해로운 것이었다고 판명되는 거지. 다만 한 가지, 그것이 너무도 빨리 닥쳤다는 것이었네.

그녀는 크레이븐 간호사가 보이드 캐링튼 운수에 대해 말해 주는 것을 보고
는 불쾌해했다고 자네가 나에게 말해 주었지? 크레이븐 간호사는 남자를 보는
안목이 날카로운 젊고 매력적인 아가씨였지. 그녀는 프랭클린 박사에게 한 번
추파를 던졌지만 성공하지 못했네(그래서 그녀는 주디스를 싫어했던 것이지).

그녀는 다음으로 앨러튼을 선택했지만 그가 진지하지 않다는 사실을 아주 잘
알고 있었지. 그래서 결국에는 불가피하게 부자이고 아직도 매력적인 윌리엄
경한테로 눈을 돌리게 되었던 것일세. 그리고 윌리엄 경 역시 아마도 유감스러
운 일이겠지만 이미 그녀에게 이끌리고 있었던 것 같았지. 그는 진작부터 크레
이븐 간호사가 건강하고 아름다운 아가씨라는 것을 느끼고 있었다네.

바바라 프랭클린은 조바심이 나서 급히 행동에 옮기기로 결심했지. 그녀는
애처롭고 매력적인, 그러나 슬픔에 잠겨 있지만은 않은 과부가 되려고 했었다
네. 그래서 우울했던 아침이 지나자 그녀는 무대를 꾸몄던 것이지.

자네도 잘 알 테지만, 여보게, 나는 그 칼라바르 콩에 대해서 상당한 존경심
을 가지고 있다네. 이번 일에도 그 콩이 작용했거든. 즉, 무고한 사람은 살려
주었고, 죄를 지은 사람에게 죽음을 주었던 것이지.

프랭클린 부인은 자신의 방으로 모두를 초대했다네. 그녀는 보란 듯이 수선
을 떨며 커피를 준비했지. 자네가 나에게 말한 것처럼 그녀의 커피는 자기 옆
에 있었고, 그녀 남편의 커피는 회전서가의 반대쪽에 있었네. 그때 유성들이
떨어지기 시작해서 모두들 밖으로 나가고, 내 친구, 자네 혼자만 남아 있었지.
자네와 그 글자 맞추기 퍼즐, 자네의 슬픈 추억들. 그리고 자네는 눈물을 숨기
기 위해 셰익스피어에서 인용문을 찾으려 회전서가를 돌렸다네.

그래서 그들이 다시 돌아왔을 때 프랭클린 부인은 과학자 존을 위해 준비된
칼라바르 콩의 알칼로이드가 들어 있는 커피를 마셨고, 존 프랭클린은 현명한
프랭클린 부인을 위해 준비된 훌륭한 커피를 마시게 되었던 것이라네.

하지만 자네도 알게 될 거야, 헤이스팅스. 잠시 동안만 생각해 본다면. 비록
내가 그 사건에 대한 진상을 알고는 있었지만, 나로서는 오직 한 가지 사건밖
에 볼 수 없었다는 것을 말일세. 나는 그 진상을 증명할 수가 없었네. 그리고
만일에 프랭클린 부인의 사인이 자살이 아니고 다른 것이라는 생각이 존재하

게 되면, 혐의는 불가피하게 프랭클린이나 주디스에게 돌아가게 될 수밖에 없었을 걸세. 아무런 죄가 없는 두 사람에게로 말일세. 그러므로 내가 의도하는 바를 좀더 확고히 하기 위해서 프랭클린 부인이 자신의 목숨을 끊는 문제에 대해 극히 납득이 가지 않는 말들을 했었다고 되풀이해서 말했던 것일세.

나는 그런 결론에 도달하도록 유도할 수 있었네. 아마도 나만이 그렇게 할 수 있는 유일한 사람이었을 걸세. 자네도 알다시피 나의 진술은 비중이 컸다네. 왜냐하면, 나는 살인 행위에 대한 문제에 있어서 경험이 많은 전문가이기 때문이지. 내가 자살이라고 확신한다면, 그것은 자살로 받아들여지게 되는 법일세. 그것이 자네를 혼란시켰고, 자네의 마음이 개운치가 않았을 거라는 사실을 나는 알 수 있을 것 같네. 하지만 천만다행으로 자네는 진짜 위험을 감지하지 못했었지. 그러나 내가 죽은 뒤에 자네가 그것을 알아차리게 될까?

그런 생각이 자네 마음속에 파고들어, 마치 어떤 암흑의 사신처럼 웅크리고 있다가 이따금씩 고개를 쳐들고는 말하겠지.

"주디스가 그랬다면……?"

아마도 틀림없을 걸세. 그렇기 때문에 내가 이 글을 쓰고 있는 것이지.

자네는 진실을 알아야만 하네.

자살로 평결이 내려진 것이 만족스럽지가 않았던 사람이 또 한 명 있었네. 노튼이었지. 자네도 알다시피, 그의 교묘한 수법에 대한 결과가 좌절되었던 것일세. 내가 말했듯이 그는 사디스트였지. 그는 감동, 의심, 공포, 법적인 혼란 등 모든 음계가 울리기를 원했다네. 그는 그러한 모든 것을 빼앗기고 만 거지.

그가 예정해 놓았던 그 살인이 실패로 돌아가 버렸던 것일세. 하지만 곧 그는 자신의 손실을 회복하기 위한 적절한 대상을 찾아냈지. 그는 미끼들을 던지기 시작했다네. 일찍이 그는 쌍안경을 통해서 무엇인가를 본 것처럼 꾸몄던 적이 있었지. 그는 자기가 본 것을 알려 주려고 마음먹었었는데, 그가 알려 주었던 것은 앨러튼과 주디스가 부도덕한 행위를 하는 장면을 보았다고 하는 것이었지. 그러나 무엇인지를 분명하게 말해 주지 않음으로써, 오히려 그는 그 사건을 다른 방법으로도 이용할 수 있었던 것이라네.

가령 예를 들자면, 그는 자기가 본 것이 프랭클린과 주디스였다고 말할 수도 있겠지. 그것은 그 자살사건에 대해 새로운 각도의 관심을 불러일으킬 수 있다네! 그것은 아마도 그 자살에 의문을 던져 주게 될 걸세…….

그래서 여보게, 나는 행동을 취해야 하고, 그것도 즉시 취해야 한다고 결심하게 되었다네. 나는 그날 밤 자네를 시켜 그를 내 방으로 오도록 했지…….

이제 나는 자네에게 무슨 일이 있었는지 정확하게 말해주겠네. 노튼은 전혀 의심하지 않고, 자기가 준비했던 이야기를 나에게 기꺼이 들려주려고 했을 걸세. 나는 그에게 전혀 시간을 주지 않았지. 내가 그에게 말했네. 분명하고 확실하게 내가 그에 관해서 알고 있는 모든 것을. 그는 그것을 부인하지 않았다네.

여보게, 그는 의자에 등을 기대고 앉아서 능글능글 웃고만 있더군.

그렇다네, 그 이상 다른 알맞은 표현은 없어. 그저 능글능글 웃었다고 밖에는.

그는 나에게 물었다네, 이처럼 재미있는 게임에서 내가 무엇을 하려는 것인지에 대해서. 나는 그를 처형할 계획이라고 말해 주었지.

그가 말했다네.

"아, 알겠습니다. 단검, 아니면 독이 든 차로?"

우리는 그때 막 초콜릿 차를 마시려던 참이었지. 노튼은 단 것을 좋아했지.

내가 말했네.

"가장 간단한 것은 독이 든 차일 거요."

그리고 나는 그에게 막 따른 초콜릿 차를 한 잔 주었다네.

그가 말했네.

"만일의 경우를 생각해서 내 것 대신에 당신 것을 마셔도 괜찮겠습니까?"

내가 말했네.

"물론 상관없소이다."

효과 면에서 그 둘은 거의 차이가 없었다네.

이미 말했듯이, 나도 역시 수면제를 가지고 있었지. 그러나 나는 상당한 기간 동안 매일 밤 그것을 복용해 왔었기 때문에 일종의 저항력이 생긴 상태여서 나에게는 극히 미세한 효과만을 나타낼 약이 그에게는 잠에 곯아떨어지게 작용했다는 걸세. 그 약은 초콜릿 속에 들어 있었거든.

우리는 둘 다 차를 마셨네. 그 친구에게야 직통으로 약효가 나타났지만, 내게는 거의 미미했다네. 게다가 스트리크닌 토닉이 수면제를 중화시켜 주었다네. 이제 마지막 장이 되는 걸세.

노튼이 잠이 들자 나는 그를 내 휠체어에 앉혔지. 퍽 쉬운 일이었다네. 거기에는 다양한 종류의 기계 장치가 붙어 있었거든. 그리고 그를 밀어서 휠체어를 늘 놓아두던 커튼 뒤의 창문가에 집어넣었지.

그다음에 커티스가 '나를 침대에 눕혀 주었다네.' 사방이 조용해지자 나는 노튼을 그의 방으로 밀고 갔지. 다음에 남은 일은, 나의 훌륭한 친구 헤이스팅스의 눈과 귀를 이용하는 것이었네.

자네가 그것을 깨닫지 못했을지도 모르지만, 나는 가발을 쓰고 있다네, 헤이스팅스. 자네는 내가 가짜 콧수염을 붙이고 있다는 것은 더욱 알지 못했을 걸세(조지조차도 그것은 모른다네!). 나는 가발을 우연히 불에 태워먹은 체하고는 곧 커티스를 보내서 이발사를 불러와서 똑같은 가발을 만들었다네.

나는 노튼의 잠옷을 입고 회색 머리카락을 끝까지 치켜 올리고는, 복도를 건너가서 자네 방문을 두드렸지. 자네는 노튼이 욕실에서 나와 다리를 절며 복도를 가로질러 자기 방으로 들어가는 것을 보았던 걸세.

자네는 그가 안에서 문을 잠그며 열쇠를 돌리는 소리까지 들었지. 그러고 나서 나는 노튼에게 다시 잠옷을 입혀서 침대에 눕힌 다음, 내가 외국에 있을 때 사 두었던 작은 권총으로 그를 쏘았다네. 그 권총은 내가 소중히 보관하고 있던 것으로, 두 번(아무도 없을 때) 보란 듯이 그의 옷장 위에 놓아두었는데, 그 친구는 그런 날 아침에는 어디론가 나가고 없곤 했었지.

그다음에, 나는 노튼의 주머니에 열쇠를 집어넣고 그 방을 나왔다네. 나는 따로 마련해 둔 여벌의 열쇠로 밖에서 문을 잠갔지. 그러고는 휠체어를 끌고 내 방으로 돌아왔네. 그러고 나서 지금 이 글을 쓰고 있는 것이라네.

나는 몹시 피곤하다네. 그리고 많은 일들을 긴장하면서 처리하느라고 상당한 노력을 쏟았지. 그것도 오래 가지 않으리라고 생각하네만……

내가 강조하고 싶은 점이 한두 가지 있다네.

노튼의 범죄는 완전범죄였어.

내 것은 그렇지 못하다네. 나는 그렇게 하려고 하지 않았다네.

그를 살해하는 데 있어서 가장 쉽고 좋은 방법은 아주 공공연하게 저지르는 것이겠지. 그런 뒤에 우리는 말할 걸세. 내 권총이 오발되었다고 말이야. 나는 당황스러움과 유감을 표현하는 것이지. 대단히 불행한 사고였다며.

사람들은 말할 걸세.

"그 멍청한 노인네는 그것이 장전되어 있는 줄도 몰랐나 봐. 가엾은 노인네."

나는 이 방법을 선택하지 않았다네.

자네에게 그 이유를 말해 주겠네. 그것은 왜냐하면, 헤이스팅스, 나는 스포츠 쪽을 선택했기 때문일세.

그래, 맞아. 스포츠! 내가 전혀 그렇게 하지 않는다고 자네가 자주 책망했던 행동을 택한 것일세. 나는 자네와 페어플레이를 하려고 하네. 자네가 노력한 만큼의 대가를 나는 지불하겠네. 나는 게임을 하려는 것일세. 자네는 진실을 발견하기 위한 모든 단서를 가지고 있다네.

자네가 나를 믿지 않을 경우, 나는 모든 단서들을 낱낱이 열거해 주겠네.

해결의 열쇠.

이미 자네에게 이야기했기 때문에 자네도 알겠지만, 노튼은 이곳에 내가 도착한 이후에 왔다네. 마찬가지로 자네도 알듯이, 내가 이곳에 온 다음에 내 방을 바꾸었지. 이것 역시 자네에게 말해 주었던 것으로, 내가 스타일즈 저택에서 지낸 이후로 내 방 열쇠가 없어져서 새로 하나를 더 만들었지.

이제 자네가 물어 볼 차례이네.

누가 노튼을 살해할 수 있었을까? 누가 그를 쏘고 문이 잠긴 그 방에서 나올 수 있었을까? 열쇠는 노튼의 주머니 속에 있었는데도. 그 대답은 이것일세. 그 방의 열쇠를 한 벌 더 가지고 있던 '에르큘 포와로'지. 자네가 복도에서 보았던 그 남자 말일세.

나는 자네에게 복도에서 본 사람이 노튼이었다고 확신할 수 있느냐고 물어보았었지. 자네는 깜짝 놀라더군. 자네는 나에게 그것이 노튼이 아니었다고 말할 생각이냐고 물었다네. 나는 대답을 했지. 그게 꼭 노튼이 아니었다고 말할 의도는 전혀 없었다고 말이지(당연히, 그게 노튼이었다고 말하기가 나는 무척 곤란했다네). 그러고 나서, 나는 키에 대한 문제를 꺼냈다네.

모든 사람들이 노튼보다 훨씬 크다고 내가 말했지. 하지만 노튼보다 작은 사람이 있었네. 에르큘 포와로. 그리고 키를 높이기 위해 밑창을 대거나 하는 일은 얼마나 쉬운 일인가?

자네는 내가 무기력한 병자라고 생각했지. 어째서 그랬나? 단지 내가 그렇게 말했기 때문일세. 그리고 나는 조지를 내보냈지. 그것이 자네에게 준 나의 마지막 지시였다네.

"조지에게 가서 물어 보게."

오델로와 클루티 존도 자네에게 X가 바로 노튼이라는 사실을 보여 준 것일세. 그렇다면, 누가 노튼을 살해할 수 있었을까?

에르큘 포와로밖에 없다네.

그리고 한 번이라도 자네가 의심해 보았다면, 모든 것이 제자리를 찾았을 걸세. 내가 어쩔 수 없이 입을 다물고 있어야 했던 사실들을 말일세. 이집트에 있는 의사들에게서나, 런던에 있는 내 주치의에게서 들어 보면 알겠지만, 내가 걷지도 못한다고 하지는 않을 걸세. 내가 가발을 쓰고 있다는 것에 대해서는 조지가 밝혀 줄 걸세. 내가 변장할 수 없었다는 사실과 자네가 주목했어야 했던 것은, 내가 노튼보다 더욱 다리를 전다는 것일세.

그리고 마지막으로, 그 권총 자국일세. 나의 또 하나의 약점이지. 나도 그의 관자놀이를 쏘았어야 했다는 것을 알고 있다네. 그렇게도 불합리하고, 너무도 우연한 효과를 만들도록 나 자신을 부추겨서는 안 된다는 건 안다네. 하지만 나는 정확하게 그의 이마 한가운데를 쏘았지…….

오, 헤이스팅스, 헤이스팅스! 그것이 자네에게 진실을 알려 줄 수도 있다네. 하지만 아마도 결국에는 자네도 그것을 의심하게 되지 않았을까? 아마 자네가 이 글을 읽고 있을 때는 이미 알고 있을지도 모르지…….

하지만 나는 그렇게 생각하지 않네…….

아니야, 자네는 지나칠 정도로 남을 믿지…….

자네는 너무나 아름다운 천성을 가지고 있어…….

내가 자네에게 더 이상 무슨 말을 하겠나? 프랭클린과 주디스는 그 사실을 알고 있으면서도 자네에게 말해 주지 않을 거라는 것도 자네가 알게 되리라고 생각하네. 그들은 행복할 걸세. 그들 둘이서. 그들이 불쌍하네, 셀 수도 없이 많은 곤충들이 그들을 물어뜯을 것이고, 낯선 열병들이 그들을 습격할 걸세.

하지만 우리는 우리들 자신만 편안하게 지낼 생각을 하고 있네, 그렇지 않은 가? 그리고 자네는, 나의 가엾고 외로운 헤이스팅스! 아, 자네를 생각하면 나의 심장은 찢어지는 듯 아프다네, 사랑하는 친구여.

자네는 마지막으로 이 늙은 친구의 충고를 들어 줄 텐가? 이 글을 읽은 다음 에 자네는 기차든 자동차든, 버스든 아무거나 잡아타고 엘리자베스 콜, 또한 엘리자베스 리치필드이기도 한 그녀를 찾아가게, 그녀에게 이 글을 읽어 주든 지, 아니면 내용만 그녀에게 전해 주든지 하게. 또한, 그녀의 언니인 마거리트 가 한 일에 대해서도 설명해 주게.

단지 마거리트에게는 가까이에서 지켜 줄 수 있는 포와로가 없었던 것뿐이었 다고. 그녀를 악몽으로부터 벗어나게 해주게. 그녀의 아버지를 살해한 것은 그 의 딸이 아니었고, 그 친절하고 온정 있는 그녀 가족의 친구인 '정직한 이아고' 스티븐 노튼이라고.

그것은 옳지 않아, 이 친구야. 아직 젊고 매력적인 여인이 자기 몸속에 나쁜 피가 흐르고 있다고 믿어서 자신의 인생을 포기한다는 것은 말일세. 안 될 말 이네. 그것은 옳지 않아. 그녀에게 그렇게 말하게, 여보게, 나의 친구여. 자네도 아직 여인들에 대한 매력을 완전히 상실한 것은 아니라고……

그렇다면, 이제 나는 더 이상 할 이야기가 없다네.

나는 모르겠어, 헤이스팅스. 내가 한 일이 정당한 것인지, 정당하지 못한 것 인지 나는 전혀 알 수가 없다네. 나는 어떤 사람도 법률의 힘을 빌리지 않고 임의로 남에게 제재를 가할 수 있다고는 믿지 않는다네……

그러나 한편으로는 내가 곧 법이라네! 벨기에 경찰에서 근무하던 젊은 시절 에 나는 지붕 위에 앉아서 사람들을 마구 쏘아대던 구제 불능의 범인을 총으 로 쏘아 떨어뜨린 적이 있었다네. 위급한 상황에서는 거기에 맞는 법이 선포되 는 걸세.

노튼의 생명을 거두어 감으로써 나는 다른 생명들을 구하게 되었다네. 무고 한 생명들을. 하지만 아직도 나는 알 수가 없다네…… 아마도 내가 알지 못하리란 것이 옳겠지. 나는 언제나 확신에 차 있었지. 지나친 확신에……

그러나 이제 나는 아주 비참하게 되어 마치 어린애처럼 말하고 있다네.

"나는 모르겠어……."

잘 있게, 사랑하는 친구. 나는 아질산아밀 주사약을 침대에서 떨어진 곳으로 옮겨 놓았다네. 자비로운 신의 손에 나 자신을 맡기기로 했네. 그분이 벌하실지, 아니면 자비를 베푸실지 곧 알게 되겠지!

우리는 다시는 함께 사냥을 하지 못할 걸세.

여보게, 우리의 첫 번째 사냥은 이곳에서였지, 그리고 우리의 마지막 사냥도……. 정말로 좋은 시절이었어…….

그렇다네, 정말로 좋은 시절이었지.

이상 줄이네. 에르큘 포와로.

마지막 주 : 아더 헤이스팅스 대위

나는 끝까지 다 읽었다. 하지만 아직도 그 모든 것을 믿을 수 없었다. 그러나 그가 옳다. 나는 알아낼 수도 있었다. 그 이마의 한가운데 아주 정확하게 뚫린 총알구멍을 보았을 때 나는 알아차릴 수도 있었다.

이상하군(이 단어가 나에게 떠올랐었다).

그런 생각이 그날 아침 내 마음속에 들어왔던 것이다.

노튼의 이마에는 표시가 있었다.

그것은 마치 카인의 표시 같은 것이었다……

<끝>

애거서 크리스티(Agatha Christie, 영국, 1890~1976)는 죽기 전에 마지막으로 발표한 소설 《커튼(Curtain, 1975)》에서 그녀가 창조한 명탐정 에르퀼 포와로를 죽인다. 이때의 포와로 나이는 대략적으로 생각해 보면 80이 넘는다.

사실 《커튼》은 1940년대 중반쯤 크리스티 여사가 2차 대전 중에 종군 간호사로 있으면서 써놓았던 작품이다. 에르퀼 포와로가 그녀의 처녀작인 《스타일즈 저택의 죽음》에서 1차 대전 때를 배경으로 처음 등장했을 때가 60살이 넘는 것으로 추측되므로, 2차 대전 때는 적어도 20년 뒤이므로 80살이 넘은 것으로 보인다.

《커튼》이 발표된 이후 크리스티 여사가 세상을 떠났기 때문에 포와로가 등장하는 작품이 새로이 쓰이진 않았지만, 그가 등장하는 작품으로는 장편이 32권, 단편집이 6권이 있다.

애거서 크리스티 여사는 그녀가 죽기 전에 포와로를 죽인 이유를 다음과 같이 말했다.

"포와로는 너무 귀엽기 때문에 내가 죽은 뒤에 다른 사람이 그를 등장시키는 것이 싫어요. 포와로는 제임스 본드와는 다릅니다. 내가 죽은 뒤에 포와로가 등장하는 작품이 나와서는 안 됩니다."

아마 애거서 크리스티는 50여 년간 아껴 왔던 포와로를 남겨 두고 자기가 먼저 죽는 것이 싫었던 모양이다.